# ROSALIND PARKER
## Rhys. Jägerin des Zorns

D1729376

ROSALIND
PARKER

# RHYS

## JÄGERIN
## DES
## ZORNS

ROMAN

Bibliografische Information der Deutschen Nationalbibliothek: Die Deutsche Nationalbibliothek verzeichnet diese Publikation in der Deutschen Nationalbibliografie; detaillier-
te bibliografische Daten sind im Internet über dnb.dnb.de abrufbar.

Innendesign: Annika Schüttler, woodlice.de
Illustrationen im Buchteil: Annika Schüttler & Nastiviya
Umschlaggestaltung: Désirée Riechert, kiwibytesdesign.com
Lektorat: Sabrina Milazzo, sabrinamilazzo.net
Korrektorat: Michelle Krabinz, michellekrabinz.weebly.com

Herstellung und Verlag:
BoD - Books on Demand, Norderstedt

rosalind.parker@gmx.de

ISBN: 9783751972468

*Dieses Buch
ist für alle, die es lesen.*

*Denn ohne euch
würde es diese Geschichte tatsächlich nicht geben.*

# Verzeichnis der wichtigsten Tiere und Pflanzen

## Pflanzen

**Auengras**: feine, essbare Triebe, giftig nach der Blütezeit

**Knollenfarn**: wächst im Schutz anderer Pflanzen symbiontisch, ätherische Öle oder Gift zur Abwehr

**Lerchenkraut**: überirdisch kriechende Wurzeln wandern als feines Netz über die Schneedecke

**Mehrbaum:** Nadelbaum mit glatter Rinde, häufig Wirt des Regenblattes

**Nebelbeere**: graue Beeren, die mit Nebel gefüllt sind, Pflanze unter der Schneedecke

**Opferlilie**: hochgiftige Dornen, unter der Schneedecke, fleischfressend, gelbe Blüten

**Rabenschnabel**: leichtes Aufputsch-mittel, vertreibt Müdigkeit

**Raunatter**: lässt Feuer heller brennen

**Regenblatt**: trichterförmige, fleischige Blätter, lebt parasitär auf Bäumen

**Rote Frostlärche**: Nadelbaum, kommt in Laubwäldern vor, rote Nadeln mit feinen Widerhaken

**Rufgras**: kann Menschen aus der Bewusst-losigkeit wecken, lange schmale Blätter

**Silberlinde**: schmerzlinderndes Holz

**Weißes Hoffnungsröschen**: kurzer Stängel, fünf weiße Blütenblätter, Verwendung beim *Ritual der Gefährten*

**Winterrauke**: dorniger, mehrstämmiger Busch

**Widerkraut**: sehr dicke, lange Stängel, entzündungshemmender Saft

## Tiere

**Erlhorn**: scheues Waldtier, trägt ein Horn auf der Nase, um die Schneedecke aufzurei-ßen, sechs Beine, Herdentier

**Nebelsturm**: großes Raubtier mit Kristall-panzer, jagt und lebt in Nadelwäldern

**Rauhfuchs**: klein mit weißem Fell, das sich bei Kontakt mit dem Schnee bläulich ver-färbt

**Spätflügler**: nestbauende Vögel; die Weib-chen legen unbefruchtete Eier und locken erst nach der Ablage die Männchen an

**Sumpfbock**: kleines Tier mit spiraligen Hörnern, starke Hinterläufe mit weichen Pfoten zum schnellen Laufen

# PROLOG

S ie hatte schon immer die Schatten beobachtet,
die des Nachts im Wald wanderten. Nun aber hatten
sie auch den Tag mit langen Klauen infiltriert. Hinter jedem
Baum erwartete sie ein Monster, fürchtete sich vor jedem Geräusch.

Dabei war der Wald ihr einst so vertraut gewesen. Damals, als
sie noch nichts gewusst hatte von den Schatten.

Von dem Blut.

Vom Tod.

Und dem Untergang.

# Fráh ur mi gál

Es sind jene, die da waren,

# Fir tega il murshan.

die die vergessenen Lieder singen.

# Yon turgirah

Sie weinen

# Un mirgo tir frádran.

ein letztes Mal.

# Tin al urgáh

Wenn wir schweigen,

# On sol monirgarfan

eine letzte Ewigkeit,

# Fráh ur mi gál

dann sind es jene, die da waren,

# Fir tega il murshan.

die die vergessenen Lieder singen.

# KAPITEL EINS

Samtweich senkte sich die Nacht über den Stamm und Rhys lupfte am Saum des Zeltes, um zum Feuer hinüberzuspähen, an dem der Ahne sie bereits erwartete. Das Pochen in ihrer Brust war lauter als in den Nächten zuvor, in denen sie für Enwas Aufgabe geübt hatte. Rhys war alle Wege abgelaufen, die die seltenen Pflanzen bargen. Und als sie sie alle kannte, hatte sie mit den gewöhnlichen weitergemacht, bis ihre Füße in den Stiefeln taub geworden waren. In dieser Nacht musste sich alles erfüllen. Und das würde es.

Rhys atmete ein letztes Mal die Erinnerung an erkaltete Asche und den Rauch des Feuers ein. Sie hatte es schon lange gelöscht, damit die Nacht in ihrem Zelt nisten konnte, ohne von den Funken vertrieben zu werden.

Der Stoff strich zart über ihre Haut, als Rhys durch den Eingang des Zeltes trat und den Widerschein des großen Feuers auf dem Gesicht des Ahnen sah. Sie hob den Blick und das Nordlicht fing sich in ihren blassen Augen. Der Ahne hob die Hände und Rhys schmiegte sich für den Bruchteil eines Herzschlags an seine Brust.

»Du kennst die Regeln«, raunte er und sie löste sich von ihm, damit er ihr Nicken sah. »Du wirst mir eine Sammlung übergeben, deren Richtigkeit über dein Leben entscheidet. Nur eine ausgezeichnete Sammlerin wird der Probe standhalten können, die Enwa von uns allen verlangt. Du darfst dir von niemandem helfen lassen, mit niemandem sprechen und niemanden berühren.« Der Ahne sprach die gleichen Worte wie vor jeder Aufgabe und der vertraute Klang, den Rhys schon so oft gehört hatte, ließ ihr einen wohligen Schauer über den Rücken laufen. Sie hatte so viele Mondwechsel auf diesen Moment gewartet. Anfang oder Ende, dazwischen gab es nichts.

Der Ahne legte ihr die Hand auf die Schulter und beugte sich zu ihr hinab. Rhys hielt den Atem an und lauschte auf sein Flüstern. Es waren nicht viele Pflanzennamen, aber das sagte nichts darüber aus, wie schwer die Aufgabe werden würde.

»Du wirst mir Folgendes bringen: Ein Blütenblatt aus der Knospe des Schwarzmohns, ein weißes Hoffnungsröschen ...« Der Ahne zögerte kurz und Rhys verkrampfte sich. Das weiße Hoffnungsröschen war niemals Teil der Aufgabe. Niemand wusste mit Sicherheit, wo diese Pflanze wuchs. Nur –

Der Ahne hatte sie zur Wissenden gewählt. Zu jenem Teil des Stammes, der den Wald besser kannte als jeder andere sonst. Andächtig nickte sie, doch mit den nächsten Worten zerstörte der Ahne ihre ehrfürchtige Aufregung.

»… und einen Dorn der Opferlilie.«

Rhys riss die Augen auf und zog schneidend die Luft ein. *Nein!* Sie wollte ihn fragen, warum er ihr das antat. Warum er sie auf eine Reise schickte, die so gefährlich war. Um den Teil einer Pflanze zu holen, der sie umbringen würde, wenn sie ihn am Ende aß.

Der Ahne musste das Flackern in ihrem Blick sehen, als Entsetzen, Zorn und Furcht miteinander wechselten. »Ich habe dich als Wissende gewählt, weil du für diese Aufgabe geboren worden bist, Rhys«, raunte er an ihr Ohr. »Und als Wissende wirst du diese Prüfung überleben.« Er sah sie brennend an.

Rhys nickte, blinzelte die verzweifelten Tränen fort. Der Ahne würde sie nicht in den Tod gehen lassen. Es gab einen Weg, um Enwas Aufgabe zu bestehen.

»Das wirst du mir bringen und dich Enwas Willen fügen«, sagte der alte Mann ernst.

Rhys spürte ein tiefes Zittern in sich aufsteigen, als sie den Kopf senkte. »Das ist, was ich tun will«, sagte sie und damit war es entschieden: Die Aufgabe hatte begonnen und würde erst enden, wenn Rhys unter Enwas Atem angenommen wurde. Wenn sie das schaffte, dann würde sie als Sammlerin zurückkehren. Als Sammlerin und als Wissende des Stammes.

Oder sie starb bei dem Versuch.

Rhys war schon oft darauf angewiesen gewesen, die Pflanzen um sich herum genau zu kennen. Dieses Mal aber war es anders. Wenn sie einen Fehler machte, würde sie sterben. Das war die Abmachung, der jedes Mitglied des Stammes am Abend von Enwas Aufgabe zustimmte.

Rhys zog die Brauen zusammen und schob die Hände tief in die Taschen, aber die Taubheit, die der Winter mit jedem Atemzug in ihrem Körper hinterließ, blieb bestehen. Ihre Stiefel ließen tiefe Spuren im Schnee zurück, aber mit jedem Schritt blieb auch ein Teil der Angst am Eis hängen. Das war die Nacht der Nächte und sie würde den Stamm nicht enttäuschen, wenn der Ahne sie zur Wissenden auserkoren hatte. Kurz hielt sie inne, um in den Wald zu lauschen, und atmete tief ein.

*Schwarzmohn, Hoffnungsröschen, Opferlilie.*

Der Schwarzmohn war einfach und so begann Rhys mit der Suche dort, denn er war fragil und kaum darauf ausgelegt, lange im Schnee zu überleben. Vielmehr suchte er die Nähe zu anderen Pflanzen, die ihn vor Kälte, Wind und Schneefall schützen konnten. Als Rhys die Winterrauke in einiger Entfernung sah, fragte sie sich fast, ob der Ahne ihr diese erste Pflanze zugeteilt hatte, damit sie mehr Zeit für die Suche der anderen beiden verwenden konnte, bevor sie im Wald erfror.

Der Schnee knirschte unter Rhys' Knien und Kälte drang durch ihre Hose. Sie schob langsam die herabhängenden Zweige der Winterrauke zur Seite. Der Stoff ihrer Handschuhe reichte nicht aus, um sie vor den langen Dornen zu schützen. Die Kratzer der Winterrauke galten unter den Sammlern nicht als besonders schmerzhaft, aber sie verheilten nur mühsam und würden noch einige Tage zu sehen sein.

Mit einer Hand hielt sie die Zweige zur Seite und ignorierte den dumpfen Schmerz, den die Dornen in ihrer Haut verursachten. Der Winter hatte ihren Körper längst mit Kälte betäubt. Der Stamm der Winterrauke war in sich verschlungen und Rhys strich über das glatte Holz, bis hinab auf den Boden. Es lag nur eine feine Eisschicht unter den schützenden Zweigen und daraus entsprangen die fedrigen Blätter des Schwarzmohns, die schließlich in weichen, pechschwarzen Blüten mündeten.

*Ein Blütenblatt aus der Knospe des Schwarzmohns.*

Behutsam wanderten Rhys' Finger den Stängel hinab und verharrten an den letzten Blättern, unter denen der Schwarzmohn seine Knospen verbarg. Die Blütenblätter waren noch klein und fest zusammengedreht, aber Rhys öffnete die Knospe dennoch und zupfte ein einzelnes schwarzes Blatt heraus. Diese Blüte würde unvollkommen erblühen, aber sie würde diesen Makel kaum bemerken. Was im Schatten wuchs, maß sich nicht mit dem Licht.

Vorsichtig wickelte Rhys das Blütenblatt in Stoff ein und verwahrte es sicher in der Tasche ihres Mantels. Der erste, einfachste Teil war vorbei. Ab jetzt würde nur noch Enwa über ihr Schicksal wachen. *Hoffnungsröschen, Opferlilie.*

Zwei Pflanzen, die über ein Leben entschieden. Oder über einen Tod.

Sie hatte damit gerechnet, dass der Ahne sie zur Wissenden machen würde, seit sie ihre erste Vision gehabt hatte. Aber es machte einen Unterschied, ob man mit etwas rechnete oder ob man diese Hoffnung dann tatsächlich erfüllen musste.

Die ersten Jahre ihres Lebens hatte Rhys geglaubt, der Aufgabe der Wissenden läge eine lange Tradition zugrunde. Erst später hatte sie erfahren, dass es wenige gab, die sich je so genannt hatten. Der Ahne erzählte selten von der Zeit, in der er jung und der Stamm der Sammler ein anderer gewesen war. Rhys kannte nur die Erzählungen der ältesten Sammler, hatte die Aufzeichnungen des Ahnen selbst nie gelesen, denn er bewahrte sie wie einen Schatz vor den Augen Fremder. Wenn sie erfolgreich von Enwas Aufgabe zurückkehrte, würde sie sie endlich lesen dürfen und sich selbst das alte Wissen aneignen, das die Sammler über Jahre oder gar

Jahrhunderte hinweg gesammelt hatten. Vielleicht würde sie dann auch erfahren, warum es die Aufgabe der Wissenden überhaupt gab. Welches Ereignis es damals notwendig gemacht hatte, dass jemand den Wald besser kannte als sich selbst.

Rhys setzte die Schritte vorsichtiger, je weiter sie sich vom Lager entfernte. Noch war sie nicht an der Grenze des Nadelwaldes angekommen, aber der Norden zeigte bereits die ersten Anzeichen seines rauen Gesichts. Der Wind schnitt kälter zwischen den Baumstämmen hindurch und Rhys biss die Zähne zusammen, damit sie nicht zitterten.

Neva war die zweite Wissende der Sammler gewesen. Die Tradition war so alt, wie sie diese Aufgabe erfüllte. Rhys würde die Dritte sein und wenn sie versagte, würde die junge Tradition mit den Sammlern sterben. Das Leben des ganzen Stammes hing von ihr ab, wenn sie Enwas Aufgabe bestand und die Position der Wissenden einnahm. Sie musste nur lange genug überleben.

Die Erinnerung an den Blick des Ahnen folgte Rhys durch den Wald, während sie sich an alles zu erinnern versuchte, was sie über die weißen Hoffnungsröschen wusste. Er glaubte an sie und so tat sie es ihm gleich.

Rhys hatte niemals zuvor ein weißes Hoffnungsröschen in den Händen gehalten, denn diese Pflanzen waren heilig. Die Sammler verwendeten sie nur für das Ritual der Gefährten, in dem zwei Seelen unter Enwas Zuspruch auf ewig vereint wurden. Der Legende nach waren die Blüten des Hoffnungsröschens einst schwarz gewesen und die Menschen des Waldes hatten sie im Feuer verbrannt, um ihre Toten mit der Asche vor Enwas Blick zu verbergen, damit der Wolkenschatten nicht in Trauer verfiele. Enwa aber sah die Tränen der Menschen, wenn sie um die Verlorenen weinten und sie sandte ihren Atem als Nordlicht zu ihnen hinab, um sie zu trösten. Und als sie das tat, da fing sich das Licht in den Blütenblättern und sie erstrahlten sternenhell. Es war Enwas Versprechen, dass jene Seelen miteinander in die Ewigkeit gingen, die ihre Liebe mit einem Hoffnungsröschen besiegelten. Es war ihr Versprechen, dass nicht einmal der Tod sie würde trennen können.

Rhys hatte diese Geschichte oft gehört, wenn der Ahne sie am großen Feuer erzählt hatte. Und sie hatte ein paar Rituale miterlebt, in denen Gefährten ihre Seelen auf ewig verbanden.

Niemals zuvor aber hatte sie eine solche Ehrfurcht gespürt wie in diesem Moment, in dem sich der Wald vor ihr zu einer Lichtung öffnete und das Nordlicht sich in Bächen auf die Erde ergoss. Fast hätte Rhys die helle Reflexion für Schnee gehalten, aber als sie mit angehaltenem Atem näher herantrat, erkannte sie die unzähligen Blüten. Die Legende besagte, dass die weißen Hoffnungsröschen nur an Übergängen der Welten leben konnten und dies war die Grenze zwischen dem Laubwald, der ihr Lager umschloss, und dem Nadelwald, der den Norden beherrschte. Rhys hatte kaum zu hoffen gewagt, dass sie sie hier finden würde.

Ihre Beine waren längst müde und Schweiß stand ihr auf der Stirn, trotz der Kälte, die ihr in den Knochen saß. Der Weg, den sie an der Grenze gewandert war, hatte sich in der Aufregung nach wenigen Augenblicken angefühlt, aber ihr Körper signalisierte ihr nun nur zu deutlich, wie viel Zeit sie tatsächlich im erfrorenen Wald verbracht hatte. Stundenlang war sie an der Grenze entlanggewandert, ohne zu wissen, ob die Legenden wahr waren. Es waren vergleichsweise wenige Blüten, die hier wuchsen – die Geschichten erzählten manchmal von ganzen Meeren aus weißen Pflanzen. Vielleicht war der Übergang nicht stark genug, um noch mehr von ihnen ein Leben zu ermöglichen, aber es war ein Anfang. Es war ihre persönliche Grenze und als Rhys in die Knie ging und behutsam ein Hoffnungsröschen pflückte, spürte sie, dass sie diese Grenze übertreten hatte. Vor ihr lag die Aufgabe der Wissenden und niemals mehr würde sie in ihr altes Leben zurückkehren können. Es war nur noch eine einzige Pflanze, die sie von der Zukunft trennte.

*Die Opferlilie.*

Wenn Enwa die Menschen beschützen wollte, so hatte sie es dadurch getan, das Gift des Waldes unter einer dicken Schneeschicht zu verbergen. Die Opferlilie war eine der tödlichsten Pflanzen, die Rhys kannte. Normalerweise verbargen sich diese jedoch unsichtbar unter dem Eis, lockten empfindliche Tierschnauzen mit lieblichen Düften und reizten dann nach dem Aufbrechen der Schneeschicht mit den gelben Blüten, damit die Tiere tiefer gruben und sich schließlich an den Dornen vergifteten. Und wenn sie das taten, ernährte sich die Pflanze von ihrem Fleisch.

Rhys kannte keinen Menschen, der eine Vergiftung miterlebt oder gar überlebt hätte. Der Ahne warnte schon die Kinder vor der Gefahr, die diese Pflanze mit sich brachte, selbst wenn man ihr kaum einmal begegnete. Alles an ihr war tödlich, nur die leuchtend gelben Blüten nicht. Rhys aber war auf der Suche nach einem Dorn, dessen Gift sie umbringen würde, wenn er ihr nicht schon beim Essen die Kehle aufriss. Der Ahne glaubte daran, dass es einen Weg gab und der feine Duft der Hoffnungsröschen, der noch an ihr haftete und sie daran erinnerte, dass sie nicht nur als Sammlerin, sondern auch als Wissende zurückkehren würde, ließ Rhys ebenfalls daran glauben.

Und doch –

Verborgen unter dem Schnee waren die gelben Blüten unsichtbar. Rhys hatte nicht den Geruchssinn der Erlhörner, die davon angezogen zu graben begannen, bis das Gelb sie leitete. Wenn sie

Glück hatte, würde eine Schneeverwehung einen Teil aufdecken, aber wie hoch war die Wahrscheinlichkeit?

Langsam sah sich Rhys um. Sie war so oft durch den Wald gegangen, dass sie eines genau wusste: Hier würde sie keine Opferlilien finden. Nicht im Norden.

Kurz hielt sie inne und wandte den Blick zwischen den Zweigen hindurch zum Nachthimmel. Schlieren aus Licht zogen über den Baumwipfeln entlang, aber am Horizont zeigte sich die erste Ahnung des Morgens. Tief atmete Rhys ein, ehe sie sich umdrehte und in entgegengesetzter Richtung weiterging. Nach Süden. Dorthin, wo die Tiefen Mäuler lauerten.

# KAPITEL ZWEI

ielleicht war es leichtsinnig. Rhys aber brauchte die Dornen und sie würde nicht bereits bei dem Versuch sterben, sie aus dem Schnee zu graben. Die Tiefen Mäuler waren eine Zone im Wald, in der sich der Boden zu klaffenden Rissen wandelte.

Rhys erinnerte sich an ängstliche Nächte, nachdem einer der Sammler am Lagerfeuer Gruselgeschichten zum Besten gegeben hatte. Von Monstern, die aus den Rissen kletterten und alles mit sich in die Tiefe zogen, das nicht rechtzeitig vor ihnen floh. Natürlich waren das nur Geschichten. Der Wald barg keine Monster, weder unter noch über dem Schnee. Aber die klaffenden Spalten waren eine reale Gefahr. Kaum ein Sammler wagte sich jemals weit genug gen Süden, um dieses Gebiet zu erreichen, aber Rhys hatte die letzten beiden Nächte damit zugebracht, es zu finden. In den Tiefen Mäulern, wo der Schnee urplötzlich wegbrach, lagen manchmal ganze Pflanzenteile frei und Rhys könnte die Dornen der Opferlilie dort sammeln, ohne unmittelbar Gefahr zu laufen, sich unbedacht in den Finger zu stechen und von den fleischfressenden Ranken verdaut zu werden. Gefährlich würden nur die Risse sein, aber wenn sie die Wahl hatte, würde sie lieber durch einen Sturz in ewige Tiefe getötet werden, als langsam am brennenden Gift der Opferlilie zugrunde zu gehen.

Jeder Sammler wusste, wie sich der Stich einer Opferlilie anfühlte, denn der Ahne verstand sich im Erzählen der Geschichten. Sie mussten stets mit dem Schlimmsten rechnen, wenn sie alleine durch den Wald gingen. Unter jeder Winterrauke könnte sich eine giftige Pflanze verstecken und sie mussten erkennen, welche es war, bevor sie daran starben.

Rhys blieb stehen, als sie die ersten feinen Risse in der Schneedecke sah. Noch war von klaffenden Spalten nichts zu sehen, aber das Eis konnte täuschen. Nicht immer war die Erde darunter so sicher, wie es schien. Und als Rhys dort stand, eine Hand an der Rinde einer Frostlärche, um dem Atem des Waldes zu lauschen und die Eisdecke nach Spuren gelber Blüten abzusuchen, da zweifelte sie. Zum ersten Mal seit Beginn ihrer Prüfung war sie nicht sicher, ob sie es schaffen würde. Wenn die Erde sie verschlang, würde nichts von ihr übrig bleiben. Nicht einmal ein letzter Schrei.

Sie atmete so tief ein, dass die kalte Luft in ihrer Lunge brannte, und löste die erfrorenen Finger von der Rinde des Baumes. Irgendwo vor ihr verbarg sich eine Opferlilie. Von Enwa vorherbestimmt und bereit, Rhys entweder zur Sammlerin zu machen — oder zu töten.

Ohne einen weiteren Gedanken an die Konsequenzen ihres Scheiterns oder die Möglichkeit des nahenden Todes rannte Rhys los und spürte, wie der Boden unter ihren Schritten bröselte. An einigen Stellen sanken ihre Stiefel tiefer, als sie sollten, aber mit einem Sprung rettete sie sich, bevor die Erde wegbrechen konnte. Rhys verharrte, als sich der Wald weiter öffnete und die Tiefen Mäuler sie mit einem lautlosen Knurren erwarteten. Das war der Ort, den sie suchte. Zerfurchter Boden, der an einigen Stellen dunkle Erde durchschimmern ließ. Das Eis stand in harten Scharten aus dem Schnee hervor, wo es von der Gewalt eines Einsturzes fortgeschleudert worden war.

Und dann sah Rhys die Blüte. Leuchtend hob sie sich von der Schneedecke ab, die zur Seite weggebrochen war und nun in einem klaffenden Spalt mündete. Schmal genug, um ihn zu überspringen, wenn die Erde auf der anderen Seite ihr Gewicht fangen würde, ohne abzurutschen.

Die zitternde Entschlossenheit, die ihren Körper mit Adrenalin in Brand steckte, ließ ihre Gedanken verstummen. Einmal atmete Rhys zischend ein, ehe sie die Luft entweichen ließ und ihr Herzschlag den Takt ihrer Schritte vorgab. Sie rutschte über den Schnee und die Spalten hinweg, die sich knirschend hinter ihr auftaten. Zwei Schritte noch, dann ein Sprung. Rhys kam dumpf auf, schlitterte über das Eis, als es unter ihr brach. Verzweifelt schlug sie die Finger in den Schnee, aber die Erde darunter rutschte bereits. Sie warf sich herum, doch ihr Körpergewicht hatte die ganze Eisplatte zerbrochen und der Riss, der die Welt entzweibrach, schrie längst ihren Namen.

Die Kante hielt ihren Sturz einen Moment lang auf und Rhys krallte sich in die gefrorene Erde, während ihr das Blut heiß in den Ärmel lief. Scharf wie die Klinge eines Messers konnten die Eisspitzen werden, wenn sie nur lange genug im Schnee gefroren.

Roter Schnee stürzte in die Erdspalte und Rhys hielt sich zitternd fest. Vor Anstrengung schreiend und mit bebenden Muskeln verharrte sie. Tränen gefroren auf ihren Wangen und ihr Herz setzte immer wieder aus, wenn sich ganze Erdbrocken von der Kante lösten. Ihre Finger brannten und das Blut klebte an ihr, rann erst heiß an ihrer Haut hinab, bis es vom Stoff aufgesogen wurde. Sie würde sterben. Das war der Moment, den Enwa für sie gewählt hatte. Der Winter selbst würde ihr Leben beenden, wenn die Welt sie verschlang.

Die Anstrengung malte ihr tanzende schwarze Flecken an die Ränder ihres Sichtfeldes, aber der letzte Funke aufkeimender Hoffnung bemerkte, dass der Schnee zum Liegen gekommen war. Rhys wagte keinen Blick nach unten, sie biss nur die Zähne so fest zusammen, dass ihr Kiefer schmerzte, und zog sich mit letzter Kraft zurück über die Kante.

Ihr Körper zitterte unkontrolliert und ihre Finger verkrampften sich. Keuchend brach sie auf der Erde zusammen und hinterließ blutige Handabdrücke auf dem Eis.

So still fielen die Schneeflocken. So still bedeckten sie das Blut. Irgendwo im Wald war es zurückgeblieben und wartete erfroren darauf, dass Enwa es als ihr Opfer annahm. Rhys glaubte nicht daran, dass der Wolkenschatten es tatsächlich von der Erde küssen würde, wie die Geschichten es erzählten. Aber sie glaubte daran, dass es Enwa beweisen konnte, dass ihre Wahl der Wissenden Früchte trug.

Die ersten Schritte von den Tiefen Mäulern fort konnte Rhys nur kriechen. Ihr Körper ließ den Schock nicht gehen und er lähmte ihre Muskeln. Wenn sie aber noch länger in der Kälte verharrte, würde sie es niemals mehr zurückschaffen. Rhys spürte die Anstrengung der vergangenen Tage. Der Weg zu den Tiefen Mäulern hatte sie viel gekostet. Mehrere Nächte, die sie gewandert war und kaum zum Ausruhen angehalten hatte. Stunden der Angst, Momente des nahenden Todes.

*Schwarzmohn, Hoffnungsröschen, Opferlilie.*

Nur der Heimweg trennte sie noch vom Beginn eines neuen Lebens. Der Heimweg und der giftige Dorn der Opferlilie, den sie essen musste, um Enwas Aufgabe zu bestehen. Das kaum merkliche Gewicht des Dorns, den sie sorgsam in den Stoff gewickelt hatte, zog sie zurück in den Abgrund der Welt, den sie hinter den Tiefen Mäulern zurückzulassen geglaubt hatte.

Ein kalter Schauer ließ Rhys erzittern und fast wollte sie dem Sog nachgeben und langsam im Schnee erfrieren. Das wäre ein schönerer Tod, als am Gift der Opferlilie zu verbrennen. Sie musste einen Weg finden, den Tod zu umgehen. Der Ahne sah diesen Weg, das wusste sie. Wenn er ihn ihr nur sagen würde …

*Sagen dürfte.*

Schritt für Schritt schleppte sich Rhys durch den erfrorenen Wald und der Schock der Tiefen Mäuler fiel langsam von ihr ab, wurde ersetzt von einer ganz anderen Furcht: kurz vor dem Ziel zu scheitern.

Als das große Feuer den ersten Widerschein in den Wald warf, erstarrte Rhys. Jeder weitere Schritt brachte sie näher an jenen Moment, an dem es kein Zurück mehr gab. Und wenn sie jetzt ins Lager trat und der Ahne ihre Ankunft bemerkte, dann würde sie ihm ihre Sammlung geben und am Gift der Opferlilie zugrunde gehen. Sie beide würden es wissen, der Ahne und sie. Enwa würde es wissen. Aber niemand würde etwas tun, um Rhys' Tod zu verhindern. Sie alle würden dabei zusehen, wie es geschah. Wie ihr Körper in Krämpfen zu Boden gehen und ihren Geist in Flammen stecken würde, bis ihre Seele in der Glut verging. Vielleicht würde Enwa ihr vergeben, wenn sie sie in den Schutz ihrer Schwingen aufnahm. Wenn sie auf all die Sammler stieß, die vor ihr gegangen waren. Die es geschafft hatten.

Rhys ballte die Hände zu Fäusten und wandte sich vom Lager ab. Einige Schritte lang folgte sie einem unsichtbaren Weg, bis blasser, violetter Stoff hinter den anderen Zelten sichtbar wurde. Es war Nevas Zelt. Das Zelt der Wissenden. Das einzige Zelt, in dessen Innern sie eine Antwort finden würde, wie sie das Gift der Opferlilie überleben konnte.

»Du kennst die Regeln«, hörte Rhys die Stimme des Ahnen in ihren Gedanken. »Du wirst mir eine Sammlung übergeben, deren Richtigkeit über dein Leben entscheidet. Nur eine ausgezeichnete Sammlerin wird der Probe standhalten können, die Enwa von uns allen verlangt.«

Als Rhys den ersten Schritt zwischen die Zelte setzte, wurde sie ruhig und ihr Herzschlag langsamer. »Du darfst dir von niemandem helfen lassen, mit niemandem sprechen und niemanden berühren.«

Sie testete die Grenzen der Prüfung aus, das wusste sie. Und wenn sie jetzt jemand sah … dann war es vorbei.

Rhys ging an der Seite des Zeltes in die Knie, die dem Wald zugewandt lag. Kurz lauschte sie und hob den Kopf, doch es stieg kein Rauch über dem Zelt auf. Neva war seit wenigen Mondwechseln tot. Sie hatte schon lange kein Feuer mehr entzündet und auch sonst war kein Laut aus dem Innern zu hören. Rhys atmete tief ein und hob vorsichtig den Stoff an, um sich darunter hindurchzuschieben. Das Zeltinnere empfing sie mit Nevas vertrautem Duft nach Kräutern und Blüten. Sie war nicht die einzige Sammlerin, die ihr Zelt mit getrockneten Blüten schmückte, aber sie hatte eine besondere Mischung benutzt, um Enwas Visionen klarer zu empfangen. Wenn Rhys die kommenden Stunden überlebte, dann würde sie diese Eigenheit von Neva übernehmen und sie offiziell als Wissende ablösen. Und dann darauf warten, dass Enwa ihr eines Nachts verriet, wer ihren Platz einnehmen sollte.

Die Rolle der Wissenden war eine andere als die des Ahnen, der seine Aufgabe erst mit dem Tod übergab. Rhys wusste, dass er damit gerechnet hatte, dass es bei der Wissenden ähnlich wäre, aber Enwa hatte mit Nevas und dann mit Rhys' Geburt andere Pläne gehabt.

Behutsam kroch Rhys weiter, bis sie die flache Holztruhe erreichte, in der Neva ihre Aufzeichnungen aufbewahrte. Sie unterschieden sich von denen des Ahnen, denn dieser war dafür verantwortlich, das Wissen der Sammler zu bewahren und an die nächsten Generationen weiterzugeben. Die Wissende aber beschützte den Stamm in der Gegenwart. Es war egal, ob ihre Zeichnungen kunstvoll und ihre Schriften schön formuliert waren. Sie mussten nur funktionieren. Alles, was sich als wichtig genug erwies, wurde später ohnehin vom Ahnen überarbeitet und archiviert.

Rhys durchsuchte die Aufzeichnungen vorsichtig, damit niemand bemerkte, dass sie hier gewesen war. Bei jedem Geräusch, das durchs Lager wehte, zuckte sie zusammen. Sie war in jedem Augenblick bereit, das Zelt ebenso lautlos zu verlassen, wie sie es betreten hatte. Und dann war da ein einzelnes Wort, das ihr entgegensprang. *Opferlilie.*

Die Zeichnung daneben war unsauber und unvollständig, aber Rhys erkannte die Pflanze sofort. Das war ihre einzige Möglichkeit. Wenn Neva nicht gewusst hatte, wie man dem Gift entging, wenn es vielleicht gar keine Rettung gab …

Unruhig flogen ihre Augen über die Seite und nahmen jeden Buchstaben auf, der in Nevas unverkennbarer Handschrift gekritzelt war. Am Rand neben der Opferlilie fand sich die verschmierte Skizze einer Pflanze, die Rhys unbekannt war und sie wagte kaum zu atmen, als sie daneben eine winzige Notiz fand. Sie konnte nicht sicher sagen, dass es sich dabei um ein Gegenmittel für das Gift der Opferlilie handelte. Sie konnte nur raten. Hoffen. Beten.

Die Zeilen standen in einer Ecke des Blattes und waren fast nicht lesbar, aber Rhys schaffte es, sie zu entziffern.

*Kaiden hat von einem einzigen Fall erzählt. Min hat ein Leben retten können. Überprüfen. Sickermoos unter der Zunge schmelzen.*

Sickermoos. Das würde ihre Rettung sein.

Oder ihr Untergang.

# KAPITEL DREI

Als Rhys das Lager der Sammler ein weiteres Mal hinter sich ließ, glaubte sie kaum mehr daran, Enwas Aufgabe lebend zu überstehen. Sie wusste von keiner anderen Prüfung, die derartiges Vorgehen erfordert hätte. Und zugleich hatte sie in Nevas Zelt ihre Hoffnung wiedergefunden, dass es tatsächlich einen Weg gab. Wenn sie das Sickermoos fand, obwohl sie nur eine ungenaue Zeichnung hatte.

Wenn sich die Anmerkung als wahr herausstellte und es tatsächlich funktionierte.

Wenn Enwa es so wollte.

*Kaiden hat von einem einzigen Fall erzählt. Min hat ein Leben retten können. Überprüfen. Sickermoos unter der Zunge schmelzen.*

Sie konnte es schaffen.

Rhys setzte einen Fuß vor den anderen und es schien ihr, als wären Jahrhunderte vergangen, seit ihre Prüfung begonnen hatte. Der Winter lag unverändert vor ihr, aber er verbarg nun ein Geheimnis.

Das Sickermoos hatte auf der Zeichnung unscheinbar ausgesehen. Eine Ansammlung kleiner Blätter, die rau genug schienen, um sich im ewigen Winter zu behaupten. Aber wo? Wenn es unter der Schneedecke wuchs, würde sie es niemals finden. Nicht mit den wenigen Hinweisen, die sie hatte.

*Sickermoos unter der Zunge schmelzen.*

Dieser Satz ließ Rhys' Gedanken wirbeln. Pflanzen schmolzen nicht unter der Zunge. Oder doch? War vielleicht kein Schmelzen gemeint, sondern ein Zerkauen? Der Ahne nutzte manchmal schmerzlindernde Zutaten, die zu einer Paste zerrieben auf die Zunge aufgetragen wurden, um von der Mundschleimhaut aufgenommen zu werden. Ob es mit dem Sickermoos das Gleiche war? Ob die Aufzeichnungen nur ungenau waren oder Neva einfach ein beliebiges Wort gewählt hatte?

*Sickermoos unter der Zunge schmelzen.*

Rhys ballte die Hände zu Fäusten und schob sie tief in die weiten Taschen ihres Mantels. Der Schnitt an ihrer Hand brannte kaum noch, denn die Kälte hatte den Schmerz längst betäubt. Ihre bisherige Sammlung wog wohltuend schwer, doch sie nützte ihr gar nichts, wenn sie das Sickermoos nicht fand.

Der Ahne glaubte daran, dass sie sich nicht an Enwas Aufgabe vergiften würde. Vielleicht lag darin der Hinweis verborgen. Rhys zermarterte sich den Kopf, während sie in einiger Entfernung zum Lager große Kreise zog. Der Ahne musste etwas wissen und er musste erwarten, dass sie eine Lösung fand. Sonst schickte er sie mit der Prüfung in den Selbstmord und das konnte nicht das Ziel gewesen sein.

Frustriert kauerte sich Rhys an den Stamm eines Baumes und lehnte den Kopf gegen die Rinde. Irgendwo lag die Antwort, verborgen von ewigem Eis, und sie sah sie nicht. Wie sollte sie das Sickermoos finden – vorausgesetzt, Nevas Aufzeichnungen waren zutreffend?

Wie sollte sie ihrer Aufgabe als Wissende gerecht werden, wenn sie die Lösung nicht fand? Wie sollte sie jemals eine Sammlerin werden? Eigene Forschungen abschließen und –

Rhys erstarrte. Eigene Forschungen. Der Ahne forschte seit Jahren schon mit Regenblättern. Untersuchte ihre einzigartige Fähigkeit, den Schnee zu schmelzen, der sich in ihren Blättern fing. War das der Hinweis, den sie brauchte? Regenblätter wuchsen auf Mehrbäumen; der Ahne versuchte schon seit Langem, sie auch auf anderen Bäumen zu kultivieren. Vielleicht würde sie dort auch das Sickermoos finden.

In einer fließenden Bewegung kam Rhys auf die Füße. Um das Lager der Sammler herum gab es nicht viele Mehrbäume, aber das würde sie nicht aufhalten. Nun, da der Funke einer Idee übergesprungen war, würde Rhys auch unzählige Tage und Nächte hindurch laufen, nur um Enwas Aufgabe zu bestehen.

Der Wald schien ihren Schritten nun umso aufmerksamer zu lauschen. Knarrend gab der Schnee unter Rhys' Stiefeln nach, während sie flüchtig den Schnitt an ihrer Hand überprüfte. Er war als rote Linie erkennbar, doch in der Kälte längst nicht mehr zu spüren. Dafür nahm jedoch die Erschöpfung mit jedem Schritt zu. Rhys biss die Zähne zusammen. Einen Mehrbaum zu finden, war die letzte Hoffnung, die ihr blieb.

Wie oft hatte sie den Ahnen begleitet, wenn er nach Ästen gesucht hatte, die der glatten Rinde des Mehrbaums glichen, um die Regenblätter auf immer neuen Baumarten zu kultivieren? Wirklich gelungen war es ihm über viele Jahre nicht, aber es schien, als machte der alte Mann in den letzten Monden Fortschritte, die sich sehen lassen konnten. Und obwohl der Ahne lange nicht mehr nach Mehrbäumen gesucht hatte, weil seine Forschungen mittlerweile zu fortgeschritten waren, um sich mit Altbekanntem aufzuhalten, wusste Rhys doch ganz genau, wo er sie zuvor immer gefunden hatte. Normalerweise wäre der Weg dorthin nicht beschwerlicher gewesen, als ein Spaziergang im erfrorenen Wald es ohnehin war, doch die Auswirkungen der Prüfung zeigten sich immer deutlicher. Rhys spürte zwar den Schmerz ihrer Handverletzung nicht mehr, doch die Erschöpfung war kaum zu ignorieren. Rhys setzte die Füße immer langsamer voreinander. Ihre Gedanken schweiften zum großen Feuer, zur Wärme der Zelte und dem vertrauten Duft nach Kräutern und Rauch.

Fast hätte sie den hellen Baum mit der unverwechselbar glatten Borke übersehen und wäre so in ihren eigenen Untergang gelaufen. Aus dem Augenwinkel aber blieb der Mehrbaum in ihrem Blickfeld hängen und Rhys erstarrte augenblicklich.

Konnte es wirklich –

Ihre Suche hatte ein Ende und sie betete zu Enwa, dass auch ihre Prüfung damit beendet sein würde und sie endlich ins Lager zurückkehren konnte, ohne ihren eigenen Tod verantworten zu müssen.

Der Baum, den sie gefunden hatte, war noch nicht besonders alt. Die untersten Äste boten kaum genug Halt, um Rhys zu tragen, aber als sie den Blick in die Krone hob, sah sie die dunklen Schatten der Regenblätter auf den höheren Zweigen sitzen.

Ein weiteres Mal schob sich Rhys den Handschuh über die Finger, um die Wunde zu mustern. Wenn sie an der Rinde abrutschte oder eine hektische Bewegung machte, könnte sie wieder aufreißen. Dieses Risiko würde sie ohne zu zögern eingehen, wenn sie dafür die Chance auf ihr eigenes Überleben bekam. Aufmerksam umrundete Rhys den Stamm, um die geeignetste Stelle zum Klettern zu finden. Schließlich entschied sie sich für einen schmalen Ast, der ihr Gewicht hoffentlich halten würde, wenn sie den Fuß nah an den Stamm setzte und sich schnell genug zu den dickeren Ästen hochziehen konnte.

An der glatten Rinde rutschten ihre Finger fast weg, aber Rhys hielt den Blick starr nach oben gerichtet. Ein Knacken fuhr durch den Wald, als der Ast, auf dem sie stand, unter ihrem Gewicht barst. Rhys schrie auf, als sie sprang und sich festklammerte. Ihre Hand würde einen blutigen Abdruck hinterlassen, das spürte sie.

Ihr Atem ging stoßweise. Der gebrochene Ast unter ihr klaffte als Wunde in der Rinde. Wenn sie sich fallenließ, schaffte sie es vielleicht nicht mehr den Baum hinauf und zugleich wusste sie nicht, wie hart der Schnee sie fangen würde. Schweiß stand Rhys auf der Stirn. Keuchend hob sie den Kopf. Mit ausgestreckten Armen hing sie an dem Ast, den sie gerade so hatte erreichen können. Ihre Muskeln zitterten. Sie hatte kaum die Kraft, sich weiter festzuhalten. Wie sollte sie sich hinaufziehen?

Tränen brannten Rhys in den Augenwinkeln, aber sie blinzelte wütend und kämpfte verzweifelt dagegen an. Diese Genugtuung würde sie dem Ahnen nicht auch noch geben, wenn sie schon ohne das Sickermoos ins Lager zurückkehren musste, um ihre Sammlung zu essen und am Gift der Opferlilie zu vergehen.

*Nein!*

Dazu würde Rhys es nicht kommen lassen, wenn Enwa sie nicht dazu zwang. Kalte Luft strömte in ihre Lunge, als sie tief einatmete und den Schmerz und die Erschöpfung ausblendete. Sie testete den Halt des Astes, in dem sie behutsam zur Seite schwang. Er schien stabiler zu sein als der Erste und so presste Rhys die Lippen zusammen und sammelte Schwung, bis ihre Stiefel die Borke des Mehrbaums erreichten und sie sich daran abstützen konnte. Es war schwer, genügend Halt an der glatten Oberfläche zu finden, aber schließlich gelang es ihr.

Mit letzter Kraft und zitternden Muskeln zog sie sich nach oben, Stück um Stück. Der Stoff ihrer Handschuhe klebte am Ast, weil ihre verbliebene Körperwärme die Eisschicht darauf angeschmolzen hatte und sie dann daran festgefroren war. Grob riss sie sich los und schwang endlich die Beine über den Ast. Nun waren es Tränen der Erleichterung und Erschöpfung, die auf ihren Wangen zu Eiskristallen wurden. Einen Herzschlag lang lag sie bewegungslos an den Ast geklammert und atmete keuchend in die eisige Luft, bis ihre Luftröhre von der Kälte schmerzte.

Aber Rhys hatte es geschafft. Sie zog sich am Stamm nach oben, bis sie den nächsten Ast erreichen konnte. Dort wuchs ein Regenblatt, das scheinbar noch jung war, denn es hatte kaum eine Handvoll fleischiger Blätter ausgebildet. Rhys packte die Pflanze und brach sie vom Ast. Eine sanfte Wärme ging von den Blättern aus und tatsächlich tropfte Wasser an der verdickten Sprossachse hinab, die Rhys in der Hand hielt. Warmes Wasser mischte sich im Stoff ihres Mantels mit angetrocknetem Blut. Es widersprach der Tradition und der Moral der Sammler, eine Pflanze derart aus ihrem Lebensraum zu rauben, aber Rhys konnte darauf keine Rücksicht nehmen, wenn sie überleben wollte. Längst war ihr die Winterkälte in die Glieder und die Knochen gekrochen und würde sie in den Tod reißen, wenn sie sie nicht bald an einem Feuer vertrieb.

Rhys sah am Baum hinab und ließ das Regenblatt nach unten in den Schnee fallen. Es war zu groß, um in ihre Manteltaschen zu passen und würde sie nur beim Hinunterklettern behindern, wenn sie es in der Hand behielt. Ob sie das Sickermoos dort finden würde oder nicht, würde sich zeigen, wenn sie sicher auf dem Boden stand.

Sie suchte den Stamm nach einer Möglichkeit ab, beim Hinabsteigen einen Halt zu finden, als sie plötzlich erstarrte. Knapp über ihrem Kopf, an der Gabelung, an der der Ast aus dem Stamm austrat und sich die Rinde leicht wölbte, war ein feiner, dunkler Riss zu erkennen. Rhys streckte sich auf die Zehenspitzen, um dichter heranzukommen. Eine solche Verfärbung an der Rinde eines Mehrbaums hatte sie niemals zuvor gesehen. Nein, keine Verfärbung. Eine winzige, haarfeine Wurzel.

Sie schnappte nach Luft und klammerte sich an den Stamm, um sich noch ein Stückchen nach oben zu ziehen, ohne abzurutschen. Dort, wo sich der Ast und der Stamm vereinten, wuchs eine fast übersehbare Pflanze aus der Ritze. Rhys sah, dass das Wasser, das das Regenblatt durch ihre grobe Entfernung verloren hatte, auf einer kleinen Einkerbung auf der Oberseite des Astes bis hinab in die Ritze lief und die Pflanze so mit Wärme und Feuchtigkeit versorgte. Beinahe hätte Rhys die Rettung achtlos übersehen. Beinahe hätte sie diese Unachtsamkeit ihr Leben gekostet. War es das, was der Ahne sie mit dieser Aufgabe lehren wollte?

Ganz vorsichtig streckte Rhys die erfrorenen Finger aus und zupfte die Pflanze aus ihrem Versteck. Und wie einen wertvollen Schatz verwahrte sie sie sicher in der Tasche ihres Mantels. An dieser winzigen Pflanze hing ihre gesamte Welt.

»Danke«, flüsterte sie zu Enwa. Vielleicht konnte sie ihre Zuversicht wiederfinden, wenn sie auch diese Hoffnung gefunden hatte.

Keuchend fiel Rhys in den Lichtkreis des großen Feuers. Niemals zuvor war sie so lange außerhalb der Sicherheit des Stammes gewesen. Niemals zuvor hatte sie so viele Tage und Nächte im erfrorenen Wald verbracht. Rhys spürte kaum mehr ein Körperteil, denn in jedem nistete eine nie gekannte Kälte.

Doch sie ließ nur ein paar wenige Herzschläge verstreichen, ehe sie sich aufrappelte und den Schnee vom Mantel klopfte, der längst dunkel von Nässe und angetrocknetem Blut war. Das war nicht der Zeitpunkt, um sich auszuruhen. Noch nicht.

Das Zelt des Ahnen öffnete sich, als Rhys nach ihm rief. Sein Gesicht strahlte vor Erleichterung, als er sie im Feuerschein stehen sah. Rhys erwiderte sein Lächeln und endlich ließ auch ihr Herz die Leichtigkeit zu, die sie im Lager willkommen geheißen hatte. Dieses Mal, als sie sich nicht in das Zelt der Wissenden hatte schleichen müssen, um sich eine Rettung zu rauben.

Sie war lange fort gewesen. Normalerweise dauerte Enwas Prüfung kaum halb so lang. Rhys sah in den Augen des alten Mannes einen Hauch der Schuld, als er ihre Verletzung musterte. Er war es gewesen, der sie auf diese Reise geschickt hatte. Beiläufig warf er ihr einen Blick zu und Rhys fragte sich, ob er nach ihrem Erfolg oder Misserfolg suchte. Noch hatte sie ihm ihre Sammlung nicht gezeigt. Und auch von dem Sickermoos wusste er nichts – wenn es sie denn retten würde. Ganz vertrauen konnte sie Nevas Aufzeichnungen schließlich nicht.

Rhys wollte dem Ahnen ein Zeichen geben, irgendetwas, das ihn beruhigen würde, während er ihre Sammlung mit dem Gift der Opferlilie zubereitete. Aber in diesem Moment wurden weitere Zeltstoffe zurückgeschlagen und der Stamm versammelte sich, um Rhys entweder als vollwertige Sammlerin in den Reihen aufzunehmen oder ihren Leichnam im Eis zu verscharren.

Also übergab Rhys nur ihre Sammlung in die Hände des Ahnen und wartete ab, während der alte Mann in seinem Zelt verschwand, um den letzten Teil ihrer Prüfung vorzubereiten. Das Sickermoos hielt sie fest umschlossen und erst, als sie die Schritte des Ahnen auf der anderen Seite der Zeltwand hörte, schob sie sich die Pflanze unter die Zunge. Ein erdiger Geschmack breitete sich in ihrem Mund aus und hinterließ ein pelziges Gefühl auf ihrer Zunge. Rhys unterdrückte ein Husten und nahm die Schale entgegen, die der Ahne ihr hinhielt. Er hatte den Dorn der Opferlilie zu feinem Pulver zerstoßen, damit sich Rhys nicht die Kehle aufriss, wenn sie schon am Gift verbrannte.

Sie schluckte hart. Keiner der Anwesenden zweifelte daran, dass sie alle Pflanzen ihrer Sammlung gefunden hatte. Es war nur die Gewissheit, dass auch die Opferlilie darunter war, die den Stamm in durchdringendes Schweigen verfallen ließ. Rhys spürte ihren eigenen Herzschlag so laut in den Ohren, dass sie beinahe das leise Flüstern überhört hätte. Jemand hatte damit begonnen, Enwas Gebet zu sprechen.

*Wenn ich einsam bin, dann fängst du mich auf.*
*Wenn ich trostlos bin, trocknest du meine Tränen.*
*Wenn ich auf der Suche bin, gibst du mir ein Ziel.*
*Wenn ich verloren bin, zeigst du mir Rettung.*

Das gleichmäßige Raunen ließ Rhys zuversichtlich werden, auch wenn sie wusste, dass es eine täuschende Sicherheit war. Aber es rührte sie, dass die Sammler sie auf ihrer Reise begleiteten – wenn auch nur mit ihren Stimmen.

Ganz langsam hob Rhys die Schale an ihre Lippen.

*Du bist es, die meine Fragen kennt und mir die Antworten schenkt.*
*Du bist es, die meine Ängste lenkt und meinen Mut erweckt.*
*Du bist es, die meine Träume nimmt und ihren Rat hineinlegt, damit ich*
*hoffnungsvoll werde.*
*Und besonnen.*
*Und stark.*

Ein leichtes Brennen floss durch ihren Mundraum, als das Gift der Opferlilie durch den Geschmack der übrigen Pflanzen drang. Rhys konnte kaum atmen, so eng war ihre Brust. Ein Zittern ging durch ihren unterkühlten Körper und kurz verstummte das Gebet, nur um umso entschlossener zu enden.

*Das ist, was ich tun will.*

Und Rhys glaubte daran. Glaubte daran, dass sie es schaffen konnte.

Bis das Brennen zu einem Feuer wurde und ihre Seele zu kreischendem Schmerz.

# KAPITEL VIER

Das Licht sickerte endlos langsam zurück in ihr Bewusstsein und kam kaum gegen den durchdringenden Schmerz an, der dort nistete. Jede einzelne Faser ihres Körpers stand in lodernden Flammen.

Aber sie lebte.

Lebte sie?

Sie hatte das Leben lange nicht so schmerzdurchwirkt in Erinnerung ...

»Du hast es geschafft.« Die Stimme des Ahnen drang kaum zu ihr durch und hätte Rhys die Kraft dafür gehabt, würde sie schreien. Doch die Erschöpfung der vielen Nächte im erfrorenen Wald, die Verletzung der Tiefen Mäuler und schließlich das Gift der Opferlilie, das sie zwar nicht getötet hatte, ihren Körper aber noch immer angriff …

Sie hatte keine Kraft, die Augen zu öffnen. Zu antworten. Zu denken. Stattdessen hieß sie die Dunkelheit willkommen und mit ihr die alles verschlingende Stille der Bewusstlosigkeit.

Fäden aus Licht tropften in ihre Träume. Rhys erkannte kaum die Umrisse des Lagers, bis das Licht anschwoll und alles überstrahlte. In silbrigem Glanz lösten sich die Umrisse der Zelte aus der Dunkelheit. Ein Flüstern lag in der Luft, doch Rhys hörte es nur, weil sie wusste, dass es da war. Nichts von dem, was sie sah, war real. Es war ein Traum. Eine Vision. Enwas Weg, mit ihr zu sprechen.

Kurz glaubte Rhys, sie wäre am Gift der Opferlilie gestorben und der Wolkenschatten holte sie auf diesem Weg zu sich. Aber dann wäre das Flüstern nicht gewesen. Dieses Murmeln fremder Worte, die niemand verstehen konnte, weil sie nicht in Sprache, sondern in Licht geraunt wurden. Es waren die Worte der Götter.

Neva hatte ihr einst davon erzählt und auch der Ahne wusste von den Visionen, die die Wissende von Enwa eingeflüstert bekam. Manchmal waren es nur Fetzen, manchmal ganze Träume. Aber immer lag darin ein Wunsch, eine Hoffnung oder eine Warnung.

Dieses Mal verstand Rhys die Botschaft sofort: Enwa erkannte sie als Nevas Nachfolgerin an. Sie hatte die Prüfung bestanden und war nicht nur eine Sammlerin, sondern auch die Wissende des Stammes.

Das Licht wurde zu dumpfem Schmerz. Rhys öffnete angestrengt die Augen und verstand im ersten Moment nicht, wo sie überhaupt war. Taub hingen ihre Glieder an ihr. Nutzlos. Zu schwach, um sie zu bewegen. Nur die Augen konnte Rhys offenhalten, für mehr fehlte ihr die Kraft. Das Gift der Opferlilie hatte sich in ihrem Körper festgebissen und sandte Wellen aus Schmerz und brennender Hitze.

»Bei Enwa!« Der Ausruf war nur ein ersticktes Flüstern. Das Gesicht des Ahnen schob sich in ihr Blickfeld. Schuld und Reue mischten sich in den blassen Augen. »Du bist wach!«

Rhys versuchte zu schlucken, aber ihre Kehle war vollkommen ausgetrocknet. Ein heiseres Krächzen entwich ihr. Der Ahne war sofort bei ihr und hielt ihr eine flache Schale an die aufgeplatzten Lippen. Die Kühle des geschmolzenen Schnees löschte den flammenden Schmerz, aber die besorgte Miene des Ahnen ließ Rhys nicht zur Ruhe kommen. Sie wollte ihn fragen, was passiert war, aber die Worte weigerten sich.

»Ich hätte dir das nicht zumuten dürfen«, murmelte der alte Mann. »Dein Leben war es nicht wert, es so leichtsinnig zu riskieren.«

»Ich …« Ihre Stimme erstarb schon nach der ersten Silbe. »Ich lebe«, brachte sie schließlich heraus. »Das Sickermoos —«

»Ich habe so gehofft, du würdest diesen Weg sehen«, stieß der Ahne erleichtert aus. »Aber ich habe nicht damit gerechnet, dass es dich dennoch so …« Er ließ die Worte verklingen. »Ich hatte Angst, dass ich zu viel riskiert habe.«

»Hast du nicht«, flüsterte Rhys. Mit jedem Wort wurde ihre Stimme sicherer. »Enwa hat mir einen Traum geschickt.«

Enwas Aufgabe hätte sie beinahe das Leben gekostet, das wusste sie. Nun saß Rhys in der flammenwarmen Sicherheit ihres Zeltes, durch dessen hellgelben Stoff das Licht der Abendsonne drang. Sie war eine Sammlerin. Sie war damit auch das Erbe angetreten, auf das sie sich bereits seit Jahren vorbereitete: das der Wissenden. Jenes Menschen, dessen Aufgabe es war, den Wald besser zu kennen als sich selbst. All seine Geheimnisse zu ergründen und die Gefahren zu erkennen. In diesem Moment schien es ihr, als wäre es niemals anders gewesen.

Rhys war bereit. Sie war lange schon bereit, aber nun konnte sie sich endlich wahrhaft beweisen. Nun würden auch die anderen Sammler ihren Worten stärkeren Glauben schenken. Ihnen vertrauen. Nicht so sehr wie dem Ahnen vielleicht, aber fast.

Die erste Reise, zu der Rhys an diesem Abend aufbrach, sollte nicht lange dauern. Ein paar Nächte würde sie im Wald verbringen, um nach dem Rechten zu sehen.

Nach Enwas Aufgabe spürte sie noch immer die leichte Erschöpfung, die der Blutverlust zurückgelassen hatte. Der große Schnitt, den das Eis ihr zugefügt hatte, war trotz der Salben noch schmerzhaft und empfindlich. Er zog sich dunkel über ihre blasse Haut, begann zwischen Mittelfinger und Ringfinger und verlief über ihre Handfläche bis zu ihrem Unterarm. Einmal hatte sie sich die Wunde bereits wieder bei einer unbedachten Bewegung aufgerissen, doch das hielt sie nicht von dieser Reise ab.

In dem dunklen Stoffbeutel, den sie stets im Wald bei sich trug, befanden sich neben den Lebensmitteln für die nächsten Nächte auch einige Heilkräuter. Und was sie nicht dabeihatte, verwahrte der Wald ohnehin für sie.

Und schließlich zog sie das Messer aus dem Stoffbündel, das stets so unscheinbar am Boden lag. Niemand rechnete damit, im Zelt einer Sammlerin eine Waffe zu finden, denn das widersprach all ihren Werten. Rhys aber scherte sich nicht um das Misstrauen, das der Stamm gegen die scharfe Klinge hegte. Sie wusste um die Gefahren, die der Wald für sie bereithielt und sie wusste, dass es manchmal keine andere Entscheidung geben konnte, als den Schaft eines Messers, der aus jemandes Brust ragte. Benutzt hatte sie es dennoch niemals.

Ihre letzten Schritte im Lager führten sie am Zelt des Ahnen vorbei, der wie immer schweigend an dem halbhohen Tisch stand, gehüllt in den Duft nach Kräutern und Rauch, und seine Forschungen betrieb. Noch immer waren es die Regenblätter, die seine Aufmerksamkeit einforderten. Auch Rhys blieb einen Augenblick fasziniert im Eingang des Zeltes stehen, hielt mit einer Hand den Stoff zur Seite und wagte es nicht, den alten Mann zu stören, obwohl unlängst die Schneeflocken ins Zelt wehten und der kühle Wind das Feuer zum Flackern brachte.

Keiner von ihnen beiden störte sich daran, bis sich der Ahne schließlich zu ihr umdrehte. »Entscheide dich, Rhys«, murmelte er mit beinahe väterlicher Zurechtweisung, doch klang seine Stimme zu abgelenkt, um wirklich streng sein zu können. Seine altersblassen Augen strahlten vor Begeisterung, als er sie zu sich winkte. »Sieh dir an, was ich heute Nacht geschafft habe!«

Rhys konnte ein Schmunzeln kaum unterdrücken, als sie den Blick unauffällig zum Loch in der Zeltdecke gleiten ließ, hinter dem bereits die Dunkelheit wartete. Nur ein schwaches Glühen erzählte noch vom Sonnenuntergang. Der Ahne verlor während seiner Studien jegliches Zeitgefühl.

»Sieh nur!« Der Ahne hielt ihr einen Ast vor das Gesicht, kurz und dick. In der feuertanzenden Dämmerung des Zeltes war es kaum zu erkennen, doch als Rhys sich hinabbeugte, erkannte sie ein feines Geflecht auf der glatten Rinde des Mehrbaums. Winzige Wurzeln, die die Borke bedeckten, fast wie gezeichnet.

Der Ahne legte den Ast behutsam zurück auf den Tisch, ehe er lächelnd ein weiteres Holz anhob. Rhys stieß beeindruckt die Luft aus, als sie den Sinn erkannte: Das Muster der feinen Wurzeln überzog auch diesen Ast, doch war seine Rinde tief gefurcht und von hellem Grau.

»Du hast es geschafft, alter Mann«, sagte sie. »Du hast einen Silberstech bewurzelt.«

Der Ahne nickte. »Was hat es mich gekostet«, murmelte er und seine Worte hätten den Eindruck von Resignation machen können, würden seine Augen nicht vor Freude leuchten. »Weißt du, was das bedeutet? Für uns?«

Rhys lachte ein raues Lachen. »Dass du noch viel Arbeit vor dir hast.«

Er nickte und zog missbilligend eine Augenbraue nach oben, sodass die wirren grauen Haare fast sein schwindendes Kopfhaar berührten. »Aber dann, Rhys. Eines Tages werden wir die Regenblätter rings ums Lager herum anpflanzen können. Auf all die Silbersteche, die hier wachsen. Aber auch auf die Silberlinden und die Mehrbäume, die Frostlärchen und all die anderen Bäume! Wenn ich es nur schaffe, die Wärmeentwicklung der Regenblätter für den Stamm nutzbar zu machen! Verstehst du?«

Rhys nickte mit einem Lächeln in den hellen Augen. »Eines Tages, alter Mann. Und bis dahin versuche ich, die Sammler am Leben zu erhalten, damit sie dich beglückwünschen können, wenn es so weit ist.«

Sie wollte sich schon zum Gehen wenden, als der Ahne sie zurückhielt, zum ersten Mal den Beutel wahrnahm, den sie bei sich trug. »Du gehst fort«, stellte er fest und Rhys nickte, obwohl es keine Frage gewesen war. »Wie lange?«

Ein Schulterzucken war die Antwort und dann raschelte der Zeltstoff und die Wissende war in der Nacht verschwunden.

Rhys folgte einem unsichtbaren Weg, den sie schon so oft gegangen war. In dieser Nacht aber fühlte sich der Wald anders an, beinahe fremd. Zu sehr erinnerte sie das silberne Mondlicht in den Baumwipfeln an die Nacht vor Enwas Aufgabe.

Nicht der Wald war ein anderer, nur sie hatte sich verändert. Vielleicht würde es einige Nächte dauern, bis die Vertrautheit zurückkam, vielleicht musste sie sich erst wieder daran gewöhnen, dass der Wald ihr Zuhause war, obwohl er ihr während Enwas Aufgabe das Leben nehmen wollte. Den Weg nach Süden würde sie noch viel länger meiden, so mächtig wie die Erinnerung an die Tiefen Mäuler dort nistete.

Rhys atmete die schneeduftende Winternacht und allmählich beruhigte sich das ungewohnte Unbehagen in ihrer Brust. Rhys schob die Hände erst in die Taschen des Mantels, als ihre Finger vor Kälte zu schmerzen begannen. Das würde ihr eigentlich schon reichen: ein Regenblatt in der Manteltasche, das stete Wärme sandte, um erfrorene Finger zu wärmen. Vielleicht würde der Ahne tatsächlich eines Tages herausbekommen, wie diese Pflanze das machte.

Rhys folgte dem Weg, der seit vielen Jahren in ihren Kopf geschrieben war. Seit ihrer frühesten Kindheit war sie für die Rolle der Wissenden vorgesehen, hatte gelernt und geübt, bis all das Wissen so fest in ihren Gedanken verankert war, dass der Stamm ihr sein Leben anvertrauen konnte. Und jetzt, nachdem sie Enwas Aufgabe bestanden hatte, würde er es hoffentlich auch endlich tun.

Ein dumpfer Zorn flackerte in ihrem Herzen, als Rhys sich an die einzige Versammlung erinnerte, die sie je einberufen hatte: um das Lager zu verlassen und in Sicherheit zu sein. Es war ein Schock für sie gewesen, als sie herausgefunden hatte, wie dicht die anderen Menschen den Sammlern waren. Nur wenige Nächte entfernt lagen ihr Lager und all die Waffen, die diese Menschen trugen. Rhys war überzeugt, dass es nur eine Frage der Zeit war, bis die anderen

Menschen statt der Tiere lieber die Sammler jagten, aber niemand hatte ihr zugehört. Nicht einmal der Ahne.

Das letzte Mal, als sie versucht hatte, den Stamm davon zu überzeugen, das Lager aufzugeben, weil die Gefahr der anderen Menschen nicht einschätzbar genug war, hatte niemand sich überzeugen lassen.

Rhys hatte viele Ausflüge ihrer Jugend damit verbracht, die anderen Menschen zu beobachten und zu ergründen, ob es bald nicht mehr nur Erlhörner und Sumpfböcke wären, die sie in Lager schleppten, um sie über dem Feuer zu verbrennen, sondern eines Tages auch Sammler.

Noch immer trug sie den dunklen Zorn im Bauch, dass ihr Stamm die Gefahr nicht verstand, die von diesen jagenden Bestien ausging. Eines Tages würden sie es vielleicht endlich verstehen, aber vielleicht wäre es dann schon zu spät.

Und Rhys hatte noch härter gearbeitet, bis sie Enwas Prüfung endlich hatte ablegen dürfen, viel früher, als es sonst jemand tat. Damit der Stamm ihr endlich zuhörte.

Arl war damals sicherlich auch erleichtert gewesen, das schwere Amt auf Nevas Schultern abgeben zu können. Deren Mentor war mittlerweile fast so alt wie der Ahne und geplagt von zitternden Muskeln, für die er in all den Jahren der Forschung keine Heilung gefunden hatte. Schon als Kind war Neva wohl oft allein unterwegs gewesen, weil Arl sie nicht mehr hatte begleiten können. Und auch jetzt war es wichtig gewesen, dass Rhys Enwas Aufgabe so schnell wie möglich ablegte, weil der Stamm nach Nevas Tod eine neue Wissende brauchte. Arl hätte die Aufgabe nicht wieder aufnehmen können.

Rhys beschleunigte ihre Schritte, als der Laubwald in den Nadelwald überging. Hier schien ihr der Boden weicher und die Schneedecke weniger tief, weil die Nadeln viel des Neuschnees abhielten. Zugleich aber wanderte Rhys hier vorsichtiger, denn der Nadelwald war das Gebiet der Nebelstürme.

Erst in der nächsten Nacht würde sie ihr angestrebtes Ziel erreichen und so zog sich Rhys an einem Ast nach oben und suchte sich eine Astgabelung, in der sie sicher schlafen konnte. Natürlich riss ihr die raue Borke die Hand erneut auf und Rhys fluchte leise vor sich hin, während sich der Nachthimmel allmählich in zarten Schlieren auflöste und dem Tageslicht wich. Die Wissende wanderte des Nachts, so oft es möglich war, unter Enwas schützenden Augen und dem leuchtenden Atem des Nordlichts.

Fest wickelte Rhys den Stoff um ihre Hand, um die Blutung zu stoppen. Zum Glück hatte sich die Wunde nur an der Handfläche geöffnet und nicht an ihrem Unterarm, denn dort hatte sie das Blut beim ersten Mal kaum eindämmen können. Und was sie gar nicht gebrauchen konnte, war bewusstlos durch den Blutverlust vom Baum zu kippen – direkt hinein in das wartende Maul eines Nebelsturms.

Noch einmal kontrollierte sie den Verband, ehe sie den Kopf an die Rinde lehnte und sich die Kapuze des Mantels tief in die Stirn zog, um das Morgenlicht aus ihren Träumen fernzuhalten.

Wenn sie tagsüber schlief, dann sandte ihr Enwa keine Visionen. Manchmal war das genau das, was sie wollte. Einen Schlaf ohne Nordlicht und Silberschwingen.

Nur stille Dunkelheit.

# KAPITEL FÜNF

D as leise Jaulen, das zwischen den Stämmen hindurch zu ihr drang, brachte Rhys dazu, vom eingeschlagenen Weg abzuweichen. Nun setzte sie die Füße noch behutsamer in den Schnee, damit dieser in seinem Knirschen verstummte und sie beinahe lautlos zwischen den Bäumen hindurchtrat, bis sie einen Schatten im Schnee fand. Im ersten Moment war da nur ein unförmiger Körper, doch als sich Rhys noch ein paar Schritte näher heranwagte, erkannte sie den kristallenen Rückenpanzer des Tieres.

*Ein Nebelsturm.*

Viel zu oft war sie in diesem Teil des Waldes schon unvermittelt auf einen Nebelsturm getroffen und nur knapp mit dem Leben davongekommen, doch Rhys kannte das leise jaulende Geräusch, dass das Tier nun von sich gab.

Es gebar.

Schwer atmend lag das Muttertier im Schnee, jaulte und warf sich immer wieder herum. Rhys hatte Studien gemacht zu den Nebelstürmen, ganz zu Beginn ihres Lebens sogar, als Neva noch lebte. Wenn es etwas gab, das sie ihr beigebracht hatte, dann dass Gefahr keine Ausrede für Dummheit sein durfte.

Und so hatten sie sich angeschlichen an die Höhleneingänge der Nebelstürme, gelauscht und gewartet, was passierte. Hatten die Vorräte gefunden, die die Tiere anlegten, indem sie Beute im Schnee gefrieren ließen und dann erst in die Höhle brachten.

Mehr als einmal waren sie von einem Angriff überrascht worden. Manchmal waren sie kaum auf die Bäume gekommen, um ihre Leben zu retten. Das war der Preis für das Wissen, nach dem die Sammler suchten.

Rhys hatte nie ein Nebelsturm-Junges gesehen, ein Stürmel, geschweige denn eine Geburt beobachtet. Aber nun saß sie ganz still, den Körper gegen einen Baum gepresst und starrte einige Schritte entfernt in den Schnee, der sich langsam rötlich verfärbte, als die Geburt voranschritt.

Rhys wusste, dass die Stürmel nicht mit Kristallen in der Haut geboren wurden. Sie waren in den ersten Lebensmonaten ausgesprochen schutzbedürftig und temperaturempfindlich. Dennoch gebaren die Mütter stets außerhalb der Höhle im Schnee. Es war ein Balanceakt, das Baby anschließend rechtzeitig in die Sicherheit der Höhle zu bringen, bevor es erfror oder das Blut einen größeren Jäger anlockte, vor dem die geschwächte Mutter ihr Kind nicht beschützen konnte.

Der Anfang sah so beschwerlich aus, doch dann ging alles ganz schnell und das Stürmel lag zitternd im Schnee, rosa und winzig. Rhys hatte sich immer schwergetan, sich diese riesigen, tödlichen

Tiere als Babys vorzustellen, doch jetzt war es fast unmöglich, den Blick von diesem kleinen Geschöpf abzuwenden, das hastig von seiner Mutter abgeleckt und dann in Richtung der Höhle getrieben wurde.

Stürmel konnten sofort nach der Geburt stehen und einige wenige tapsige Schritte gehen, um die Sicherheit zu erreichen. Danach waren sie darauf angewiesen, in Ruhe zu trocknen und so lange beschützt zu werden, bis ihr Kristallpanzer hart genug war.

Rhys blieb noch lange gegen den Baum gelehnt stehen und starrte auf den Eingang der Höhle in einiger Entfernung, in dem der Nebelsturm mit seinem Stürmel verschwunden war. Manchmal fragte sie sich, ob sie die Forschung über die Nebelstürme zu früh aufgegeben hatte.

Aber Rhys war immer schon unentschlossen gewesen. Auf der Suche nach etwas, für das sich das Risiko lohnte. *Wirklich* lohnte. Etwas Großes.

Und ein Nebelsturm reichte ihr einfach nicht aus.

Wie ein weicher Teppich über dem Eis lagen die zarten Blütenköpfe auf der Schneedecke. Wenn man nicht wusste, wonach man suchen musste, würde selbst ein Sammler sie übersehen.

Rhys aber kannte mittlerweile alle Orte im Wald, an denen die weißen Hoffnungsröschen wuchsen. Alle geheimen Verstecke und alle wechselnden Standorte, an denen die Blüten nur kurz ihre Köpfchen reckten, ehe sie beim nächsten Sturm erfroren. Das war das Erste, das sie nach Enwas Aufgabe noch einmal aus Nevas Aufzeichnungen herausgesucht hatte. Die Sammler brauchten diese besondere Pflanze für das Ritual der Gefährten, jene Tradition, die zwei Seelen auf ewig miteinander verband. Enwa, der Wolken-

schatten, musste diese Beziehung segnen und mit dem Hoffnungsröschen baten die Liebenden um ihre Gnade.

Behutsam sank Rhys auf die Knie und strich mit den Fingerkuppen sacht über die Blütenblätter, ließ sie dann über den kurzen
Stängel gleiten und drehte das Köpfchen vorsichtig ein Stück, um
auch die Unterseite zu betrachten. Die weißen Hoffnungsröschen
waren nicht sehr anfällig für Parasiten oder Krankheiten, aber
wenn Rhys einen Schaden übersah, dann drohte dieser, den gesam-
ten Bestand zu vernichten. Es war unabdingbar, dass sie jede Veränderung sofort erkannte. Jede Kerbe des Stängels, jede Braunfär-
bung der Blütenblätter, jede Unregelmäßigkeit.

Heute aber war alles in Ordnung. Der feine, süßliche Duft um-
hüllte die Wissende zum Abschied und Rhys setzte ihre Wande-
rung fort. Ihr wichtigstes Ziel lag nun bereits hinter ihr und eigentlich müsste sie nun nichts mehr in der Weite des Waldes halten.
Eigentlich hatte sie für diesen Mondwechsel ihre Pflichten erfüllt
und könnte guten Gewissens zum Lager zurückkehren.

Aber irgendetwas hielt sie hier.

Irgendetwas hielt sie davon ab, einfach umzukehren.

Irgendetwas stimmte nicht.

Es war nur ein leises Gefühl in ihrer Brust, aber Rhys blieb unbewegt stehen. Lauschte, atmete die Gespräche der Pflanzen.

Etwas raschelte, aber als sie den Kopf drehte, war es nur ein
Rauhfuchs, der zwischen den Zweigen einer Winterrauke verschwand, das Fell hellblau vom Schneefall.

Rhys atmete aus und schulterte ihren Beutel erneut. Manchmal
wog ihr Misstrauen schwerer, als es sollte.

Der Heimweg war durchsetzt von dunklen Gedanken. Sie hatte sich ihr Leben nicht ausgesucht, sondern es war Neva gewesen, der in der Nacht ihrer Geburt die Vision von Enwa erhalten hatte, dass sie seine Nachfolgerin werden sollte. Seit diesem Augenblick gehörte das Leben nicht mehr ihr, sondern dem Stamm. Und seit diesem Augenblick befand sich Rhys auf einer Suche, die schier endlos schien. Sie suchte nach einer Bestimmung außerhalb ihrer Aufgabe als Wissende, suchte nach etwas, das sie wirklich erfüllte. Aber natürlich suchte sie im Stillen, denn kein Sammler würde verstehen, warum ihr die wichtige Position nicht reichte, warum ihr diese Ehre nicht genügte. Dabei schätzte Rhys die Freiheit, die mit dem Stand der Wissenden einherging. Die langen Wanderungen, die Forschung so weit draußen im Wald … Wenn sie nur wüsste, was sie studieren sollte. Zugleich aber spürte sie die Ironie, die ihr Leben begleitete: Ja, sie war das Herz der Sammler, Beschützerin des Waldes und der Gegenwart des Stammes. Die Menschen waren auf ihr Wissen und ihren Rat angewiesen. Umso bitterer schmeckte die Erinnerung an die Versammlung, die sie wegen der anderen Menschen einberufen hatte. Ihr Wort hatte damals weniger gewogen als eine Schneeflocke.

Die Kluft zwischen Rede und Handeln war zu groß, als dass sich Rhys geschmeichelt hätte fühlen können. Und das legte ihr die stille Wut ins Herz, so sehr sie sich auch dagegen wehrte.

Drei oder vier Nächte war sie noch vom Lager entfernt, als Rhys am Abend ein Feuer entzündete und sich auf einem umgestürzten Baumstamm niederließ. Der Umweg zu den weißen Hoffnungsröschen im Osten hatte sie Zeit gekostet, aber alles in allem war es eine kurze Reise für sie. Bis zum nächsten Mondwechsel waren es noch viele Tage, mindestens zehn.

Sie genoss es, die Nächte wieder am Boden zu verbringen, nun, da die Gefahr der Nebelstürme deutlich kleiner geworden war. Zwar wanderte Rhys gern unter den Nadeln, aber der Laubwald bot ihr mehr Sicherheit vor plötzlichen Begegnungen.

Der Widerschein des Feuers fing sich flammend in ihrem Haar und tanzte als Schatten über ihr Gesicht, während Rhys den Himmel hinter den Baumkronen suchte. Das Nordlicht zog ein leuchtendes Band durch die Nacht und schimmerte an diesem Abend in Grün und Violett. Rhys umgab sich gern mit Farben in dieser grauen Welt. Mit dem wilden Orange des Feuers, dem kühlen Spiel des Nordlichts und dem blendenden Gold der aufgehenden und untergehenden Sonne.

Sie selbst war farblos wie der Winter. Mit Haut so bleich, dass sie fast durchscheinend schien, und hellen, lichtblonden Haaren, die sich nicht von ihrem Gesicht absetzten. Selbst ihrem Blick wichen die Menschen aus, so stechend blass waren ihre Augen, dass man die Iris kaum vom Weiß des Augapfels unterscheiden konnte. Es war, als hätte die Welt bei ihrer Geburt keine Farben für Rhys übriggehabt.

Die meisten Sammler waren blass in der Kälte. Selbst jene, deren Haut die Farbe des Nimmbaums trug, als wohnte die Nacht in ihr. Rhys aber …

Sie war farblos. Und manchmal hatte sie das Gefühl, diese Farblosigkeit machte sie unsichtbar.

# KAPITEL
# SECHS

R hys hatte früher schon Visionen gehabt und viele von ihnen tarnten sich als Albträume. Aber meistens hatte sie dennoch die Botschaft erkannt, die Enwa ihr sandte.

In dieser Nacht aber, als Rhys' Seele mit den Träumen zum Nordlicht flog, da legte ihr der Wolkenschatten eine Dunkelheit hinein, dessen Bedeutung sich ihr nicht erschloss.

Düsternis war es, die Rhys in der Vision empfing, bevor sich ein Kreischen aus den Schatten löste, schrill und voller Panik. Sie atmete Erde und Blut, bevor ein Schlag gegen die Brust sie zurücktaumeln ließ und sie ohne Orientierung in die Finsternis stolperte, nur um von Klauen aufgefangen zu werden, die ihr die Haut zerfetzten. Blau schoss ein Blitz an ihr vorbei, bevor sich die Nacht senkte und Rhys keuchend im Schnee lag, die Augen weit aufgerissen, und das Blut noch immer zu spüren glaubte, das ihr den Rücken und die Arme hinablief. Der Schmerz tobte einen Herzschlag lang so brennend in ihrer Erinnerung, dass es sie Zeit kostete, in die Wirklichkeit zurückzukehren.

*Bei Enwa!*

Es war Angst, die zurückblieb, als sich alles andere beruhigt hatte. Und diese Angst blieb, auch nachdem die Sonne längst aufgegangen war und die Traumfetzen von den Zweigen gepflückt hatte. Rhys saß bewegungslos im Schnee und versuchte, die Gedanken zu sortieren. Versuchte, zu begreifen, was die Göttin ihr sagen wollte. Es musste schrecklich sein.

Das Lager der Sammler umfing sie mit vertrauter Wärme, aber die Erinnerung an die Vision hing an ihr und färbte ihre Gedanken dunkel. Enwa sprach in Rätseln, dieses Mal aber war die Warnung unverkennbar, die in den Bildern gelegen hatte. Wenn Rhys nur wüsste, was sie bedeuten sollte.

Der Ahne hob den Blick, als Rhys den Zelteingang zur Seite schlug, und er lächelte, als er sie erkannte. »Du bist zurück«, murmelte er und legte den Ast zur Seite, an dem er gerade arbeitete.

Rhys bemerkte nur aus dem Augenwinkel, dass er in seiner Forschung vorangeschritten war, denn wo bei ihrer Abreise nur zwei verschiedene Äste gelegen hatten, sammelten sich jetzt deutlich mehr.

»Gerade eben«, gab sie zurück und rang mit sich, wie viel sie mit dem Ahnen teilen sollte. Es war ihr Schicksal, die Last der Visionen zu tragen, und der Ahne hatte sein eigenes. Dennoch war er die einzige Person, die ihr dabei helfen könnte, die Botschaft zu entschlüsseln. So düster wie sie war, könnte es den Stamm in Gefahr bringen, wenn Rhys die Vision nicht rechtzeitig verstand.

»Ahne, in der vergangenen Nacht hat Enwa mich in meinen Träumen besucht«, sagte sie deshalb und sofort war ihr die Aufmerksamkeit des alten Mannes ungeteilt sicher.

Seine Augen verdunkelten sich, als er die Ernsthaftigkeit in ihrer Stimme hörte. »Was hat sie dir gezeigt?«, fragte er.

Rhys schüttelte langsam den Kopf. »Ich habe es nicht verstanden, aber es —« Sie zögerte, als sie den Traum noch einmal in ihrer Erinnerung durchlebte. »Es war eine Warnung.«

»Erzähle sie mir«, bat der alte Mann und erwiderte ihren Blick brennend. Hatte auch er eine Botschaft erhalten? Es war selten, dass Enwa dem Ahnen eine Vision sandte. Rhys wusste nur von jenem Mal, als Neva nicht von ihrer letzten Reise heimgekehrt war und Enwa sie auf anderem Weg warnen musste, was passiert war.

Rhys war damals kaum mit ihrer Ausbildung zur Wissenden fertig gewesen, aber die Sammler durften nicht ohne Wissenden bleiben. Und so hatte sie sich beeilt, Enwas Aufgabe abzulegen und die Rolle zu übernehmen. Sie hatten Nevas Leiche gefunden, wenige Tage vom Lager entfernt, mit einem Pfeil in der Brust.

In der Zeit danach hatte sich Rhys immer wieder auf die Suche nach dem Ursprung des Pfeils gemacht, obwohl sie selbst noch jung gewesen war, und schließlich die anderen Menschen gefunden. Niemand durfte sich so weit vom Lager der Sammler entfernen – eigentlich. Rhys hatte sich einiges anhören müssen, als sie zurückgekehrt war.

Der Ahne hatte darauf bestanden, dass es sicherlich ein Unfall gewesen und dass Neva in die Schusslinie geraten war. Aber Rhys sah in seiner Sanftmütigkeit nur die anhaltende Schwäche der Sammler, die die Gefahr nicht sahen, solange sie sich schönreden ließ. Er hatte etwas gewusst, doch er hatte darüber geschwiegen.

Rhys aber hatte es nicht vergessen.

Der Ahne räusperte sich leise und Rhys zuckte zusammen. »Verzeih mir«, murmelte sie. »Meine Gedanken haben mich eingenommen.«

Der Mann nickte sanft. »Was hat Enwa dir gezeigt?«, fragte er dann nachdrücklich, um Rhys den Weg zurück in ihr Gespräch zu weisen.

Rhys strich sich eine Haarsträhne aus dem Gesicht und ließ sich auf einen Hocker sinken, den der Ahne aus einem Baumstamm gemacht hatte. »Es war alles erfüllt von Dunkelheit«, begann sie. »Aber es war nicht die nächtliche Dunkelheit, die alles mit ihren Schatten beschützt und die Enwas Glauben bewahrt. Es war eine bedrohliche Finsternis, die zu Blut und Schlamm und Schreien wurde. Ich glaube, es war ein Kampf.«

Der Ahne schwieg einen Herzschlag lang, ehe er mühsam in die Hocke ging, bis sich ihre Gesichter auf Augenhöhe befanden. »Ich verstehe das auch als Warnung«, sagte er. »Bleib aufmerksam und offen in deinem Schlaf, damit Enwa dich erreicht, wenn sich eine Gefahr nähert. Wir müssen vorsichtig in die Zukunft gehen, bis wir es verstehen.«

Rhys nickte, drückte sich ihren Beutel vor die Brust und spürte das kleine Stoffbündel mit dem Messer darin. Der Ahne wusste nichts davon, Rhys hatte sich diese Waffe selbst aus dem Horn eines Erlhorns geschliffen, dessen Kadaver sie auf einer ihrer Reisen gefunden hatte. Kein Sammler nutzte jemals, was die Tiere zurückließen, und keiner von ihnen würde eine derartige Waffe anrühren, aber die Dunkelheit der Vision zeigte Rhys erneut, dass sie nicht naiv sein durften, nur weil sie nicht töteten.

Manchmal war das der einzige Ausweg, den es gab.

Rhys sah Nacht für Nacht durch das Loch in der Decke ihres Zeltes und zählte die Tage bis zum nächsten Mondwechsel. Der Ahne bedachte sie jedes Mal, wenn sie sich im Lager über den Weg liefen, mit einem fragenden Blick und jedes Mal konnte Rhys nur mit dem Kopf schütteln. Nein, Enwa hatte ihr keine weitere Vision geschickt.

Was sie ihm nicht sagte, war, dass sie seit jener Nacht immer wieder diesen Albtraum träumte und mit der Erinnerung an Blut und Panik erwachte. Umso sehnlicher erwartete sie den Mondwechsel, der ihr eine neue Reise bringen würde, um nach den weißen Hoffnungsröschen zu sehen, nach den Veränderungen und Gefahren des Waldes.

Normalerweise genoss sie auch die Tage im Lager, die umso spärlicher waren, je länger sie während einer Reise fort war, denn spätestens der Mondwechsel zwang sie erneut zum Aufbruch. Diesmal aber konnte sie die drückende Stimmung im Lager kaum ertragen. Weder sie noch der Ahne hatten jemandem von der Vision erzählt, aber die Sammler waren feinfühlige Menschen und so nahmen sie den Schatten in sich auf, den Rhys mitgebracht hatte, und teilten ihn miteinander.

Und nun, da Rhys in den Nachthimmel starrte und den Mond beinahe schon wechseln sah, da spürte sie die Erleichterung warm in der Brust. Aber auch einen scharfen Stich, dass sie sich so sehr darauf freute, ihr Zuhause zu verlassen. Manchmal schämte sie sich dafür, dass sich die Anwesenheit des Waldes oft beruhigender anfühlte als die eines anderen Menschen. Die Sammler lebten für die Gemeinschaft, aber Rhys fühlte sich nicht als vollwertiger Teil davon. Und die Versammlung, die sie damals wegen der anderen

Menschen einberufen hatte, hatte ihr gezeigt, dass nicht alle Teile dieses Gefühls eingebildet waren.

Energisch setzte sie sich in ihrem Bett auf. Die Nacht schien sie zu erdrücken. Sie konnte nicht schlafen. Nicht in dem Wissen, dass erneut ein Albtraum darauf lauerte, dass sie die Augen schloss. Also zog sie die Decke zurück und ließ die kühle Luft ihre nackten Füße umstreichen, ehe sie in ihre Stiefel stieg und aus dem Zelt hinausschlüpfte.

Ein leises Geräusch ließ sie vor dem Zelteingang innehalten und sie drückte sich zurück in die Schatten, als sich zwei Gestalten vom Waldrand abhoben. Es dauerte einen Augenblick, bis Rhys das Geräusch als Lachen einordnen konnte und die beiden Sammler an ihren Stimmen erkannte. Mandan hatte einen Arm um Edens Schultern gelegt und flüsterte ihm Worte ins Ohr, die ihn leise lachen ließen. Rhys verharrte bewegungslos, bis sie in Mandans Zelt verschwanden. Die beiden waren in den vergangenen Tagen oft bis spät abends im Wald gewesen, um für Enwas Aufgabe zu üben. Rhys hatte keinen Zweifel daran, dass sie sie bestehen würden, und doch versetzte ihr die Vertrautheit zwischen ihnen einen Stich.

Kein Mensch hatte sie jemals auf diese Weise angesehen, sie jemals so liebevoll berührt. Niemand sprach es aus, aber die Sammler hielten sich von Rhys fern. Ihre Farblosigkeit und die Rauheit ihrer Stimme beunruhigten die Menschen, auch wenn es niemand von ihnen zugeben würde. Dazu waren sie zu sanftmütig. Rhys aber fiel es an jedem Tag auf, wenn ihr jemand etwas zu hastig aus dem Weg ging oder ihrem Blick auswich. Es waren unscheinbare Anzeichen, die man leicht hätte übersehen können, für Rhys aber nährten sie das allgemeine Gefühl, sich nicht vollkommen zugehörig zu fühlen.

Als sie sicher war, dass Eden und Mandan im Zelt verschwunden waren und auch nicht wieder hinaustreten würden, ging sie über den Lagerplatz und am sterbenden Feuer in seiner Mitte vorbei, das noch vor Sonnenaufgang wieder entzündet werden würde. Die Bäume nahmen sie in ihrer nächtlichen Stille auf, aber Rhys ging nicht tief in den Wald hinein, streifte nur die Rinde mit den Fingern und atmete die ätherischen Öle ein, die das Harz verströmte.

Bald würde sie sich wieder verschlucken lassen von den Schatten der Bäume und Spuren in unberührtem Schnee hinterlassen. Niemals zuvor hatte sie sich so sehr danach gesehnt, zu einer Reise aufzubrechen.

Rhys verharrte in der Nacht und obwohl sie es nicht wollte, fanden ihre Gedanken doch immer wieder zu Enwas Warnung zurück. Wahrscheinlich aber würde erst die Zukunft eine Antwort darauf mit sich bringen – wenn es dann nicht bereits zu spät war.

Im Zelt des Ahnen roch es so vertraut wie immer. Rhys sah mit Bewunderung, dass seine Forschungen weiter Gestalt annahmen. Doch ebenso spürte sie, dass es nicht das war, was sie selbst wollte. Es war üblich, dass sich Sammler nach ihrer Prüfung für ein Forschungsfeld entschieden, mit dessen Erkenntnissen sie das Wissen des Stammes vermehren und verbessern konnten. Viele wussten ohnehin schon seit frühster Kindheit, in welche Richtung ihre Forschungen gehen sollten und auch Rhys hatte sich in vielen Dingen versucht. Aber jedes Mal, wenn sie das Zelt des Ahnen betrat und all die Jahre der Forschung dort auf dem Tisch liegen sah, da wusste sie einfach, dass diese Art der Arbeit nicht für sie gemacht war. So viele Monde am immer gleichen Platz zu verharren, in der Hoffnung, dass eines Tages ein Durchbruch gelang ... Dieser Gedanke stieß Rhys geradezu ab. Die Position der Wissenden ermöglichte ihr zwar, Forschungen in den Tiefen des Waldes zu betreiben, doch noch hatte sie keine Bestrebungen gefunden, die ihr Interesse ein ganzes Leben lang aufrechterhalten könnten.

»Ich sehe, dass du gehen willst«, sagte der Ahne ohne eine Begrüßung. Er sah nicht einmal von dem dünnen Zweig auf, den er in den Händen hielt. Ein feines Wurzelgeflecht wand sich darum. »Bist du sicher, dass der Stamm dich nicht hier braucht, falls Enwa ihre Visionen erneut offenbart?«

Er formulierte diese Frage scheinbar offen, scheinbar so, dass Rhys jede Antwort hätte geben können. Aber tatsächlich lag darin die Bitte, nicht fortzugehen, während die Warnung des Wolkenschattens noch immer über ihnen schwang. Rhys schwieg.

»Wie geht es dir?«, fragte der Ahne schließlich. Vielleicht, weil er wusste, dass sie sowieso gehen würde, egal was er sagte. »Spürst du noch die Auswirkungen des Gifts?«

Rhys schüttelte den Kopf. »Kaum«, murmelte sie. »Mein Körper fühlt sich manchmal taub an, aber das geht vorbei.«

Der Ahne brummte nur unverständlich und verfiel in arbeitsames Schweigen, das Rhys einige Momente ertrug, ehe sie sich zum Gehen wandte. Es waren noch zwei Nächte bis zum nächsten Mondwechsel, aber der Ahne hatte es erkannt. Sie wollte gehen.

Draußen herrschte geschäftiges Treiben, aber niemand bemerkte, wie sie das Lager verließ und zwischen den Schatten der Bäume verschwand. Eine neue Reise lag vor ihr und als der Wald sie verschlang, spürte Rhys eine Erleichterung anschwellen, die sie im Lager nicht kannte. Hier, zwischen den dunklen Baumstämmen, lag der Ort, der sich für sie wirklich nach Heimat anfühlte. Und dieser Ort bot unendliche Möglichkeiten. Für eine Sammlerin. Vor allem aber für eine Wissende. Denn jede Spalte, jeder Riss in der Schneedecke, jede Furche in der Rinde der Bäume konnte ein Geheimnis verbergen, das zu sammeln von Nutzen sein konnte. Das war ihre Aufgabe. Und irgendwo dazwischen würde sie auch etwas finden, das sie erforschen konnte, ohne an Langeweile zu vergehen.

Rhys setzte die Füße mit jedem Schritt sicherer, verdrängte die Bilder ihrer Prüfung, die sie fast das Leben gekostet hätte, und hielt den Blick scharf. Die Sonne senkte sich allmählich hinter den Horizont und die Schatten der Bäume wurden immer länger, bis die Dunkelheit sie verschluckte. Rhys verharrte schweigend, hob das Gesicht zu den Fetzen des Himmels, die zwischen den Zweigen zu ihr hinabfielen, und wartete. Es war Enwas Atem, der als glühende Bänder in der Nacht erschien, den sie suchte. In dieser Nacht war er fast violett, durchwirkt von hellem Grün und leuchtendem Blau. Es gab keinen Ort im erfrorenen Wald, an dem die Nordlichter nicht zu sehen wären. Wann immer ein Sammler den Weg verlor, dieses Licht führte ihn sicher zum Lager zurück. Nur Rhys folgte diesen Lichtern in die entgegengesetzte Richtung. Dorthin, wo das Unbekannte schon auf sie wartete.

Wann immer Rhys stehen blieb, hörte sie nur die Stille des fallenden Schnees. Die Eisschicht bildete eine unberührte Fläche und kein einziges Tier hatte seine Spuren darauf hinterlassen. Nur ihre eigenen Schritte zogen sich durch den weichen, frisch gefallenen Schnee. Kaum vier Tagesreisen trennten Rhys vom Lager der Sammler, doch sie ging immer weiter. Hatte die Grenze zum Nadelwald im Norden längst überschritten und achtete umso sorgsamer auf die Geräusche der Nebelstürme um sich herum. Doch der Wald schwieg. Die weißen Hoffnungsröschen hatte sie dieses Mal nur kurz besucht, der Rückweg würde sie erneut daran vorbeiführen. Und auch sonst hatte Rhys kaum Augen für die Dinge, die einer Wissenden wichtig sein sollten. Vielmehr war es die Dunkelheit zwischen den Baumstämmen in der Entfernung, die sie lockte. Die sie niemals erreichen würde, solange sich der Wald scheinbar unbegrenzt vor ihr ausdehnte. Sie hatte nicht mit dem Ahnen darüber gesprochen, was hinter dem erfrorenen Wald kam. Vielleicht wusste er es auch selbst nicht. Warum den Wald verlassen, wenn er doch alles bot, was sie brauchten? Die Sammler waren genügsam, sie nahmen nur, was sie benötigten, gaben zurück, was sie konnten, und sehnten sich nach der Harmonie des Bekannten statt der Versuchung der Fremde. Rhys aber war anders. Und so konnte sie auch jetzt kaum den Blick abwenden von der unbekannten Ferne, die zwischen den Bäumen auf sie wartete. Vielleicht war das ein Forschungsgebiet, das sich auszuweiten lohnte? Die Suche nach dem Ende des erfrorenen Waldes. Was war es, das dahinter wartete?

Nur die Stille lenkte sie ab. Diese friedliche Ruhe, die – je länger sie andauerte – zu einem beklemmenden Schweigen wurde. Und die unberührte Schneeschicht, die eigentlich eingeschneite Spuren zeigen müsste –

Ein Knacken ließ Rhys herumfahren. Aber es war nur ein Ast, der unter der Last des Schnees gebrochen und zu Boden gestürzt war. Sie konnte seine dunklen Umrisse in einiger Entfernung sehen. Die Anspannung löste sich etwas und sie atmete langsam aus, um ihr pochendes Herz zu beruhigen. Das Hornmesser wog schwer in ihrer Tasche, doch sie war noch immer eine Sammlerin; niemand hatte ihr jemals das Kämpfen beigebracht. Ein weiterer tiefer Atemzug und Rhys wollte sich umdrehen –

Doch sie erstarrte. Riss die Augen auf. Starrte auf die Stelle, an der der Ast zu Boden gefallen war. Die dunklen Umrisse bewegten sich. In seltsam zuckenden Bewegungen krochen sie über den Schnee und ein knarrendes Geräusch begleitete ihren Weg.

*Das ist kein Ast.*

Rhys Atem ging stoßweise. Mit aufgerissenen Augen bewegte sie sich rückwärts, so schnell sie konnte, ohne dieses Ding aus den Augen zu lassen.

*Bei Enwa! Was ist das?*

Rhys stieß einen spitzen Schrei aus, als die Kreatur nach vorne zuckte, sich aufrichtete – und zu rennen begann. Panisch wandte sich Rhys um und stolperte im ersten Moment über den unebenen Boden, ehe sie sich fangen konnte. Adrenalin setzte ihre Adern in Brand und ihre Gedanken erstarrten. *Weg! Nur weg!*

Hektisch warf sie einen Blick zurück, aber der Schnee reflektierte das Licht nicht genug, um im Rennen etwas zu erkennen. Sie schrie erneut, als sie zu Boden gerissen wurde. Hart schlug ihr Körper auf dem Eis auf, wurde jedoch sofort wieder hochgerissen. Schreiend schlug Rhys um sich, doch der Griff an ihrem Mantel löste sich nicht.

Im ersten Moment hielt Rhys den Angreifer für einen Menschen. Panische Tränen ließen ihre Sicht verschwimmen. Verzweiflung mischte sich mit Schmerz. Aber es waren keine Menschenaugen, die sie anstarrten, sondern glanzlose Kohlestücke. Getrocknetes Blut klebte an seinem Gesicht. Die Haut darunter schien zerfetzt und grau. Sein Griff aber war unnachgiebig und sein Blick bohrte sich in ihre Seele. Sie hatte keine Chance, das Hornmesser aus ihrer Tasche zu ziehen, geschweige denn, es gegen diese Übermacht einzusetzen.

Die Schreie erstarben in Rhys' Kehle, wurden zu einem erstickten Stöhnen. Immer wieder schlug dieses Monster sie auf den Boden. Ihr Schädel dröhnte. Das Blut rauschte in ihren Ohren. Dunkle Flecken tanzten durch ihr Blickfeld. Stechend schoss der Schmerz durch ihren Kopf, ihren Rücken und ihre Gedanken.

*Was –*

Ein blauer Blitz traf die Kreatur an der Schläfe und lenkte sie für den Bruchteil eines Herzschlags ab. Dann traf eine Axt die

Seite seines Kopfes. Das Geräusch splitternder Knochen ließ Rhys würgen. Der Griff lockerte sich kaum merklich. Rhys wand sich unter den unnachgiebigen Fingern, aber es reichte nicht aus. Es war, als spürte diese Kreatur keinen Schmerz.

Aber die Axt holte Rhys aus der Starre. Sie war nicht allein. Schreiend riss sie eine Hand los. Der Griff des Monsters zerriss ihr die Haut. Heißes Blut tropfte in den Schnee, aber sie konnte keine Rücksicht darauf nehmen. Endlich bekam sie ihr Messer in die Finger und stieß es dem Wesen in die Brust. Ein schnarrendes Grunzen entwich seinen verzerrten Lippen, doch erneut änderte sich nichts an seiner Brutalität. Vielmehr zwang er ihren Arm zurück in seinen Griff. Rhys spürte, wie ihre Knochen unter der Kraft zu bersten begannen. Panisch sah sie sich um, suchte nach der Person, die die Axt geworfen hatte, doch sie war nicht zu entdecken. Ihre Schreie wurden gellend. Der Schmerz fraß sich in ihr Bewusstsein. Bis der Griff plötzlich nachließ und der Körper vor ihr in unmenschlichem Zucken erbebte. Das Gesicht der Kreatur zerfloss vor Rhys' Augen in schmieriger, schwarzer Flüssigkeit. Keuchend kroch Rhys nach hinten, spürte wie das klebrige Blut des Wesens ihre Kleidung durchdrang, sich mit dem Schnee und ihrem eigenen Blut mischte. Würgend versuchte sie, zu Atem zu kommen, ohne sich zu übergeben. Sie blinzelte, starrte auf die Pfütze aus dunkler Tinte, die als Einziges übrig geblieben war. Das Adrenalin ließ ihr Herz rasen und zugleich stand ihr Körper unter lähmendem Schock.

*Bei Enwa!*

Eine Bewegung zwischen den Stämmen ließ Rhys herumfahren und kurz setzte ihre Atmung aus, als sie einen weiteren Schatten dort stehen sah. Aber es war keine Kreatur, die ihr von dort entgegensah. Es war eine Frau, deren Blick sie versengte, bevor die Dunkelheit des Waldes sie verschlang.

# KAPITEL SIEBEN

R ings um sie wuchsen die Bäume als Wächter, doch nach dem Angriff dieser Kreatur konnte Rhys sie kaum noch als Verbündete sehen. Hinter jedem von ihnen könnte sich ein weiteres Monster verstecken. Sie ging geduckt, setzte die Füße so leise wie möglich auf, und jedes Geräusch, jede Bewegung ließ sie herumfahren. Tränen rannen ihr stumm über die Wangen, doch ihr Körper stand unter Schock. Wie automatisch lief sie durch den Wald, nur weg. Nur weg.

*Was war das gewesen? Diese Augen –*
*Diese Kraft –*

War das die Warnung gewesen, die Enwa für sie geschickt hatte? Sie hörte ihre eigenen Worte in Gedanken. *Eine bedrohliche Finsternis, die zu Blut und Schlamm und Schreien wurde. Ich glaube, es war ein Kampf.* Das hatte sie dem Ahnen erzählt. War es der Angriff dieser Kreatur gewesen, den sie gesehen hatte?

Ihr Herz hatte sich noch immer nicht beruhigt. Ungleichmäßig und panisch pochte es in ihrer Brust. Rhys' Gedanken und Schritte folgten diesem Takt. Und die ganze Zeit über, in der sie die Erinnerungen an blutverkrustete Haut abzuschütteln versuchte, waren es die Augen der Fremden, die sie begleiteten. Augen aus Nordlicht. Hell und leuchtend, violett wie die Blüten des Nimmbaums, die so selten zu sehen waren. Niemals zuvor hatte Rhys solche Augen gesehen. Und niemals zuvor hätte sie einen Menschen mit einer Waffe so tief im Wald erwartet. Nicht so weit entfernt vom Lager der anderen Menschen. Ob sie eine von ihnen war?

Rhys beobachtete die anderen Menschen auf einigen ihrer Reisen, denn sie lebten zu nah am Lager der Sammler, um sie zu ignorieren. Und die Gefahr, die von ihnen ausging. Noch wollte ihr niemand glauben, aber jedes Mal, wenn Rhys eine ihrer Waffen sah, dann bemerkte sie nur den Tod, der daran klebte.

Diese fremde Frau aber hatte sie gerettet und das Monster vernichtet, das Rhys beinahe das Leben gekostet hätte. Bedeutete das, dass die anderen Menschen … *gut* sein konnten? Gütig? Wie ein Sammler es wäre? Doch sie hatte ebenso wenig gezögert, der Kreatur mit der Axt den Schädel zu spalten.

Ihre Gedanken klammerten sich an die Erinnerung, um sich an irgendetwas festzuhalten. Rhys musste es wissen. Musste wissen, was das für ein Monster gewesen war. Und was es mit dieser Frau auf sich hatte, der sie ihr Leben verdankte. Diese beiden Fragen waren es, die Rhys antrieben, obwohl sie die Hand dicht an ihre Brust presste. Die Kreatur hatte sie am Handgelenk verletzt und sie konnte nicht sicher ausschließen, dass die Knochen gebrochen waren. Sie schleppte sich weiter durch den erfrorenen Wald, ohne die Schatten zwischen den Bäumen aus den Augen zu lassen, die zu Verrätern geworden waren.

Kurz war sie den Spuren der Fremden nachgegangen, doch der Schmerz ihres Handgelenks und die Panik, die sich kaum niederkämpfen ließ, zwangen sie ins Lager zurück. Sie musste dem Ahnen von der Gefahr erzählen, die im Wald lauern könnte, wenn das Monster nicht das Einzige gewesen war.

Als sie den Schmerz nicht mehr aushielt, kramte sie in ihren Taschen nach Widerkraut, um einer Entzündung vorzubeugen, und Silberlinde, um das Adrenalin zu dämpfen und die Schmerzen zu betäuben. Bei der Verwendung des Silberlindenholzes musste man vorsichtig sein, denn es führte schnell zu Abhängigkeit und benebelten Gedanken. Aber in diesem Moment wollte Rhys genau das erreichen.

Schnell schob sie sich das Kraut und das Holz zwischen die Lippen und begann zu kauen, bis der Schmerz in den Hintergrund rückte und ihre Gedanken langsamer wurden.

Mit dem Sonnenaufgang des übernächsten Tages erreichte Rhys die Grenze des Lagers. Der Mondwechsel war erst wenige Tage her und niemand rechnete mit ihrer Wiederkehr. Als sie den Stoff des Zelts zurückschlug und der Ahne ihr den Kopf zuwandte, da huschte Erstaunen und Sorge über seine alten Züge.

»Rhys, aber –« Sein Blick fiel auf die Reste des schwarzen Blutes, das die Kreatur auf ihrem hellen Mantel hinterlassen hatte, und dann auf die Hand, die sie an die Brust gedrückt hielt. Sie zitterte. »Hat sich Enwas Vision erfüllt?« Er flüsterte die Worte nur, erstickt und voller Furcht.

Rhys konnte nichts darauf erwidern. Wer wusste schon, ob die Bilder, die der Wolkenschatten ihr geschickt hatte, in diesem Kampf ihre Erfüllung fanden – oder erst in einem späteren, weitaus größeres Unheil über den Stamm bringen würden?

Der Ahne trat zu ihr und sie hielt ihm die verletzte Hand hin, damit er den Knochen betasten konnte. Sie zuckte nicht zusammen, als der Schmerz stechend durch ihren Körper floss, aber der Ahne spürte, wie sie sich verkrampfte. »Was ist passiert?«, fragte er.

Rhys starrte in das Feuer, das der Ahne erst vor wenigen Momenten mit dem Sonnenaufgang entzündet zu haben schien. Die Äste waren kaum verkohlt. »Wenn ich das nur wüsste«, murmelte sie. »Diese Reise hat mir einmal mehr bewiesen, dass wir nicht so kopflos sein dürfen, dem Wald blind zu vertrauen. Dass die anderen Menschen so dicht –«

Der Ahne brachte sie mit einem Blick zum Schweigen. »Wir haben schon so oft darüber geredet, Rhys«, sagte er. »Der ganze Stamm hat deine Sorgen angehört und sich entschieden, das Lager nicht zu verlassen. Der Wald ist groß genug für uns *und* die anderen Menschen. Bitte lass sie ihr Leben führen, so wie sie uns das unsere führen lassen.«

»Aber doch nur, weil sie zu engstirnig sind, um unsere Anwesenheit überhaupt zu bemerken!«, zischte Rhys. Das Gespräch verlief in die falsche Richtung. Es waren nicht die anderen Menschen, um die sie sich sorgte, sondern die Kreatur, die sie im Wald angegriffen hatte. Aber die Sammler schienen sie nur noch als diejenige zu sehen, die gegen die anderen Menschen hetzte. Sollte sie als Wissende nicht eigentlich die Sammlerin sein, der alle Mitglieder am meisten vertrauten? Sollte der Ahne ihr nicht zuhören, statt vergangene Diskussionen mit gegenwärtigen zu verwechseln?

Rhys schwieg, ließ den alten Mann ihr Handgelenk versorgen und nahm die Stängel des Widerkrauts, die der Ahne ihr gegen die Schmerzen hinhielt. Dann aber konnte sie doch nicht mehr an sich halten. Der Blick der Fremden versengte ihre Erinnerung. »Ich werde zum Lager der anderen Menschen –«

»Rhys!« Sie hatte den Ahnen niemals so frustriert gehört. Seine Stimme war fast schon ein Knurren, obwohl er sonst zu den ausgeglichensten Menschen des Stammes gehörte. Und das allein sagte viel. Jeder Sammler war der Gleichmut in Person. »Lass uns unseren Frieden. Du wirst bis zum nächsten Mondwechsel deine Aufgaben im Lager erfüllen. Du bist die Wissende, aber ich möchte nicht, dass dieses Privileg dazu führt, dass du einen Krieg heraufbeschwörst. Bleib hier und suche dir ein Forschungsgebiet.«

Rhys atmete schnaubend aus. Er wollte es nicht hören. Bei Enwa, dann sagte sie nichts mehr dazu. Aber sie konnte nicht verhindern, dass sich das Unverständnis in ihrem Innern in dunklen Nebel wandelte. Ein weiteres Mal fühlte sie sich in ihrem eigenen Zuhause fremd. Ein farbloser Teil des Schnees vielleicht, aber kein vollwertiges Mitglied einer Gemeinschaft. Ohne ein weiteres Wort verließ sie das Zelt, ließ den vertrauten Duft hinter sich und tauschte ihn gegen die Kräuter aus Nevas Sammlung. In deren Zelt war Rhys seit ihrer Prüfung nicht mehr gewesen, aber dort würde sie am ehesten die kleinen Geheimnisse finden, die als Randnotiz einer Zeichnung vergessen gingen. Wenn der Ahne Forschungsbestrebungen sehen wollte, dann würde sie sie ihm zeigen. Aber dabei hielt sie stets einen Blick auf die Schatten gerichtet. Suchte nach Augen aus Kohlestücken und nach Augen aus Nordlicht gleichermaßen.

Die Sicherheit ihres eigenen Zeltes war das Einzige, das sich noch echt anfühlte. Der hellgelbe Stoff färbte die Welt immer warm. Die feinen Funken des Feuers imitierten die Sterne, die Rhys am

Tag nicht sehen konnte. Sie hatte die Seiten geholt, die Rhys schon während ihrer Prüfung gelesen hatte. Niemand wusste, dass sie unerlaubt im Lager gewesen war, auch wenn sie vermutete, dass der Ahne es zumindest ahnte. Wenn es so war, schwieg er jedoch genauso darüber wie sie selbst.

Es war seltsam, die Zeichnungen ein weiteres Mal in den Händen zu halten, doch dieses Mal ohne die versengende Anspannung, die die Prüfung mit sich gebracht hatte. Dieses Mal hatte sie alle Zeit, die Enwa ihr gab. Vielleicht würde sie ja doch in dieser Forschung ihre Erfüllung finden. Vielleicht konnte sie den erfrorenen Wald irgendwann genauso sehen wie die anderen Sammler: als Ursprung der größten Geheimnisse. Vielleicht musste sie sein Ende nicht finden und nicht wissen, was dahinter lag. Vielleicht konnte sie einfach ihren Beitrag leisten, an jedem Mondwechsel nach den weißen Hoffnungsröschen sehen und auf Unstimmigkeiten im Wald achten, ohne alles ergründen zu wollen. Vielleicht war es möglich, irgendwann einfach dazuzugehören und eine Zukunft zu finden, der sie folgen konnte. Vielleicht waren diese Zeichnungen und diese Forschungen ein Anfang.

Das Papier war von Nevas unverwechselbarer Handschrift bedeckt. Sie malte die Buchstaben auf ihre eigene Weise. Vielleicht würde irgendwann einmal jemand ihre eigenen Notizen an ihrer Handschrift erkennen. Rhys ging die Aufzeichnungen durch, strich mit den Fingerkuppen behutsam über die Zeichnungen der Pflanzen und die kurzen Beschreibungen ihrer Eigenschaften. Es waren nicht nur Nevas eigene, einige von ihnen waren auch vom Ahnen und sogar seiner Mutter. Die Sammler waren seit so vielen Jahren schon damit beschäftigt, das Wissen für die kommenden Generationen zu bewahren. Die meisten dieser Sammlungen behielt der Ahne sicher in seinem Zelt, aber über die Zeit ging ein Teil davon zu Forschungszwecken zu einzelnen Mitgliedern über, um am Ende wieder den Weg zurückzufinden – erweitert durch neue Erkenntnisse. Das war der Kreislauf des Wissens. Vielleicht konnte Rhys dazu beitragen, ohne an unlösbaren Fragen hängenzubleiben.

Eine Seite zog ihre Aufmerksamkeit auf sich. Es war die Handschrift des Ahnen, der nur wenige Zeilen zu einer Zeichnung formuliert hatte. Sie zeigte ein Tier, das Rhys niemals zuvor gesehen hatte. Mit langen Fühlern und gepanzertem Rücken war es ihr vollkommen unbekannt.

*Dieses Tier blieb namenlos.*

*Ich weiß noch genau, wie meine Mutter von der Sammlerin Sa erzählt hat.*

*Auf einer Reise soll ihr dieses Monster einmal begegnet sein. Doch als sie erneut loszog, es zu erforschen, kehrte sie nicht zurück.*

Das hatte der Ahne dazu notiert. Rhys spürte eine Wärme in ihrer Brust, als sie diese wenigen Zeilen las. Sie war nicht die Einzige, die es ins Unbekannte hinauszog. So drängend, dass sie ihr Leben riskierte, um nicht im Lager gefangen zu bleiben. Aber es war noch ein anderer Gedanke, der zurückblieb: Wenn sie sich dieses Tier ansah, dann kamen nur zwei Dinge infrage. Entweder verbarg der Wald mehr, als auch nach Jahren und Jahrzehnten der Erforschung ersichtlich war. Dann waren vielleicht auch ein Angreifer mit zerfetztem Gesicht und eine bewaffnete Fremde nicht so abwegig. Oder aber Rhys hatte recht und hinter dem erfrorenen Wald lag noch eine ganze Welt.

Was davon auch zutraf, es war nicht die Zeit dafür. Der Ahne hatte nur zu deutlich gemacht, was er von ihr erwartete. Und wenn sie diese Notiz richtig deutete, dann wusste er auch, was es für Folgen haben konnte, wenn sich jemand nicht an die Grenzen des Stammes hielt.

Rhys atmete tief ein und blätterte weiter, bis sie die Zeichnung der Opferlilie wiederfand, die ihr Leben während Enwas Aufgabe gerettet hatte. Die verschmierte Skizze sah noch genauso unscheinbar aus wie damals. Jetzt aber war die Pflanze ihr nicht mehr unbekannt.

*Kaiden hat von einem einzigen Fall erzählt. Min hat ein Leben retten können. Überprüfen. Sickermoos unter der Zunge schmelzen.*

Rhys wusste nicht, wer Kaiden war. Aber sie notierte ihre erste Erkenntnis direkt darunter und hinterließ ihre eigene Handschrift neben Nevas.

*Es funktioniert. Ich lebe noch.*

# KAPITEL ACHT

Das Sickermoos erneut zu beschaffen, war dieses Mal deutlich leichter als während der Prüfung. Erst wollte Rhys einen Mehrbaum suchen, aber als sie an die Schwierigkeiten beim Klettern dachte und daran, dass sie Verletzungen an beiden Händen hatte, blieb sie im Lager. Das Zelt des Ahnen war ein weiteres Mal ihre Anlaufstelle. Sie sah im Gesicht des alten Mannes, dass er erfreut darüber war, dass sich ihre Stimmung scheinbar gewandelt hatte.

»Was brauchst du?«, fragte er, als der Stoff des Eingangs hinter Rhys zurückschwang. »Mehr Widerkraut? Ist dein Handgelenk —«

Rhys winkte ab. »Ich habe ein Forschungsfeld gefunden«, sagte sie stattdessen.

Ein Lächeln huschte über die Züge des Ahnen. »Wohin soll diese Reise für dich gehen?«

Kurz schossen die leuchtenden Augen aus Nordlicht durch Rhys' Gedanken, dicht gefolgt vom düsteren Gesicht ihres Angreifers. Aber sie schob die Erinnerungen zur Seite. Das war nicht ihre Aufgabe, der Ahne hatte das nur zu deutlich gemacht.

»Hast du Sickermoos in deiner Sammlung?«, fragte sie deshalb.

Der Ahne hob die Augenbrauen, aber sein Lächeln vertiefte sich. »Das weißt du doch längst.« Er drehte sich weg, um eine alte, hölzerne Truhe zu öffnen, in der er eine Auswahl an Pflanzen aufbewahrte. Und Rhys wurde plötzlich bewusst, dass er nicht wusste, dass sie sich in Nevas Zelt geschlichen hatte. Der Ahne glaubte, sie wäre in seines eingedrungen und hätte das Sickermoos gestohlen, um das Gift der Opferlilie zu überleben.

Sie nahm das kleine Stoffbündel an sich, das der alte Mann ihr hinhielt. Es war so leicht, dass eine ungeübte Hand bezweifelt hätte, dass etwas darin eingewickelt war. Rhys aber erinnerte sich genau an das Gefühl des Sickermooses und spürte die feinen, winzigen Blätter durch den Stoff hindurch.

»Es ist getrocknet«, erklärte der Ahne. »Für Frisches musst du tatsächlich selbst auf die Suche gehen. Es wächst in den Astgabeln unterhalb eines Regenblattes. Dort, wo sich ein Teil des geschmolzenen Wassers sammelt.«

Rhys nickte. Sie wusste all das schon, weil sie eben nicht hier gewesen war, um sich das Sickermoos zu holen. Vielmehr interessierte sie, was der Ahne noch alles darüber in Erfahrung gebracht hatte. Sicherlich war es ihm im Laufe seiner Forschung zu den Regenblättern begegnet. Aber in Nevas Aufzeichnungen fehlten all diese Informationen. Selbst die, die er offenbar hatte, wie den Ort, an dem man diese Pflanze fand. Gab es noch andere Notizen?

Oder hatte der Ahne das Wissen nie aufgeschrieben? Beides erschien Rhys seltsam, denn wenn der Ahne eines ernst nahm, dann war es seine Aufgabe, das Wissen für die kommenden Generationen zu sichern.

»Hast du Aufzeichnungen zum Sickermoos?«, fragte Rhys vorsichtig. Sie wollte ihm nicht unterstellen, seine Aufgabe zu vernachlässigen, so angespannt, wie die Stimmung zwischen ihnen bei ihrem letzten Gespräch geworden war. Gerade genoss sie die altbekannte Harmonie.

Der Ahne schüttelte den Kopf. »Ich habe die Wirkung erst kurz vor deiner Prüfung erkannt. Alles, was ich darüber weiß, ist der Ort, an dem man es findet, und dass es vor Kontakt mit dem Gift eingenommen werden muss. Noch hatte ich keine Zeit dazu, es aufzuschreiben. Aber wenn du möchtest, kannst du deine eigenen Erkenntnisse notieren.«

Rhys nickte langsam. »Danke«, murmelte sie und verschwand hinaus ins Lager, das Stoffbündel in den Händen. Erst die Vertrautheit ihres Zeltes ließ sie aufatmen und sie setzte sich auf das Bett. Perplex starrte sie auf die Aufzeichnungen aus Nevas Zelt.

*Kaiden hat von einem einzigen Fall erzählt. Min hat ein Leben retten können. Überprüfen. Sickermoos unter der Zunge schmelzen.*

Wenn der Ahne nichts von der Wirkung des Sickermooses gewusst hatte, dann gab es jemanden unter den Sammlern, der es tat. Dann hatte Neva diese Erkenntnis nicht mit dem Ahnen geteilt. Warum nicht? Und wer waren diese Sammler, die Neva erwähnte? *Kaiden und Min.* Was wussten sie?

Es waren zu viele Fragen, deren Antwort Rhys nicht kannte. Die Abendsonne färbte das Lager flammend und die meisten saßen bereits zum Essen am großen Feuer zusammen. Wie gern würde Rhys nun Neva fragen, was das alles zu bedeuten hatte. Aber das würde sie erst können, wenn sie selbst unter Enwas Schwingen wandelte.

Stattdessen huschte Rhys zwischen den Zelten hindurch, bis hinein in Nevas Zelt. Seit sie über Wissen verfügte, das dem Ahnen unbekannt war, fühlte sie sich beobachtet. Dabei wusste niemand davon und es war nicht außergewöhnlich, dass die Wissende im Zelt der Ehemaligen verschwand – Rhys war schon als Kind oft dort gewesen. Dennoch blieb ein Gefühl der Unsicherheit, das sich erst legen würde, wenn sie die Antworten gefunden hatte, nach denen sie suchte.

Rhys war die meisten von Nevas Aufzeichnungen längst durchgegangen, doch ihre eigenen Notizen waren ganz schlicht gehalten. So wie Rhys es kannte, wie sie es erwartete. Keine Erwähnung von Kaiden oder Min, nur Beschreibungen der Pflanzen und Tiere, Beobachtungen des Waldes … Und dann diese Notiz auf der Seite der Opferlilie. Untypisch für Neva. Und seither konnte sie nichts Auffälliges mehr entdecken.

Aber irgendwo mussten diese Antworten verborgen liegen. Irgendwo zwischen all den anderen Papieren. Also ging Rhys sie alle erneut durch. Wieder und wieder. Suchte nach Zeichen, Hinweisen, verschwommener Schrift. *Kaiden und Min.* Sie waren nicht zu finden. Neva schrieb manchmal von der Mutter des Ahnen, die vor ihm den Stamm behütet hatte. Aber sie nannte keinerlei Namen, nicht einmal ihren eigenen. Und in den wenigen vorhandenen Auszügen des Ahnen waren nur die Hinweise auf längst vergangene Sammler zu finden.

Die Nacht senkte sich mit Nachdruck und schließlich war es in Nevas Zelt zu dunkel, um etwas zu erkennen, und Rhys zitterte längst in der Kälte. Sie hatte sich nicht getraut, ein Feuer zu entzünden. Kurz überlegte Rhys, die Aufzeichnungen mit in ihr eigenes Zelt zu nehmen, aber dann legte sie sie doch nur sorgfältig zurück. Es gab darin nichts zu finden. Nicht mit einer Silbe wurde das verborgene Wissen erwähnt.

Und das bedeutete, dass es nur einen einzigen Ort gab, an dem sie noch suchen konnte: im Zelt des Ahnen. Dort war alles, was sie wussten, jede einzelne Erkenntnis, die die Sammler über die Jahre entdeckt hatten. Entweder Rhys fand die Antworten dort oder sie existierten nicht.

Vorsichtig schlug sie den Eingang zur Seite und spähte nach draußen. Einige Silhouetten hoben sich vor dem langsam verglimmenden Feuer ab und Gelächter drang über die Lichtung. War der Ahne darunter? Sie konnte es nicht genau sagen. In seinem Zelt brannte ein Feuer, aber das musste nichts bedeuten.

Beiläufig näherte sich Rhys dem großen Feuer und suchte nach dem Gesicht des Ahnen. Er neigte dazu, spät zu essen und an guten Tagen lange beim Stamm sitzen zu bleiben. Und wenn sie sich daran erinnerte, wie seine Forschungen heute ausgesehen hatten, war es durchaus ein guter Tag gewesen.

Tatsächlich. Er saß zwar etwas abseits, aber der Feuerglanz fing sich in seinen Augen. Und er aß noch immer, das gab Rhys Zeit. Genügend vielleicht, um zu finden, wonach sie suchte.

Sie winkte zum Feuer, um zu signalisieren, dass sie schlafen ging. Einige winkten zurück, die anderen waren zu eingenommen von ihren Gesprächen, Liedern und Gebeten. Rhys hielt den Blick auf die Flammen gerichtet, während sie einige Schritte in Richtung ihres Zeltes lief. Als sie aus dem Blickfeld der Gruppe verschwunden war, bog sie jedoch sofort wieder ab und näherte sich dem Zelt des Ahnen von hinten. Es war das Größte auf der Lichtung, denn dort bewahrte er die meisten Pflanzen auf – und all seine Aufzeichnungen. Irgendwo dort mussten die Antworten verborgen sein, wenn sie denn existierten. Warum hatte Neva dieses Wissen nicht mit dem Ahnen geteilt, wo er doch an den Mehrbäumen und Regenblättern forschte? Und wer waren Kaiden und Min?

Sie musste es wissen.

Die Stille im Innern des Zeltes wurde nur vom Knistern des Feuers durchbrochen. Rhys schob sich unter dem Stoff hindurch und ihre Hände brannten in der Kälte. Dafür betäubte der Schnee aber den Schmerz, tauschte ihn ein gegen einen, der ihr vertrauter war. Trotzdem war sie froh, als die Feuerwärme sie erreichte. Sie erinnerte sich nicht daran, jemals allein im Zelt des Ahnen gewesen zu sein. Es fühlte sich nach einem Vertrauensbruch an und das war es auch. Sie erzählte ihm nichts von ihren Fragen, suchte die Antworten stattdessen allein in seinen Sachen. Aber ihm zu vertrauen, hieß Neva zu misstrauen. Und umgekehrt. Rhys brauchte mehr Informationen, bevor sie diese Entscheidung treffen konnte.

In diesem Teil des Zeltes bewahrte der Ahne seine Sammlungen auf, die nicht oft gebraucht wurden. Rhys hielt sich hinter einer großen Truhe verborgen, falls der Ahne unerwartet das Zelt betrat. Sie spähte flüchtig auf den Tisch, auf dem er forschte. Daneben standen sein Bett und die kleinere Kiste, aus der er zuvor das Sickermoos für sie geholt hatte. Hier aber stapelten sich mehrere kleinere Truhen und auch lose Blätterstapel.

Rhys begann mit den Stapeln loser Aufzeichnungen, musste jedoch schnell feststellen, dass es sich dabei um angefangene, unvollendete Notizen handelte. Stichpunkte dessen, was der Ahne beizeiten festhalten wollte. Also wendete sie sich den Kisten zu. Sie waren unterschiedlich voll und enthielten zusammengebundene Papiere. Auf jedem der einzelnen Stapel war vermerkt, um wessen Aufzeichnungen es sich handelte. Rhys verharrte einige Herzschläge lang staunend über die Anzahl an Sammlern, die ihr Leben damit verbracht hatten, dieses Wissen zusammenzubringen. Wie sähe die Welt heute aus, wenn sie all diese Erkenntnisse längst wieder vergessen hätten?

Ein Lächeln legte sich unbemerkt auf Rhys' Lippen, während sie über die Namen strich. Sie hoffte auf jene, nach denen sie suchte. *Kaiden und Min.* Aber sie waren nicht darunter.

Resigniert strich sich Rhys die Haare aus dem Gesicht und stieß die Luft aus. Was, wenn sie die Antworten niemals fand? Sie war nicht gut darin, die Unwissenheit zu ertragen. Schon die Tage im Lager, in denen sie versuchte, die Erinnerungen an den Angriff der Kreatur im Wald zu verdrängen, waren kaum auszuhalten.

Ein Knirschen näherte sich von draußen und Rhys lauschte mit angehaltenem Atem. Der Ahne kam zurück. Sie wollte sich zurückziehen und aus dem Zelt verschwinden, als ihr Blick plötzlich auf eine weitere Kiste fiel, die halb unter dem Bett des Ahnen verborgen war, aber zu weit nach hinten geschoben, als dass er sie oft öffnen würde.

Rhys zögerte nicht, schoss nach vorne und öffnete den Verschluss der Kiste. Erschrocken zuckte sie zurück, als sie den Pfeil sah, der auf einem Stapel Papier lag. Der Ahne verabscheute Waffen. Er würde niemals zulassen –

Der Zeltstoff erbebte und Rhys nahm die zusammengebundenen Papiere an sich. Sie schob sich tief in den Schatten der großen Truhe und wagte kaum zu atmen.

Der Ahne betrat das Zelt mit den Resten der Freude auf dem Gesicht, die der Abend ihm hinterlassen hatte. Rhys duckte sich tief auf den Boden und verschmolz mit der Dunkelheit, die nicht vom Feuerschein erfasst wurde. Der Ahne ließ den Blick über seine Forschung schweifen und lächelte, ehe er sich auf sein Bett sinken ließ und Rhys den Rücken zudrehte. Unendliche Momente lang wartete sie, bis seine Atemzüge ruhig und gleichmäßig wurden. In Zeitlupe kroch sie rückwärts, hielt die Aufmerksamkeit auf seinen schlafenden Körper gerichtet, bis sie den Schnee unter den Füßen spürte, dann unter den Knien und schließlich der Zeltstoff zurückfiel und verbarg, dass sie jemals dort gewesen war.

Rhys verharrte einen Augenblick am Boden und ließ die Kälte ihr rasendes Herz beruhigen. Langsam atmete sie aus –

Und riss die Augen auf, als sich ihr eine Hand auf die Lippen presste.

»Ruhig!«

Im ersten Moment konnte sie die Stimme nicht zuordnen, weil der Schreck ihre Gedanken lähmte. Dann aber lösten sich die Finger und sie fuhr herum, starrte in Mandans Augen, die sie aufmerksam musterten.

»Was machst du hier, Rhys?« Er sprach so leise, dass seine Stimme zu einem Windhauch wurde. Und er stolperte auch nicht über ihren Namen, so wie einige der Sammler es hin und wieder taten. So als hätten sie vergessen, dass es sie gab. So als erschreckte der Klang sie jedes Mal aufs Neue. Als wären die Silben genauso ungewohnt auszusprechen, wie die Farblosigkeit ihrer Gestalt anzusehen war. Mandan aber schien nur interessiert.

»Das ist Sache der Wissenden«, gab Rhys zurück.

»Im Zelt des Ahnen?« Mandan hob eine Augenbraue. »Ich schätze, er weiß nicht, dass du sein Zelt über den *Hintereingang* betrittst?« Er lächelte und seine Zähne leuchteten im verbliebenen Glimmen des großen Feuers.

»Wartet Eden nicht auf dich?«, zischte Rhys. Sie hasste, dass sie erwischt worden war. Unauffällig drückte sie die Papiere, die sie aus dem Zelt gestohlen hatte, dichter an sich, damit er sie nicht sah.

»Du lenkst vom Thema ab«, murmelte Mandan und näherte sich, um sie im schwindenden Licht zu mustern. Sein Duft fing sich in ihrer Nase. »Du solltest schlafen gehen«, sagte er dann. Und mit einem Lächeln ging er selbst hinüber zu Edens Zelt, um darin zu verschwinden. Zurück blieb nur das unausgesprochene Versprechen, sie nicht zu verraten. Rhys wusste nur nicht, warum er das für sie tat.

Erst in ihrem eigenen Zelt beruhigte sich ihr Herzschlag. Rhys unterdrückte den paranoiden Drang, das Feuer weiterhin zu vermeiden, sollte jemand hereinkommen. Es kam niemals jemand zu ihr ins Zelt. Außerdem zitterte sie vor Kälte und Aufregung so sehr, dass sie kaum die Hände stillhalten konnte.

Vorsichtig schichtete sie einige Äste und kleinere Zweige auf die erloschene Feuerstelle und entzündete das Licht und die Wärme. Der hellgelbe Stoff reflektierte ein Gefühl von Geborgenheit inmitten eines Lagers, in dem sie sich oft nicht so fühlte. Beinahe andächtig legte sie schließlich die Papiere auf ihr Bett und kniete sich davor. Sie löste die feinen Schnüre und schob die einzelnen Blätter leicht auseinander. Es waren viele Zeichnungen darunter, aber auch Seiten voller Schrift. Auf den unteren erkannte sie die Handschrift des Ahnen, aber oben lagen Notizen mit einer anderen Handschrift, die Rhys nur sehr entfernt bekannt vorkam.

An den Überschriften der Seiten sah Rhys, was es war, das sie gefunden hatte: ein Tagebuch. Sollte sie weiterlesen? Das war eine andere Art des persönlichen Eindringens, als sie erwartet hatte. Aber es war auch der letzte Ort, an dem die Namen verborgen sein könnten, die sie suchte.

Unruhig strich sie sich eine Haarsträhne aus dem Gesicht, nahm die erste Seite und lehnte sich mit dem Rücken ans Bett, um mit dem Lesen zu beginnen.

*4. Mondwechsel des 6. Jahres nach Kaidens Geburt*

Der Name brannte sich in ihre Gedanken. *Kaiden.* Sie atmete langsam aus, um die aufsteigende Hitze zu vertreiben.

Er war es.

*Irgendwann muss ich aufhören, sein Alter zu zählen, das weiß ich.*
*Aber er ist noch so klein. Und 64 Mondwechsel lassen sich noch zählen, deshalb tue ich es. Es wird früh genug der Moment kommen, in dem niemand mehr weiß, wie alt mein kleiner Kaiden ist. Und niemand wird ihn mehr »klein« nennen.*
*Mein Kind wächst so schnell. Ich erinnere mich so gut an die Nacht, in der ich es zum ersten Mal im Arm hielt.*

Rhys überflog die weiteren Zeilen, suchte nach einem Hinweis, wer Kaiden gewesen war, was mit ihm passiert war. Sie musste ihn finden, damit er ihr die Fragen zum Sickermoos beantworten konnte.

Sie musste wissen, warum Neva dem Ahnen nichts erzählt hatte, als sie die Wirkung des Sickermooses vermutete.

*In einigen Jahren werde ich ihn anhalten, an jedem Abend niederzuschreiben, was er gelernt hat, so wie meine Mutter es bei mir tat. Und dann wird seine Sammlung wachsen.*

*Denn irgendwann, wenn ich nicht mehr bin, wird der Stamm jemanden brauchen, der das Wissen weiterträgt.*

*Jemanden wie Kaiden.*

Rhys erstarrte. Ihre Hand sank langsam hinab auf ihren Schoß und sie sah blicklos ins Feuer.

*Nein.* Ihr Kopf weigerte sich, die nachfolgenden Worte zu lesen. Es konnte nicht wahr sein. Durfte nicht.

*Denn irgendwann, wenn ich nicht mehr bin, wird der Stamm jemanden brauchen, der das Wissen weiterträgt.*

*Jemanden wie Kaiden.*

*Einen Ahnen.*

# KAPITEL NEUN

**E**r hatte gelogen. Der Ahne hatte gelogen. Die Wirkung des Sickermooses kannte er weit länger als die wenigen Tage vor ihrer Prüfung.

*Kaiden hat von einem einzigen Fall erzählt. Min hat ein Leben retten können. Überprüfen. Sickermoos unter der Zunge schmelzen.*

Er hatte gelogen. Rhys' Blick flog haltlos durchs Zelt, aber er konnte sich an nichts festhalten. Warum hatte er gelogen?

Und wollte Rhys mit diesem Wissen überhaupt noch erfahren, wer Min war? Sie verspürte den Drang, sofort ins Zelt des Ahnen zu stürmen, um ihn zur Rede zu stellen, aber stattdessen verharrte sie reglos. *Kaiden.* Niemand hatte jemals seinen Namen genannt. Er war der Ahne, nicht mehr und nicht weniger. Das war seine Aufgabe, seine Rolle, sein Leben.

Verrat und Neugierde mischten sich in ihrer Brust. Und erneut war es vor allem ein Gedanke, der sie dazu brachte, die Aufzeichnungen weiterzulesen. *Sie musste die Antworten wissen.* Sie musste wissen, was passiert war, warum der Ahne gelogen hatte, was das alles zu bedeuten hatte. Warum das Sickermoos die einzige Pflanze zu sein schien, von dessen Existenz die Sammler nichts wissen sollten, obwohl sich Rhys nur zu gut daran erinnerte, wie der Ahne stets vor dem Gift der Opferlilie gewarnt hatte. Sie hatten ein Gegengift dafür, doch das wirkte unzuverlässig. Mit dem Wissen um eine Pflanze, die vor dem Gift schützte, hätten sie vielleicht einige Leben retten können.

Rhys schüttelte den Kopf, um all die Fragen zu vertreiben. Stattdessen nahm sie die nächste Seite und begann zu lesen. Irgendwo dort lagen alle Antworten, die sie suchte. Und wenn nicht die Aufzeichnungen sie verrieten, dann würden sie ihr doch zumindest einen Anhaltspunkt liefern, wo sie danach suchen sollte.

Es waren nun die Worte des Ahnen selbst. *Kaidens Worte,* denn er war noch ein Kind. Die Schrift war unausgereift und an einigen Stellen schwer zu lesen. Aber von Seite zu Seite wurden seine Buchstaben klarer. Rhys sah ihn aufwachsen in diesen Worten.

*Und dann war da ein Gesicht hinter einem der Bäume. Ein kleines, fein geschnittenes Gesicht, kaum gezeichnet von der Kälte. Ein Mädchen.*

*Meine Mama hat gesagt, dass es wohl auch andere Stämme gibt außer unserem. Ich habe noch niemals Spuren gefunden von anderen Menschen oder irgendwelche anderen Zeichen. Ich dachte, es wäre nur eine Geschichte.*

*Aber dann war da dieses Mädchen. Es sah aus wie ich: jung und neugierig. Doch die Kleider, die es trug, waren aus Tierhaut und Pelz.*

*Sie sah mich schweigend an und ich tat es ebenso. Einen Wimpernschlag später aber war sie hinter dem Baum verschwunden und als ich ihr nachlaufen wollte, fand ich nur noch ihre Spuren.*

*Ich habe Mama nichts erzählt. Es ist ein Geheimnis.*

Rhys zögerte. War das ein Kind der anderen Menschen gewesen? Sie vergrub für einen Herzschlag das Gesicht in den Händen. Die Müdigkeit zerrte an ihr, aber die Aufregung hielt sie wach.

Wenn das ein Kind der anderen Menschen war – und die Kleidung aus Pelz ließ darauf schließen – dann hatte der Ahne seit seiner Kindheit von ihrer Existenz gewusst. Rhys hatte immer geglaubt, dass sie diejenige gewesen war, die das Lager der anderen Menschen entdeckt hatte. Deshalb hatte sie die Versammlung einberufen, deshalb hatte sie die Sammler von der Gefahr überzeugen wollen. Aber niemand hatte ihr zugehört, nicht einmal der Ahne. Dabei hatte er es die ganze Zeit gewusst. Dass sie nicht allein im Wald waren. Seit diesem Moment, in dem er das Mädchen im Wald gesehen hatte, hatte er gewusst, dass die Geschichten über andere Stämme weit mehr waren als nur Geschichten.

Der Verrat siegte über die Neugierde. Rhys las betäubt weiter, hoffte fast darauf, eine Erklärung in den Aufzeichnungen zu finden, die den Ahnen entlastete. Aber dazu würde es nicht kommen. Der Ahne hatte gelogen, die ganze Zeit, und damit dazu beigetragen, dass Rhys zur Außenseiterin wurde.

*Es waren Fußspuren, die um den Baum herumführten. Kleine Spuren, größer als die eines Kindes, aber schmaler als die eines Erwachsenen. Spuren, wie auch ich sie hinterließ. Es waren ihre Spuren, die mich vorantrieben, die mich alles vergessen ließen. Alle Sorgen und alle Vernunft.*

*Der Schneefall war schwach und so konnte ich den Abdrücken lange folgen, bevor sie vom Neuschnee bedeckt wurden. Erst, als ich keine Fußspur mehr finden konnte, hob ich den Kopf und sah mich um in einem Wald, der mir fremd war. Nur ein leises, dumpfes Geräusch hielt mich davon ab, mir Gedanken zu machen.*

*Plock. Dann das Knirschen von Stiefeln auf Schnee. Ein leises Ausatmen. Plock.*

*Ganz vorsichtig näherte ich mich der sich wiederholenden Tonabfolge, bis ich es wagte, um den letzten Baum herumzuspähen, der mir die Sicht verwehrte. Spuren und ein Pfeil, der in der Rinde eines fernen Baumes steckte. Ansonsten war der Wald leer. Kein Mädchen und auch keine Geräusche mehr.*

*Gerade als ich um den Baum herumtreten wollte, um mir den Pfeil genauer anzusehen, traf mich ein Stoß von hinten im Rücken und schleuderte mich auf den Boden. Hartes Eis riss an meiner Haut, als ich mit dem Kinn voran im Schnee landete. Erschrocken warf ich mich herum, darauf gefasst, mich verteidigen zu müssen.*

*»Was beobachtest du mich?« Die Stimme meiner Angreiferin war schneidend und rau. Mit erschrockenen, weit aufgerissenen Augen starrte ich sie an.*

*Sie sah aus, wie ich sie gezeichnet hatte. So viele Male.*

*»Was bist du nur für ein Mensch?«, flüsterte sie schließlich. Ich konnte nicht antworten, denn sie fuhr herum, als Stimmen laut wurden. »Min!«*

*Mit einem letzten Blick auf mich brannten sich ihre dunklen Augen in meine Seele. Und dann war sie verschwunden und nur ihre Fußspuren blieben zurück. Ein zweites Mal.*

*Lange sah ich ihr nach, unfähig, mich zu bewegen. Ganz langsam nur kehrte das Gefühl in meinen Körper zurück und verdrängte ihr Gesicht aus meinen Gedanken. Ihren Pfeil nahm ich mit mir, als ich ins Lager zurückkehrte.*

Min. Sie war es tatsächlich. Sie war eine von den anderen Menschen. Der Ahne hatte es gewusst. Neva hatte es gewusst, denn sonst hätte sie die Namen nicht notiert, als sie über das Sickermoos geschrieben hatte.

Was wusste der Stamm? Bei der Versammlung, hatte dabei alle

—

Nein, das wollte sie nicht glauben. Aber sie hatte auch nicht glauben wollen, dass der Ahne schon zuvor vom Lager der anderen Menschen gewusst und sie belogen hatte. Sie konnte ja nicht einmal glauben, dass er einen Pfeil – *Mins Pfeil* – in seinem Zelt aufbewahrte, obwohl er den Anblick von Waffen verabscheute.

*Ob es noch andere Menschen gibt, habe ich meine Mutter gefragt. Aber ein Lachen war die Antwort und ein: Kaiden. Wenn es andere Menschen gäbe, dann wüssten wir von ihnen.*
*Aber ich finde sie nicht.*
*Min.*
*Ich finde sie einfach nicht.*

Wie war es so weit gekommen?

Seit wann musste Rhys infrage stellen, was sie zu wissen glaubte? Seit wann hatte sich alles so sehr verändert?

Mit den Unterarmen aufs Bett gestützt saß sie am Boden und starrte auf ihre verletzten Hände. Die Wunde, die sie sich in den Tiefen Mäulern zugezogen hatte, war fast verheilt. Die neue Haut, die unter dem Schorf zum Vorschein kam, glänzte fast silbrig im Feuerschein. Sie würde als Narbe zurückbleiben, das konnte Rhys sehen. Zwischen Ringfinger und Mittelfinger entsprang die ungleichmäßige Linie und zog sich bis zu ihrem Unterarm.

Die andere Hand zeigte äußerlich nur rote, blaue und violette Verfärbungen, die im Augenblick unter dicken Stoffschichten verborgen lagen, aber Rhys merkte an den Schmerzen, dass sie diese Hand lange nicht würde benutzen können. Die Kreatur hatte ihre Knochen nicht gebrochen, auch wenn Rhys das zuerst befürchtet hatte, aber es würde dennoch eine Weile dauern, bis sie verheilt waren. Die dicken Stoffschichten verhinderten, dass sie das Handgelenk zu sehr bewegte, aber Rhys betete, dass sie sie bald würde abnehmen können.

In den vergangenen Tagen war mehr passiert als in ihrem ganzen Leben. Alles hatte sich seit der Prüfung verändert. Der Ahne und die anderen Menschen und die Kreatur und die Fremde ... Es war so viel, dass Rhys kaum wusste, wie sie all diese neuen Erkenntnisse und all diese Fragen verarbeiten sollte.

Sie atmete tief ein, atmete Rauch und Nachtluft, bis sich ihr Herz etwas beruhigt hatte. Und dann nahm sie die Aufzeichnungen erneut, traute sich endlich, weiter in ihnen zu lesen. Draußen kroch eine erste Ahnung von Morgen über die Baumwipfel. Rhys fürchtete, der Ahne könnte die Seiten vermissen, deshalb durfte sie sie nicht zu lange bei sich behalten. Nur lange genug.

Sie überflog ein paar Einträge, suchte nach Informationen und stockte immer wieder, musste das Papier sinken lassen, wenn sie nicht glauben konnte, dass es wahr war. Min hatte den Ahnen wiedergefunden und sie verbrachten heimlich Zeit miteinander. Er lehrte sie einige Dinge über die Pflanzen des Waldes, gab Erkenntnisse des Waldes an dieses Mädchen weiter. Er, der er eigentlich all dieses Wissen hüten sollte, verriet es an jene Menschen, die mit Waffen in den Wald gingen und mit Leichen zurückkehrten. Min lehrte den Ahnen im Gegenzug, ihre Waffen zu benutzen.

Rhys konnte kaum glauben, dass das der gleiche Mann sein sollte, der draußen in seinem Zelt schlief und den Frieden predigte. Der sie jedes Mal fortschickte, wenn sie die Gefahren anführte, die von den anderen Menschen ausgehen könnte. Jetzt verstand sie es. Er war genau wie sie. Er log.

Und dann erreichte sie eine Stelle der Aufzeichnungen, die sie erneut schockierte. Trotz allem, was sie bereits gelesen hatte.

*»Aus dir wäre ein toller Jäger geworden«, sagte sie.*

*Jäger. Die Silben klingen so ungewohnt, aber ich mag, wie es sich auf der Zunge anfühlt, sie zu sagen. Manchmal, wenn ich allein zum Sammeln in den*

*Wald gehe und mich niemand hören kann, sage ich das Wort so oft hintereinander, dass es all seine Bedeutung verliert.*

*Jäger.*

*Jäger. Jäger.*

*Jäger, Jäger, Jäger.*

*Jägerjägerjägerjägerjägerjägerjäger.*

*Und dann ist da nur ihr Name in meinem Kopf, wenn alle anderen Wörter die Bedeutung verloren haben.*

*Min.*

*Dieses Wort könnte niemals seine Bedeutung verlieren.*

Die anderen Menschen hatten einen Namen erhalten. Sie waren Jäger. Jäger und Mörder. Und Lügner und Wilderer.

*Jäger.*

Rhys tat es dem Ahnen gleich. Wiederholte das Wort so oft, bis es all seine Bedeutung zu verlieren schien. Sie wollte es verstehen.

*Jäger.*

*Jäger. Jäger.*

*Jäger, Jäger, Jäger.*

*Jägerjägerjägerjägerjägerjägerjäger.*

Aber der Gedanke an Blut und Tod blieb an den Silben haften. Und die Verachtung, der Zorn und die Hilflosigkeit, die Rhys nicht vertreiben konnte. Sie hasste, wie sich die Laute auf der Zunge anfühlten. Sie hasste alles an ihnen.

Schlimmer als das war aber die Erkenntnis, die der Ahne mit diesen Worten niedergeschrieben hatte. Er liebte Min. Der Hüter der Sammler liebte eine Jägerin.

Und er liebte sie noch immer.

Natürlich wollte der Ahne nicht fort. Natürlich nahm er die anderen Menschen in Schutz. *Die Jäger.* Es war noch immer ungewohnt, sie so zu nennen, aber der Name passte zu ihnen. Er sprach von dem Krieg und der Ungerechtigkeit, die sie in den erfrorenen Wald trugen – und von dem Blut und dem Tod, den sie dafür ernteten. Wie konnte er nur für sie sprechen? Wie konnte er verbergen, was er wusste?

Neva schien eingeweiht gewesen zu sein, wenn sie die Namen notiert hatte. *Kaiden hat von einem einzigen Fall erzählt. Min hat ein Leben retten können. Überprüfen. Sickermoos unter der Zunge schmelzen.*

Wer wusste es noch? Rhys versuchte sich an die Reaktionen aller Sammler zu erinnern, als sie ihnen damals von ihrer Entdeckung der anderen Menschen erzählt hatte, aber niemand stach heraus. Niemand hatte sich verdächtig gemacht. Nicht einmal der Ahne.

Kein Wunder, dass Neva die Notiz zum Sickermoos nie ausformuliert hatte, wenn es eine Information war, die von den Jägern stammte. Aber warum hatte der Ahne es nicht getan? Warum hatte er sie angelogen? Warum hatte er die Jäger so lange verschwiegen?

Sorgfältig schob Rhys die Papiere wieder zu einem Stapel zusammen. Nur eine Seite ließ sie auf dem Bett liegen, ehe sie den Blick zum Loch in der Zeltdecke hob und überlegte, wie viel Zeit ihr blieb, die Papiere zurückzubringen, bevor der Ahne aufwachte. Sie beschloss, es zu riskieren.

Draußen herrschte noch schlafende Ruhe. Rhys kroch erneut unter dem Zeltstoff hindurch und erstarrte, als sie sah, dass das Bett des Ahnen leer war. Hatte er draußen gestanden? Hatte er sie gesehen?

Eine Bewegung fing ihren Blick. Ein Schatten fiel von außen auf das Zelt und bewegte sich weg. Er war schon aufgestanden und ging, um das große Feuer zu entzünden. Das gab ihr Zeit.

Als Rhys die Kiste dieses Mal öffnete, zuckte sie nicht vor dem Pfeil zurück, der darin lag. Mins Pfeil. Sie bekam nur die Vorstellung nicht aus dem Kopf, wie der Ahne diese Waffe verwendet hatte. Es widersprach allem, was sie geglaubt hatte.

Vorsichtig legte sie das Papier zurück und schloss den Deckel. Sie wollte diese Worte niemals wieder lesen. So leise wie möglich huschte sie zurück in ihr eigenes Zelt, wo die eine verbliebene Seite noch immer wartete.

Es war eine Zeichnung. Der Ahne hatte Min oft gemalt, aber dieses Porträt zog Rhys' Aufmerksamkeit besonders in den Bann. Die Frau auf der Zeichnung trug einen Mantel aus Pelz. Und er sah genauso aus wie die Kleidung der Fremden aus dem Wald, die sie vor der Kreatur gerettet hatte.

Und das bedeutete, diese Fremde war eine Jägerin gewesen.

# KAPITEL ZEHN

Unverwechselbar hob sich die Silhouette des Ahnen vor dem großen Feuer ab. Rhys zögerte. Die Lügen wogen schwer, vielleicht schwerer, als sie verbergen konnte. Schließlich aber atmete sie tief ein und ging zu den anderen Sammlern, die sich am Lagerfeuer unterhielten, während sie darauf warteten, dass das Essen bereit war.

»Du hattest recht, alter Mann«, sagte Rhys rau. Der Ahne drehte sich zu ihr und lächelte so vertraut, dass es in Rhys' Brust stach. »Es tut mir gut, mich der Forschung hinzugeben.«

»Hast du etwas gefunden?«, fragte der Ahne. »Etwas, das dich interessiert?«

Rhys nickte. »Das Sickermoos lässt mich nicht los. Ich denke, dahinter könnte sich eine Möglichkeit verbergen, einige Leben zu retten. Vergiftungen mit den Dornen der Opferlilie kommen selten vor, aber wenn, dann sind sie kaum zu besiegen.«

Der Ahne neigte den Kopf. »So sei es«, sagte er.

»Ich gehe, um mir selbst ein Bild davon zu machen, wie es wächst«, fügte sie hinzu. »Vielleicht lässt es sich mit deiner Forschung vereinen.«

Erneut teilte ein Lächeln die alten Lippen. »Ich wünsche dir viel Glück bei deiner Suche, Wissende«, raunte er. »Und achte auf die Mehrbäume, die Regenblätter tragen. Nur dort wirst du es finden.«

Rhys erwiderte das Lächeln, auch wenn sich alles in ihr davor sträubte. Dann verabschiedete sie sich, verstaute nur einige Stängel des Widerkrauts in ihrer Tasche, um den Schmerz ihres Handgelenkes auch auf der Reise zu beruhigen, und verließ den Feuerkreis. Niemand brauchte zu wissen, dass sie nicht nach Sickermoos suchte, sondern nach Augen aus Nordlicht. Die Fremde hatte die Kleidung der Jäger getragen und dort würde Rhys sie wiederfinden.

Kurz bevor die Schatten der Bäume sie verschlangen, wandte sie sich noch einmal zum Lager um. Seit sie von all den Geheimnissen wusste, die der Ahne verbarg, erschien es in einem anderen Licht. Als läge ein Nebel über den Zelten, den sie erst durchdringen musste. Die meisten Sammler hatten sich mittlerweile um das Feuer versammelt, um gemeinsam zu essen.

Eine Bewegung fing Rhys' Blick. Es war Mandan, der im Eingang von Edens Zelt stand und sie ansah. Rhys wusste nicht, was sie von ihm halten sollte. Doch sie wandte sich nicht ab. Einige Herzschläge lang standen sie unbewegt da und erneuerten das Versprechen des vergangenen Abends. Dann erklang Edens Stimme,

Mandan drehte sich um und der Moment war vorüber. Rhys atmete langsam aus und ließ sich von den Schatten verschlingen.

Rhys war lange nicht mehr nach Osten gegangen. Sie war nur ein paar Mal am Lager der anderen Menschen gewesen. Auch wenn diese nicht einmal zu ahnen schienen, dass sie nicht allein im erfrorenen Wald lebten, trugen sie doch stets ihre tödlichen Waffen. Rhys konnte sich nicht vorstellen, dass diese Menschen überhaupt etwas wussten. Sie hatte oft genug beobachtet, wie unachtsam sie durch den Wald streiften. Jedenfalls nicht so, wie die Sammler es taten. Doch eine falsche Bewegung und sogar ein Jäger entdeckte seine Beute. Dieses Mal aber würde sich Rhys nicht von der Furcht abhalten lassen. Sie musste die Fremde finden. Jetzt, wo sie wusste, dass sie eine Jägerin war, konnte sie sie nicht einfach aus den Augen lassen. Vielleicht wusste sie etwas über die Kreatur, die Rhys angegriffen hatte. So sehr sie auch versuchte, dieses Erlebnis zu verdrängen, es kroch doch immer wieder an die Oberfläche. Die Erinnerung an die kohlschwarzen Augen trieb ihr eine Gänsehaut über den Körper. Sie musste es wissen.

Und vielleicht fand sie sogar etwas über Min heraus. Wenn sie nur verstehen könnte, warum der Ahne all das vor ihr – vor den Sammlern – verbarg! Warum setzte er ihre Leben aufs Spiel, wenn er doch über Erkenntnisse verfügte, die sie retten konnten? Er musste von der Gefahr wissen, die von den Jägern ausging, denn schließlich hatte er ihre Waffen selbst in den Händen gehalten. Und er kannte die Folgen einer Vergiftung mit der Opferlilie. Warum behielt er die Wirkung des Sickermooses für sich?

Rhys atmete tief ein. Sie spürte die Vorurteile, die sie den anderen Menschen – und nun auch dem Ahnen – gegenüber hegte wie eine Wand. Aber sie konnte nicht aus ihrer Haut. Die anderen Menschen lebten entgegen allem, an das die Sammler glaubten. Sie waren ihr zu fremd, um sie zu verstehen. Oder es auch nur zu versuchen.

Mit jeder Antwort mehrten sich nur die Fragen und Rhys platzte allmählich der Schädel davon. Was aber blieb, war das Gefühl des Verrats und des Misstrauens. Wie sollte sie dem Ahnen jemals wieder gegenübertreten, ohne an all die Lügen zu denken? Wie sollte sie ihre Rolle als Wissende erfüllen, wenn sie daran zweifeln musste, ob der Ahne seiner eigenen Aufgabe gerecht wurde?

Ein langes Seufzen entwich ihren Lippen und malte helle Wolken in die eisige Luft. Rhys vergrub die Hände tief in den Taschen ihres Mantels und zog den Kopf ein, um dem Winter so wenig Angriffsfläche wie möglich zu bieten. An das Stechen in ihrem Hals war sie längst gewöhnt und auch der Schmerz ihrer Lunge, der mit dem Einatmen der Kälte kam, war Teil ihres Lebens. Sie fokussierte sich darauf, um nicht an die Verletzung ihres Handgelenks zu denken, die sie als stetiges Pochen daran erinnerte, dass sie nicht auf einen Baum würde fliehen können, wenn sie Jägern begegnete. Rhys wusste, dass es mit jedem Schritt gefährlicher wurde. Auch wenn sie nie gesehen hatte, dass die Jäger tief genug in den Wald gegangen wären, um das Lager der Sammler zu finden, so hatten sie doch ein großes Jagdgebiet. Der helle Stoff ihres Mantels tarnte sie im erfrorenen Wald, aber einen auf sie gerichteten Pfeil würde sie vielleicht erst bemerken, wenn er ihren Brustkorb zerriss.

Je länger sie lief, desto vorsichtiger wurde sie, desto öfter sah sie sich um und desto sorgsamer achtete sie auf Möglichkeiten, sich zu verstecken.

Als es dunkel wurde, wagte es Rhys, ein Feuer zu entzünden. Nachts jagten die anderen Menschen nicht, darauf musste sie hoffen. Sie hatte genügend Nächte im erfrorenen Wald verbracht, um zu wissen, dass die Kälte mitunter tödlich sein konnte. Und sie war weit genug vom Lager der Jäger entfernt, um nicht aufzufallen, wenn sie am Morgen schnell genug weiterzog.

Die knisternde Wärme schuf eine Blase aus Licht. Rhys beobachtete das Aufgehen der Nordlichter und ließ den Saft des Widerkrauts auf der Zunge zergehen, als der Schmerz in ihrem Handgelenk zu brennend wurde.

»Du bist es, die meine Träume nimmt und ihren Rat hineinlegt, damit ich hoffnungsvoll werde. Und besonnen. Und stark«, flüsterte Rhys in den Feuerschein. »Das ist, was ich tun will.«

Noch vor Sonnenaufgang zog es Rhys weiter. Sie zerstreute die Reste des Lagerfeuers, auch wenn sie sicher war, dass die Jäger die Spuren zu deuten wussten, wenn sie hier vorbeikämen. Aber sie musste ihre Anwesenheit nicht deutlicher machen als nötig.

Ihre Füße waren an lange Wanderungen gewöhnt, aber ihr rasendes Herz lähmte ihre Schritte, je näher sie dem Lager der anderen Menschen kam. In jedem Augenblick rechnete sie damit, von einem Pfeil durchbohrt zu werden. Bis sie das Flackern eines Feuers durch die Bäume hindurch entdeckte. Rhys drückte sich in den Schatten der Bäume und näherte sich langsam. Einige Menschen saßen um das Feuer herum, so wie auch die Sammler es am Morgen taten. Andere zog es in den Wald und Rhys bemerkte erleichtert, dass sie vorwiegend in der anderen Richtung auf die Jagd gingen. Viele von ihnen trugen ein blutrotes Symbol auf der Stirn, das sie als Jäger kennzeichnete. Das jedenfalls vermutete Rhys.

»Josha, du Schlammkriecher!« Die raue Stimme einer jungen Frau hallte durch das Lager. »Wenn du nicht wartest, wird meine Axt dich schon aufhalten.« Ein tiefes Lachen war die Antwort.

Rhys machte sich hinter dem Baum so klein wie möglich und spähte vorsichtig um den Stamm herum, um die beiden Jäger auszumachen. Wenn sie in ihre Richtung kamen, wurde es gefährlich.

Die junge Frau verschwand hinter Zelten und kam auf der anderen Seite wieder zum Vorschein. Ein Mann wartete dort auf sie und küsste sie grob auf die Lippen, womit er sich einen Schlag ihres Bogens und ein Lachen einfing. Sie sah aus wie Min. Lange, widerspenstige Haare, in die ein paar Zöpfe eingeflochten waren, einen Mantel aus Pelz und einen entschlossenen, dunklen Blick. Aber natürlich war sie es nicht. Min musste mittlerweile ebenso alt sein wie der Ahne selbst.

Rhys verharrte reglos und beobachtete die beiden Jäger, bis sie in entgegengesetzter Richtung im Wald verschwanden. Über Stunden wartete sie, sah Jäger kommen und gehen, das Feuer sterben und wieder erwachen. Jedes Mal, wenn sich ein Zelteingang öffnete, hoffte sie auf Augen aus Nordlicht. Jedes Mal aber war es nur ein weiterer Mensch mit Waffen und tödlicher Entschlossenheit im Gesicht. Keiner von ihnen kam ihr bekannt vor. Nur ihre Kleidung erkannte Rhys wieder. Aber die Fremde war nicht im Lager. Und als schließlich alle Jäger wiederkamen, zwang sie sich, jedem Einzelnen von ihnen ins Gesicht zu sehen, obwohl sie den Blick lieber abwenden wollte. Die toten Augen der Tiere, die sie aus dem Wald raubten, ließen Rhys würgen. Die Fremde war nicht unter ihnen. Sie war nicht da.

*Nein!*

Bedeutete das, dass sie keine Jägerin war? Oder, dass es mehr Menschen im erfrorenen Wald gab als die beiden Stämme, die sie kannte?

Rhys presste die Lippen aufeinander. Das bedeutete, dass sie nur Antworten fand, wenn sie die Sammler verließ, um im Wald zu suchen und dass das Wissen der Sammler längst nicht mehr ausreichte.

Rhys lehnte sich schwer gegen den Baumstamm. Es war nur eine Vermutung. Vielleicht war alles anders. Vielleicht irrte sie sich. Aber irgendetwas sagte ihr, dass es die Wahrheit war. Enwa, vielleicht? Oder die Tatsache, dass kein Jäger die Augen der Fremden trug? Wenn Rhys in sich spürte, dann wusste sie einfach, dass das mehr als eine Vermutung war. Und doch hatte sie nicht damit gerechnet. Gemeinsam mit den Lügen des Ahnen ergab diese Situation ein Bild, das Rhys am liebsten sofort wieder vergessen wollte.

Einen letzten Blick zum Lager der Jäger wagte sie noch, bevor sie mit vorsichtigen Schritten den Heimweg antrat. Immer wieder sah sie sich um, damit sie nicht in diesen letzten Momenten noch von einem der anderen Menschen überrascht wurde. Ihre Gedanken flogen wie aufgeschreckte Vögel durch ihren Kopf. Nur Enwas leuchtender Atem, der mit dem Sonnenuntergang über dem Wald erschien, bildete eine Konstante. Der Wolkenschatten würde niemals vergehen, ganz egal, was die Zukunft brachte. Rhys hielt den Blick auf die Nordlichter gerichtet, während sie den Weg zum Lager der Sammler einschlug und ihre Gedanken zu sortieren versuchte.

Vielleicht würde sie niemals erfahren, warum der Ahne gelogen und ihnen die Existenz der Jäger verschwiegen hatte. Warum er sie nicht als Gefahr sah, obwohl sie so dicht bei ihnen lebten und die Tage mit Töten verbrachten. Sie würde ihn nicht fragen, denn sie würde ohnehin nicht unterscheiden können, ob er log oder die Wahrheit sagte. Aber sie würde es auch nicht vergessen. Es stach in ihrer Brust, doch Rhys musste sich eingestehen, dass das Vertrauen zu diesem Mann getrübt bleiben würde.

Was sie aber selbst in die Hand nehmen konnte, war die Erforschung der Kreatur, die sie im Wald angegriffen hatte, und die Suche nach der Fremden mit den Augen aus Nordlicht, die die Kleidung der Jäger getragen hatte. Und so würde sie den Willen des Ahnen doch befolgen und sich ein ernsthaftes Forschungsgebiet suchen. Nur, dass es ein anderes sein würde, als er jemals für möglich gehalten hatte. Hinzu kam, dass es außerhalb des Lagers lag, aber das war der Weg, den sie gehen musste. Rhys spürte es.

»Das ist, was ich tun will«, raunte sie in die Nacht und die Nordlichter besiegelten ihr Gebet.

»Hast du das Sickermoos gefunden?«, fragte der Ahne, als sie sein Zelt betrat. Er hielt sich nie lange mit Begrüßungen auf.

Rhys nickte. »Ich habe mich gefragt, warum kein Sammler zuvor seine Wirkung kannte«, sagte sie. Der Ahne hob den Blick vom Tisch und sah ihr direkt ins Gesicht. Für jeden anderen wäre das eine normale Geste gewesen, aber Rhys erkannte in seinen Augen, dass er nach Zweifeln suchte. Dass er sich fragte, ob sie es wusste. Über ihn. Und bei Enwa, Rhys wusste es. Doch sie hielt ihr Gesicht verschlossen, ließ ihn nicht in ihre Seele blicken. Sie behielt ihre Gefühle für sich, so wie sie es seit ihrer frühsten Kindheit gelernt hatte.

Der Ahne fand nichts und der Ausdruck in seinen Augen wurde ruhiger. »Ja«, murmelte er. »Diese Pflanze ist so unscheinbar, dass wohl nur jemand, der jeden Tag mit den Mehrbäumen und den Regenblättern zu tun hat, sie bemerken konnte.«

Innerlich schnaubte Rhys über die Dreistigkeit seiner Worte, doch äußerlich blieb sie teilnahmslos. »Ich würde gerne in den Aufzeichnungen nach Erwähnungen suchen«, sagte sie. »Vielleicht hat jemand unbewusst etwas beschrieben, das jetzt hilfreich sein könnte.«

Der Ahne hob die weißen Augenbrauen. »Du hast alle Aufzeichnungen von Neva gesehen, oder nicht? Wenn dort nichts zu finden war, dann wüsste ich nicht —«

»Die meine ich nicht«, unterbrach Rhys ihn. »Ich möchte die *alten* Aufzeichnungen lesen. Jene, die so alt sind, dass sie die Anfänge beinhalten.«

Der Ahne zögerte. Rhys wusste von ihm selbst, dass diese Aufzeichnungen existierten. Sie waren unvollständig und so alt, dass das Papier fast zerfiel. Sie waren auch nicht mit der gleichen Sorgfalt angefertigt, die der Ahne ihr immer gepredigt hatte. Aber dafür enthielten sie die alten Legenden des erfrorenen Waldes. Der Ahne hatte erzählt, dass sie so viele Generationen zurückreichten, wie es die Sammler gab. Einige der Geschichten hatte er den Kindern am großen Feuer vor dem Einschlafen erzählt, aber Rhys hoffte darauf, dass es noch mehr gab. Und dass eine von ihnen von Kreaturen erzählte, die Augen aus Kohle trugen und die in schwarzem Blut vergingen, wenn sie getötet wurden.

»Du weißt, dass die Geschichten in diesen Aufzeichnungen nur Legenden sind?«, fragte der Ahne. »Selbst wenn es eine Erwähnung des Sickermooses gäbe, könntest du dich auf ihre Wahrheit nicht verlassen.«

*Was du nicht sagst*, dachte Rhys, aber sie presste nur die Lippen zusammen und nickte. »Das weiß ich. Aber ich habe keinen anderen Anhaltspunkt, wenn ich nicht mit Selbstversuchen starten möchte.«

Der Ahne musterte flüchtig ihr Gesicht, aber schließlich gab er nach. »Ich habe die alten Aufzeichnungen seit Jahren nicht in den Händen gehabt«, murmelte er, während er vor seinem Bett in die Hocke ging.

Rhys' Herz setzte einen Schlag aus, als er die Kiste mit seinen Tagebucheinträgen nach vorne zog. Die Seite mit der Zeichnung von Min lag noch immer in ihrem Zelt. Würde dem Ahnen auffallen, dass sie fehlte, wenn er die Einträge durchging? Las er sie überhaupt regelmäßig? Wahrscheinlich nicht.

Unmerklich atmete sie auf, als er sich weiter nach vorne beugte, um eine flache Kiste unter dem Bett hervorzuziehen. Das Holz war grau und von schwarzer Maserung überzogen. Ein Holz, das Rhys nicht kannte. Auch der Verschluss war aus seltsam glänzendem, dunklem Material. Der Ahne ließ ihn aufspringen und vergilbte Papiere kamen zum Vorschein.

»Sie dürfen nicht ans Sonnenlicht, sonst verblassen sie«, sagte der Ahne nachdrücklich. »Halte die Kiste immer verschlossen, damit das Papier nicht leidet.«

Rhys nickte, wartete, bis der Ahne die Kiste wieder verschlossen hatte, und nahm die Aufzeichnungen an sich. »Ich achte auf sie«, sagte sie leise.

»Vielleicht helfen sie dir«, gab der Ahne zurück.

Rhys nickte erneut. *Vielleicht.*

Behutsam legte Rhys die Kiste auf ihr Bett. Die Zeichnung von Min lag noch immer unberührt daneben. Der Verschluss öffnete sich schabend. Nach all den Jahren im ewigen Winter hatte sich das Material verzogen. Die Papiere, die in ihrem hölzernen Bett lagen, waren zerknittert, fleckig und braun. An einigen Stellen war die Schrift kaum mehr zu lesen.

Vorsichtig nahm Rhys die oberste Seite aus der Kiste und spürte die raue Oberfläche. Das Papier war damals noch viel gröber hergestellt worden, wie ihr schien. Am oberen Rand der Seite stand eine Überschrift, die in verschnörkelten Buchstaben gemalt worden war.

*Vom Anbeginn des Winters* stand dort. Dahinter erkannte sie eine verwischte Zeichnung, die einen dreiköpfigen Drachen zeigte. Rhys wusste, dass die anderen Menschen zu einem anderen Gott

beteten, der von Zorn und Krieg geleitet wurde. Meran, der Seelendurst. Er war Enwas Spiegelbild und so waren auch die anderen
Menschen den Sammlern fremd in ihren Bräuchen und Traditio-
nen. Aber der dritte Kopf verwies auf den fehlenden Drachen, um
den sich nur Legenden wanden. Rhys ließ sich von den verblassten
Worten leiten. Es war eine Geschichte, die der Ahne am Feuer
erzählt hatte, wann immer eines der Kinder nach dem Ursprung
der Welt fragte. Es war eine Legende, die vom dritten Drachen
handelte. Dem Dämmerschein, der selbst keinen weiteren Namen
trug, denn es gab keinen Stamm, der zu ihm betete.

*Die Welt begann in Dunkelheit. Einer ewigen, nebelbehangenen Dunkelheit,
in der sich nichts regte, nicht einmal die Zeit. Bis in einem ohrenbetäubenden
Brüllen alles seinen Anfang fand. Es war der Dämmerschein, der in der
Dunkelheit erwachte und mit ihm der Winter.*

*Es war eine Zeit, in der ein einziges Brüllen und ein einziger glühender
Atemzug ganze Landschaften schufen und ihre Sterne gleich dazu. Doch der
Dämmerschein war einsam in seiner Welt. Jede Schneeflocke, die zu Boden
tanzte, war einzigartig in ihrer Form, doch gemeinsam bildeten sie eine Gemeinschaft.*

*Und der Dämmerschein blickte in Dunkelheit und Kälte und er war ein-
sam. Also blies er seinen Atem in den Schnee und ließ die Kristalle sich formen und wandeln. Er schlug mit seinen Schwingen und gab dem Eis einen
Atem, er brüllte in die Finsternis und gab dem Schnee einen Herzschlag.*

*Und der Drache, der aus dem Schnee erwuchs, vertrieb mit seinem Feuer
die Dunkelheit. Meran, dessen Herz brannte und dessen Seele durstig war,
erhielt den Tag zur Wache.*

*Der Dämmerschein betrachtete ihn sich und er sah den Zorn in all dem
Feuer. Und so blies er erneut in den Schnee, schlug erneut mit den Flügeln und
brüllte. Dieses Mal entwuchs dem Schnee ein weiterer Drache und ihre Sanftheit verschmolz mit der Nacht. Enwa, deren Atem ein Flüstern aus Nordlicht
war. Der Dämmerschein legte die Träume in ihren Schutz.*

*Und der Dämmerschein betrachtete dieses Werk und er war zufrieden damit. In einer Welt wie dieser konnte Leben entstehen und gedeihen.*

*In dieser Nacht ward eine Gemeinschaft geschaffen, gleich der Schneeflocken. Die Gemeinschaft der Drei.*

*Als sich der Dämmerschein aber umblickte in der Welt, da sah er, wie das Eis einen Wald gebar, doch niemanden, der darin lebte. Und die Bäume waren tot, denn es gab kein Leben in dieser Welt, nur drei Drachen, sie zu bewachen.*

*Der Dämmerschein dachte und dann schlug er die Pranken auf die Erde nieder und ihr entwuchs ein Gebirge, das ihn von allen Seiten umschloss. In seiner Mitte legte der Dämmerschein sich nieder und sein Herz verschmolz mit dem Eis und dem Stein und der Welt. Sein Herzschlag war der Herzschlag des Winters.*

*Mit jedem Schlag erwachte das Leben, bis die Welt bevölkert war von allen Tieren. Und unter ihnen wanderten die Menschen.*

Rhys kannte diese Geschichte. Kannte den Dämmerschein als Schöpfer allen Lebens. Die Worte versetzten sie zurück in schöne Tage ihrer Kindheit, als das Flackern des großen Feuers die Stimme des Ahnen untermalt hatte. Sie hatte diese Geschichte so oft gehört. Sich als Kind so oft gefragt, wo das Gebirge war, in dem der Dämmerschein schlief. Ob man ihn finden könnte. Die Geschichte hatte diese Frage erneut in ihr geweckt, denn sie stand für die Neugierde, die sie hinter die Grenze des erfrorenen Waldes zog. Ob der Dämmerschein tatsächlich existierte oder nicht – die Abenteuer, die sie jenseits des Waldes finden könnte, die gab es wirklich. Und eines davon war die Kreatur, die sie angegriffen hatte. Niemals zuvor hatten die Bäume ein derartiges Monster verborgen. Was, wenn es gar nicht aus dem Wald gekommen war?

Mit vorsichtigen Fingern ließ Rhys die Seiten neben der Kiste aufs Bett gleiten, um die nächsten zu nehmen. Sie suchte nach Worten, die sie an die Begegnung mit der Kreatur erinnerten.

Suchte nach der Beschreibung zerfetzter Gesichter und schwarzer, glanzloser Augen. Nach Körpern, die in klebrigem Blut zerflossen.

Die Handschriften wechselten von Blatt zu Blatt. Allein daraus wurde ersichtlich, wie viele Hände an diesen Aufzeichnungen mitgewirkt hatten. Je tiefer Rhys kam, desto älter wurden die Geschichten, die auf das dunkler werdende Papier geschrieben waren. Und auch die Buchstaben verblassten immer mehr. Wie viele Mondwechsel mochten zwischen den einzelnen Legenden liegen? Wenn Rhys daran dachte, wie viel Zeit zwischen den Aufzeichnungen des Ahnen und denen seiner Mutter vergangen waren, dann mussten auch die Schriften durch Jahre und Jahrzehnte getrennt sein. Und selbst die Legende vom Anbeginn des Winters war bereits älter, als sich Rhys vorstellen konnte. Dieser Gedanke entfachte eine Wärme in ihrer Brust. Seit so vielen Mondwechseln hielten die Sammler bereits ihr Wissen für die nächsten Generationen fest. In diesen Aufzeichnungen lagen ganze Leben verborgen.

Und plötzlich fiel Rhys ein Stück Papier in die Hände, das eine Handschrift trug, die sich vollkommen von den anderen unterschied. Die Buchstaben waren unsauber und unregelmäßig. Ungeübt und gehetzt. Diese Notiz hatte keine Überschrift. Die Worte waren schwer zu entziffern, aber Rhys spürte, dass das etwas zu bedeuten hatte.

*Meran vollendet die Male, die wir mit Blut auf unserer Stirn hinterlassen, wenn wir ihm Ehre erbracht haben. Wenn er uns erwählt. Wenn er unser Opfer annimmt.*

Rhys stockte. Es war kein Sammler, der das geschrieben hatte. Nur die anderen Menschen trugen blutrote Zeichen. Wie kam die Aufzeichnung eines Jägers in die Sammlung? Das war unmöglich.

*Merans Mal macht uns zu Jägern. Es entscheidet, was wir sind. Es entscheidet, was wir werden, wenn wir vergehen. Dieses Mal ist Merans Versprechen, unsere Seelen unter seinen Schwingen aufzunehmen, wenn wir sterben.*

Die Vorstellung, Enwa könnte eine sterbende Seele je ablehnen, fühlte sich falsch an. Der Wolkenschatten belohnte jedes vergangene Leben. Es brauchte kein Zeichen und kein Versprechen. Wenn ein Sammler starb, dann flog seine Seele mit dem Nordlicht hinauf.

Die Jäger schienen härter um die Ewigkeit zu kämpfen.

*Aber wenn wir ihm kein Opfer darbieten, wenn wir Schande über uns bringen und schwach sind, dann gibt es keinen Ort, der nach dem Tod unser Zuhause sein könnte.*

*Wir wussten es nicht. Wir waren so dumm. Zu glauben, der Drache des Feuers und des Zorns würde uns gnädig sein. Aber die Seelengänger haben uns gezeigt, was aus uns wird, wenn wir einem Jäger nicht würdig werden.*

*Erinnerung und Zorn. Aufgespalten in zwei Teile. Sie haben so viele Leben vernichtet.*

*Erinnerung und Zorn. Töte sie, um ihm zu entkommen. Es wird uns eine Lehre sein.*

Erinnerung und Zorn. Erneut las Rhys die wenigen Worte. Es war der einzige Hinweis, den sie hatte. Und er stammte von einem Jäger.

Und wenn die Kreatur ein Seelengänger gewesen war? Eine verschmähte Seele, die in der Ewigkeit keinen Platz gefunden hatte, weil sie zu schwach gewesen war? Es war nur eine Legende. Vielleicht war nichts Wahres daran. Aber es war ihr einziger Hinweis.

*Erinnerung und Zorn. Aufgespalten in zwei Teile.*

Rhys zog sich die Brust zusammen, als sie an den letzten Zeilen hängenblieb. *Zwei Teile.* Eine Kreatur aus Blut und Zorn. Und eine Fremde mit Augen aus Nordlicht, die Rhys gerettet hatte.

Was, wenn das die beiden Teile waren? Wenn die Fremde die Kleidung der Jäger getragen hatte, weil sie eine von ihnen war? Wenn Rhys sie nicht im Lager gefunden hatte, weil diese Frau längst tot war?

*Erinnerung und Zorn. Töte sie, um ihm zu entkommen.*

Und was, wenn die Kreatur gar nicht fort war? Wenn sie noch immer im Wald wandelte und jeden vernichtete, der ihr in den Weg kam? Wenn Rhys nur glaubte, sie wäre in Blut zerflossen?

*Töte sie, um ihm zu entkommen.*

Rhys kannte diese Art der Furcht nicht, die sich in diesem Augenblick in ihrem Herz einnistete.

*Sie haben so viele Leben vernichtet.*

Sie musste die Fremde finden. Musste beide Teile dieses Seelengängers aufspüren und sie vernichten, bevor sie das Lager der Sammler fanden.

*Es wird uns eine Lehre sein.*

Als Rhys das Zelt des Ahnen dieses Mal betrat, lähmte die Angst ihre Gedanken, doch sie ließ es sich nicht anmerken. Sie reichte dem Ahnen nur die Kiste mit den alten Aufzeichnungen und drehte sich wieder zum Gehen.

»Hast du gefunden, wonach du gesucht hast?« Die Stimme des Ahnen hielt sie zurück.

»Das habe ich«, sagte sie tonlos.

»Aber es reicht dir nicht?« Der alte Mann musterte den Beutel, den sie bei sich trug. »Du gehst fort.«

Rhys nickte langsam. »Was ich gefunden habe, hat einiges verändert«, murmelte sie. »Ich muss wissen, ob es wahr ist.«

Sie blieb vage und der Ahne sah sie an, als bemerkte er es nicht. Aber auch er war gut darin, seine Gedanken zu verbergen, das wusste Rhys. Sie konnte ihm nicht vertrauen.

»Ich wünsche dir eine sichere Reise«, sagte er. »Ich freue mich, von deinen Erkenntnissen zu hören, wenn du wiederkehrst.«

Rhys musterte seine blassen Augen, suchte nach etwas, das sie selbst nicht genau zuordnen konnte. Der Ahne lächelte und sie wandte sich zum Zelteingang. Der Stoff schmiegte sich an ihre Haut, doch sie verharrte. »Ahne?« Sie drehte sich nicht noch einmal zu ihm um, aber sie spürte seinen Blick auf sich. »Hat Enwa jemals eine Seele abgelehnt, wenn ein Sammler gestorben ist?« Sie sprach so leise, dass sie daran zweifelte, ob der Ahne sie gehört hatte.

»Nein«, antwortete er, ohne zu Zögern. Vielleicht lag ihm eine Gegenfrage auf den Lippen. Vielleicht ahnte er auch, wonach Rhys suchte. Aber er schwieg. Und dann fiel der Zeltstoff zwischen sie und beendete alles, was noch hätte kommen können.

Rhys tauschte das Lager der Sammler ein weiteres Mal gegen das Dämmerlicht des Waldes. Suchte nach Antworten, die weitaus schwerer wogen als sonst. Und fragte sich unablässig, ob sie nach dem Seelengänger suchte, der sie angegriffen hatte –

Oder ob sie nur die Augen aus Nordlicht wiedersehen wollte.

# KAPITEL ELF

Es gab keine Möglichkeit, jemanden in einem schier endlosen Wald zu finden. Der Seelengänger konnte mittlerweile überall sein und die Fremde mit ihm. Jedes Mal, wenn Rhys die Augen schloss, sah sie das Zusammenspiel dieser beiden Blicke: schwarz wie Kohle und leuchtend wie das Nordlicht. Sie hätte gleich erkennen müssen, dass auch die Frau kein Mensch gewesen war, sondern nur ein Teil des Schreckens, der vom Seelengänger ausging.

*Erinnerung und Zorn. Aufgespalten in zwei Teile.*

Rhys suchte den Weg, den sie damals gegangen war. Die Wahrscheinlichkeit, sie dort wiederzufinden, war gering, aber es war der einzige Anhaltspunkt, den sie hatte. Dieses Mal hatte ihre Reise kein definiertes Ende, denn sie würde erst umkehren, wenn sie ihre Aufgabe als Wissende erfüllt und das Lager der Sammler geschützt hatte.

*Erinnerung und Zorn. Töte sie, um ihm zu entkommen.*

Das Hornmesser wog schwerer als sonst und sie trug es dicht bei sich. Mit einem Stoffband hatte sie es sich um den Oberschenkel gebunden. Von außen sah man es nicht, da ihr Mantel lang genug war, doch Rhys spürte es mit jedem Schritt. Es war ein gutes Gefühl, das ihr Sicherheit gab, obwohl sie niemals zuvor jemanden damit verletzt hatte. Wenn es notwendig wurde, würde sie sich verteidigen können. Und bis zu diesem Moment betete sie zu Enwa, dass es nicht so weit kommen musste. Dabei gab es keine Alternative. Wenn sie den Seelengänger fand, dann würde sie ihn töten müssen. Und zwar beide Teile. Die Kreatur und die Fremde.

Wie sollte Rhys das schaffen? Zumal der Seelengänger einst eine Jägerin gewesen war. Behielten die Toten ihre Fähigkeiten? Wie sollte eine Sammlerin gegen eine Mörderin ankommen?

Rhys schob diese Gedanken schnell zur Seite. Es gab einen Weg, sie musste ihn nur finden. Mit langen Atemzügen versuchte sie, ihr rasendes Herz zu beruhigen. Erst musste sie den Seelengänger aufspüren und allein das stellte bereits ein großes Problem dar, das nicht an einem Tag zu lösen sein würde.

Also konnte Rhys nichts weiter tun, als einen Schritt vor den anderen zu setzen und den Wald nicht aus den Augen zu lassen.

Bis sie etwas fand, das über Leben und Tod entschied, lauschte Rhys dem Knirschen des Schnees unter ihren Stiefeln und dem Rauschen der Baumkronen im Wind. Der Wald war noch immer ihr Zuhause, trotz all der Schatten, die sich in seiner Dunkelheit verbargen. Die Anspannung ihres Körpers erinnerte sie an den

Abend von Enwas Prüfung, als der Ahne ihr aufgetragen hatte, einen Dorn der Opferlilie zu sammeln. Genauso unbestimmt lag nun erneut die Zukunft vor ihr. Jeder Ausgang dieser Reise war denkbar. Vielleicht starb sie schneller als sie je erwartet hätte. War es nicht den Wissenden vor ihr ebenso ergangen?

Die Verletzung ihres Handgelenks schmerzte im Handschuh und auch die langsam verheilende Wunde an der anderen Hand war als feine Wärme spürbar. Sie war längst versehrt. Wie sollte es ausgehen, wenn sie tatsächlich in einen Kampf um Leben und Tod verwickelt wurde? Sie war eine Sammlerin. Eigentlich ging sie jedem Konflikt aus dem Weg.

Die Nacht senkte sich langsam hinab und kroch als Schatten zwischen den Bäumen hervor. Der Schnee reflektierte das Nordlicht ebenso wie Rhys' blasse Haut und ihr weißes Haar. Enwa war immer an ihrer Seite. Noch im Gehen nahm Rhys den Proviant aus dem Beutel, den sie für die erste Nacht eingepackt hatte. Sie wollte so lange weitergehen wie möglich, bevor sie sich ausruhte. Xana hatte noch etwas übriggehabt, dass sich Rhys vom Feuer stibitzte, ehe sie sich vom Ahnen verabschiedet hatte. Die gefüllten Blätter rochen nach Rauch und schmeckten fruchtig. Sie füllten den Magen und das war alles, was Rhys brauchte, um noch einige Stunden durchzuhalten.

Eine kalte Sonne vertrieb den Schlaf aus Rhys' Gedanken. Es war, als hätte der Winter ihren Strahlen alle Kraft geraubt.

Erst wenige Stunden waren vergangen, seit sie ein kleines Feuer entzündet und sich hingelegt hatte, aber das angespannte Gefühl, das einfach nicht vergehen wollte, ließ sie ohnehin nicht zur Ruhe kommen. Bevor sie die Augen geschlossen hatte, war sie sicher gewesen, Enwa würde ihr eine weitere Vision schicken. Sie hatte gehofft, dass der Wolkenschatten sich zu ihrer Entscheidung äußern würde. Aber das Nordlicht hatte geschwiegen. War das gut?

Unsicher kam Rhys auf die Beine, trat die letzten glühenden Kohlen aus, die vom Feuer übriggeblieben waren, und schulterte den Stoffbeutel, der noch eine Ration Proviant bereithielt. Danach würde sie aus dem Wald leben, wie sie es sonst auch immer tat.

Die Bäume begleiteten sie schweigend. Rhys folgte den Nordlichtern. Sie führten immer zum Lager zurück, aber wie schon beim letzten Mal ging Rhys auch diesmal in die entgegengesetzte Richtung. Wann immer sich die Sonne senkte, überprüfte sie ihre Richtung, damit sie auch dann den richtigen Weg fand, wenn Enwas Atem nicht zu sehen war.

Der Angriff hatte etwa vier Tagesreisen vom Lager entfernt stattgefunden. Das bedeutete, dass sie mit dem nächsten Sonnenuntergang die Stelle erreichte, an der es passiert war. Aber schon jetzt kroch die Furcht immer weiter ihren Körper hinauf, lag zuerst schwer auf ihrem Herzen und schnürte ihr danach die Kehle zu. Schon der Übergang in den Nadelwald hatte ihr Sorgen bereitet. Zwar kannte Rhys die Routen der Nebelstürme, aber wenn sie von einem von ihnen überrascht würde, dann konnte diese Reise schneller enden, als ihr lieb war. Wenn es hart auf hart käme, würde sie mit ihren verletzten Händen Schwierigkeiten haben, auf einen Baum zu fliehen. Seit sie die Grenze überschritten hatte, betete sie mit jedem Atemzug. Und nun, da sich die Stelle des Angriffs unentwegt näherte, waren ihre Nerven zum Zerreißen gespannt.

Die Sonne senkte sich unaufhaltsam. Rhys zwang sich dazu, ihre Schritte nicht zu verlangsamen, um das Unvermeidbare nicht weiter hinauszuzögern. Vielleicht würde sie sowieso niemanden finden. Wie groß war die Wahrscheinlichkeit, dass sich der Seelengänger an der gleichen Stelle aufhielt wie damals?

Sie umklammerte das Hornmesser so fest, dass ihre Finger zu schmerzen begannen. In ihrem Kopf lief immer wieder die gleiche Szene ab: Wie sich der Seelengänger auf sie gestürzt hatte. Wie sich eine Axt in seinen Schädel gebohrt hatte. Wie er in schwarzem Blut zerlaufen war. Und dann die Augen der Fremden. Violett und leuchtend wie das Nordlicht. Das perfekte Gegenstück zu der Kreatur. Unheimlich und grausam.

*Es wird uns eine Lehre sein.*

Sie suchte in den Schatten der Bäume nach einer Bewegung. Bis auf die Axt hatte Rhys an der Fremden keine Waffen gesehen, doch dass sie einst eine Jägerin gewesen war, ließ vermuten, dass sie nicht unbewaffnet sein konnte. Und wenn doch, dann würde sie zumindest besser kämpfen können als eine Sammlerin, die beigebracht bekommen hatte, eher zu sterben als ein anderes Leben zu nehmen. Das würde ihnen allen eines Tages zum Verhängnis werden, da war sich Rhys sicher.

Mit angespannten Muskeln beobachtete sie, wie sich die Sonne hinter die Baumwipfel hinabsenkte und goldenes Licht zwischen die Zweige warf. Brennend reflektierte der Schnee die flammenden Lichtstrahlen. Rhys zog sich in den Schatten eines Baumes zurück, um ein letztes Mal Ruhe zu finden, bevor der Sturm losbrach. Wenn er denn losbrach.

Sollte sie hoffen, den Seelengänger nicht zu finden? Vor ihr wartete nur der Norden. Wohin sollte sie gehen, wenn sich ihr Plan, die Sammler durch den Mord an dieser Kreatur zu schützen, in Luft auflöste? Zurückgehen? Nein.

Weiter nach Norden ziehen? Die Grenze des Waldes suchen? Vor ihr lagen eine unbekannte Welt und eine unbestimmte Zukunft. Vielleicht sollte sie doch hoffen, dass alles ihrem Plan folgte. Dass sie den Seelengänger zur Strecke brachte und erschöpft heimkehrte, um dem Ahnen zu berichten. Konnte sie ihm noch vertrauen? Konnte sie in der friedlichen Gleichmütigkeit der Sammler verharren, die keine Gefahren sahen?

Das waren Gedanken für einen anderen Tag. In der kommenden Nacht nämlich würde Rhys zuerst beweisen müssen, dass sie sich nicht geirrt hatte. Und dass eine Sammlerin den Kampf gegen eine tote Jägerin gewinnen konnte.

Ein langgezogenes Knurren ließ Rhys herumfahren. Alarmiert schoss ihr Blick zwischen die Stämme, doch die Schatten verbargen den Ursprung. Die Reflexion des Schnees reichte nicht aus, um etwas zu erkennen.

Erst glaubte sie, es wäre der Seelengänger. Doch als das Geräusch erneut erklang, da wusste sie, dass sie sich geirrt hatte. Kein Seelengänger war es, dessen Brüllen die Nacht zerriss. Es war ein Nebelsturm.

Ohne einen Blick zurück rannte Rhys los. Sie stolperte über Eisbrocken und verschneite Äste, rappelte sich sofort wieder hoch und stürzte weiter. Wann immer sie sich abfangen musste, schoss brennender Schmerz durch ihr Handgelenk. Ihr Blick flog von Baum zu Baum, suchte nach niedrigen Ästen, an denen sie sich hochziehen konnte. Verdrängte den Gedanken, dass sie es mit ihren verletzten Händen niemals schaffen würde.

Kam das Brüllen näher?

Folgte ihr der Nebelsturm?

Panik flutete ihre Gedanken. Ihr Herz raste. Ihr Atem kam stoßweise. Entschlossen richtete sie den Blick nach vorne, denn jedes Zögern würde die Angst nur nähren, die sie zu verschlingen drohte.

Wie oft hatte sie sich in die Nähe eines Nebelsturms gewagt, wenn sie auf Reisen war? So oft, aber immer unendlich behutsam. Immer gegen den Wind, damit er sie nicht wittern konnte. Immer in ausreichendem Abstand. Aber dieses Tier hatte sich an sie herangeschlichen und nicht umgekehrt. Und wenn es sie erreichte, würde es sie töten.

Rhys beschleunigte ihre Schritte, bis ihre Lunge in Flammen stand und ihre Muskeln vor Erschöpfung kaum noch zu kontrollieren waren. Keuchend fiel sie in den Schnee, kroch hinter den Stamm des nächsten Baumes und presste den Rücken gegen die Rinde. Das Hornmesser hielt sie dicht an ihrer Brust. Und der Wald schwieg. War sie entkommen?

Rhys konnte kaum etwas hören, so laut schlug ihr Herz. Mühsam versuchte sie, ihren Atem zu beruhigen, bis sie das Gefühl hatte, beinahe zu ersticken. Doch jedes kleine Geräusch konnte nun über Leben und Tod entscheiden.

Zitternd lag sie im Schnee. Wartete. Lauschte. In der Ferne knirschte es, aber vielleicht hatte das nichts zu bedeuten. Vielleicht hatte der Nebelsturm ihre Fährte längst verloren. Vielleicht –

Riesige Pranken schlugen im Baumstamm ein. Holz splitterte mit einem berstenden Krachen. Rhys duckte sich auf den Boden, schützte ihren Kopf mit den Händen. Ihr Herz setzte einen Schlag aus, ehe das Adrenalin heiß ihre Adern flutete. Der Schrei erstarb in ihrer Kehle.

Das Abendlicht fing sich hell im schnaubenden Atem des Nebelsturms. Rhys sah sich panisch um, kroch nach hinten, aber sie würde niemals schnell genug auf die Beine kommen, um diesem Tier zu entkommen. Die Kristalle auf der Schnauze des Nebelsturms glänzten, aber sie konnte nur die Zähne anstarren, die sie zerfetzen würden. Knurrend senkte der Nebelsturm den Kopf und Rhys erstarrte, griff das Messer fester und bereitete sich da-

rauf vor, es dem Tier in den Körper zu rammen, wenn es näher-
kam. Es würde sie trotzdem nicht retten.

»Verschwinde!«, schrie sie, so laut sie konnte. Nebelstürme hatten empfindliche Ohren. Wenn er sich ablenken ließe –

Ein Brüllen zerriss die Luft und Rhys warf Eisbrocken nach
seinem Schädel. »Komm nicht näher!«

Panisch kroch sie weiter nach hinten. Ihr Atem wurde zu zittri-
gem Schluchzen. Das also war der Tod, den Enwa für sie gewählt
hatte?!

Das Hornmesser wog unendlich schwer. Rhys versuchte, ihre
Entschlossenheit zu bündeln, die drohte, in Angst zu vergehen.
Das Brüllen vibrierte in ihrer Brust. Das Schaben der Kristalle war
das schlimmste Geräusch, das Rhys seit Langem gehört hatte. Der
Nebelsturm kam so langsam näher, dass sie glaubte, es mache ihm
Spaß, sie leiden zu lassen. Ihre Finger zitterten, als sie das Messer
fester umschloss und auf den richtigen Moment wartete. Sie war
eine Sammlerin. Die Vorstellung, dieses Geschöpf zu töten, sollte
jeder Faser ihres Körpers widerstreben. Aber im Angesicht des
Todes empfand sie anders. Mit einem rauen Schrei zuckte sie nach
vorne und stieß dem Tier das Messer ins Maul. Zog es sofort wieder zurück. Bereit, erneut zuzustechen. Mit einem Jaulen zog sich
der Nebelsturm zurück. Blut tropfte aus seiner Schnauze. Rhys
sprang auf und rannte. Ohne einen Blick zurück. Ohne einen Gedanken der Reue. Bis die Klaue sie am Rücken traf und durch die
Nacht schleuderte.

Keuchend fuhr sie herum. Die Kälte des Schnees drang durch
ihren aufgerissenen Mantel, aber sie spürte den stechenden
Schmerz dennoch. Der Schädel des Nebelsturms schwebte über
ihr. Die Welt verschwamm. Irgendetwas Klebriges tropfte ihr ins
Gesicht. Es dauerte, bis sie erkannte, dass es ihr eigenes Blut war.
Sie hatte sich irgendwo den Kopf gestoßen.

»Komm schon!«, schrie sie. Panik mischte sich mit Verzweiflung.

*Lass es nur schnell vorbei sein. Lass mich nicht leiden.*

»Töte mich!«

Der Nebelsturm brüllte ein letztes Mal, ehe die Welt in Schmerz und Dunkelheit unterging.

# KAPITEL ZWÖLF

Quälend langsam tropfte die Wirklichkeit in ihr Bewusst-sein. Und mit ihr kam der Schmerz. Rhys konnte kaum die Augen öffnen. Ihr Schädel dröhnte und ihre Gedanken entkamen durch all die Risse, die der Nebelsturm in ihrem Körper hinterlassen hatte.

Sie konnte nicht sprechen. Aber sie spürte die Kälte, die durch ihren Mantel kroch. Spürte das Zittern, das sie nicht unterdrücken konnte, obwohl jede Bewegung Schmerz durch ihren Körper sand-te. Flatternd hoben sich ihre Augenlider und sie starrte auf den Rücken einer Person, die gerade kleine Zweige stapelte, um ein

Feuer zu entzünden. Der Himmel war so unverstellt wie im Lager der Sammler. Rhys hob ihren dröhnenden Schädel ein Stück, musste ihn jedoch sofort wieder sinken lassen, als die dunklen Flecken, die zuvor nur die Ränder ihres Sichtfeldes eingenommen hatten, die Überhand gewannen. Doch es reichte, um es zu erkennen: Der Wald lag hinter ihnen. Eine so weite, freie Fläche wie diese hatte Rhys niemals zuvor gesehen. Und auch jetzt fühlte sie sich seltsam ungeschützt und verletzlich.

»Wo –« Ihre Stimme brach in einem heiseren Stöhnen, doch sie hatte laut genug gesprochen, um die Person auf sich aufmerksam zu machen. Sie wandte sich um und –

Rhys erstarrte. Augen aus Nordlicht durchbohrten sie. Violett und leuchtend. Genau wie in ihrer Erinnerung. Ihr Herz setzte einen Schlag aus, aber sie musste sich zwingen, ruhig zu bleiben. Wenn sie panisch wurde, würde sie diesen Kampf verlieren.

*Erinnerung und Zorn. Aufgespalten in zwei Teile.*

Noch wirkte die Fremde nicht aggressiv. Rhys aber konnte den Blick nicht vom Pelz ihres Mantels abwenden. Sie war eine Jägerin. Gewesen. Damals, bevor sie gestorben und als Seelengänger zurückgekehrt war. Wo war die andere Kreatur?

*Erinnerung und Zorn. Töte sie, um ihm zu entkommen.*

Rhys musste die Gelegenheit ergreifen und der Fremden ihr Messer über die Kehle ziehen, ehe die Kreatur sie fand und zerfetzte. Sie musste diesen Teil des Seelengängers auslöschen, ehe es zu spät war. Aber Rhys konnte sich kaum rühren, ohne vor Schmerzen aufzustöhnen.

Die Fremde sah es. »Hier«, flüsterte sie und hielt ihr die Hand hin. Auf ihrer Handfläche lagen ein paar silbrige Blätter, die Rhys noch nie zuvor gesehen hatte. Die Stimme lenkte sie ab, denn sie klang sanft wie der Wind in den Zweigen der Bäume.

Rhys reagierte nicht.

»Du hast Schmerzen«, ergänzte die Fremde nachdrücklich. Rhys musste erneut ein Zucken unterdrücken, als sie dichter heranrutschte. »Das wird dir helfen.«

Ein knappes Kopfschütteln war alles, was Rhys zustande brachte. Die Fremde kniff die Lippen zusammen und drehte sich wieder zum Feuer.

»Nebelsturm«, stieß Rhys hervor. Ihre eigene Stimme klang wie das Brechen eines Asts. »Tot?« Zu mehr Worten reichte ihre Kraft nicht. Erneut bohrte sich der violette Blick der Fremden in ihre Seele, doch die Bewusstlosigkeit verschluckte ihre Worte.

Die Vision leitete sie in unruhige Träume. Enwa sandte ihr Schemen aus Licht, doch ehe Rhys ihre Bedeutung erkennen konnte, ertrank die Welt in Blut.

Keuchend fuhr sie aus dem Schlaf hoch und schrie auf, als der Schmerz ihren Körper versengte. Dieses Mal zuckte sie zurück, als die Fremde nach ihr griff.

»Ruhig«, flüsterte diese. »Es ist alles gut.«

Rhys' Gedanken standen in Flammen und es waren Augen aus Nordlicht, die sie entzündeten. Warum war sie noch nicht tot? Ihr Blick zuckte zurück zum Wald und sofort verschwamm die Welt in Schmerz. Sie stöhnte auf, merkte zu spät, dass die Fremde erneut ihren Arm umfasste, um sie zu stützen.

»Ruhig«, wiederholte sie. »Es ist alles gut.«

Rhys aber konnte ihr nicht glauben. Wusste sie nicht, dass sie tot war? Es gab keine Aufzeichnungen zu den Seelengängern, die Rhys zuvor weitergeholfen hätten. Sie konnte nur raten und hoffen, dass sie einen Ausweg fand. Das Hornmesser hielt sie noch immer fest umschlossen, als hätten sich ihre Finger an die letzte

Hoffnung geklammert. Die Kreatur, die sie angegriffen hatte, war noch immer nicht zu sehen. Nur die Fremde, die sie aufmerksam musterte.

*Erinnerung und Zorn. Töte sie, um ihm zu entkommen.*

Sie musste es tun, ehe die Kreatur aus dem Wald brach. Die Frau schien nicht aggressiv, sie hatte sie ja sogar vor dem Nebelsturm gerettet … Aber es wäre ein Leben gegen das eines ganzen Stammes. Wenn es denn überhaupt ein Leben war, das sie der toten Jägerin nehmen würde. Das Hornmesser wog so schwer. Rhys hatte niemals zuvor jemandes Existenz beendet. Nicht die eines Tieres und nicht die eines Menschen. Beim Nebelsturm aber hätte sie nicht gezögert, um ihr eigenes Leben zu retten. Es gab keinen Unterschied zu der Fremden vor ihr. Wenn sie sie gehen ließ, würde die Kreatur sie alle vernichten. Rhys sah die zerfetzten Leichen der Sammler vor dem inneren Auge. Sie dachte an Enwas Vision, an das Blut und den Schrecken.

Wie von selbst griffen ihre Finger noch fester um das Messer. Die Frau lächelte, als sich Rhys' Atem langsam beruhigte. Doch sie interpretierte die Situation falsch. In dem Augenblick, in dem sich die Fremde wieder dem Feuer zuwandte, zuckte Rhys nach vorne. Ignorierte den stechenden Schmerz, der ihr durch den Schädel fuhr. Umschlang den Oberkörper der Frau von hinten und drückte ihr das Messer an die Kehle. Die Fremde zuckte nicht zusammen, aber Rhys hörte ihren stoßartigen Atem, der sich mit ihrem mischte. Das Fell des Mantels an ihrem Gesicht ließ Rhys würgen. Die Frau hielt still und auch Rhys zögerte. Das war der Moment. Leben oder Sterben. Ein Schnitt und alles wäre vorbei. Hoffentlich.

*Erinnerung und Zorn. Töte sie, um ihm zu entkommen.*

Rhys' Finger begannen zu zittern. Sofort griff sie das Messer fester und drückte es so nachdrücklich in die Haut, dass der Frau der Atem stockte. Die Welt schien erstarrt in diesem Augenblick.

Nicht einmal der Schnee wagte zu fallen. Selbst das Feuer schwieg. Sie musste es tun. Sie musste –

Ein Pfiff zerschnitt die Stille so plötzlich, dass Rhys zusammenzuckte. Bevor sie ihre Entscheidung treffen konnte, schoss ein blauer Blitz aus dem Nichts auf sie zu und spitze Zähne bohrten sich in ihren Unterarm. Rhys schrie auf und warf sich zurück. Sofort entglitt die Frau ihrem Griff, nur um sich herumzudrehen und Rhys am Boden zu fixieren. Ein weiterer Pfiff entwich ihren Lippen und der Schmerz an Rhys' Arm ließ nach. Dafür waren es zornige Augen aus Nordlicht, die sie fest im Blick behielten. Ein leises Knurren war von der Seite zu vernehmen, aber Rhys wagte nicht, den Kopf zu drehen. Es war ein Rauhfuchs, der sie angegriffen hatte. Wenn sie darüber nachdachte, dann war er auch schon bei ihrer ersten Begegnung mit der Kreatur da gewesen, als die Fremde sie gerettet hatte. Es ergab keinen Sinn. Rhys' Gedanken rotierten.

»Wer bist du?«, zischte die Frau schließlich. »Warum ist dein Dank eine Klinge an meiner Kehle?« Zorn lag in ihren Worten, doch ihre Stimme glitt wie warmer Wind durch die Luft. Ihre violetten Augen schienen beinahe zu glühen, so intensiv suchte sie in Rhys' Gesicht nach Antworten. Diese verschmolz beinahe mit dem Schnee unter sich, während die Fremde in der Nacht verschwamm. Sie waren wie Spiegelbilder, die eine Seite blass und rau, die andere dunkel und sanft.

»Du wirst sie alle töten«, murmelte Rhys. »Alle von ihnen. Sie werden sich nicht wehren können.«

Obwohl sie sich nicht immer als Teil der Sammler fühlte, so waren diese Menschen doch ihre Familie. Obwohl sie sich über die Absichten des Ahnen noch nicht im Klaren war, so war er doch die Person, die sie am meisten liebte. Rhys durfte nicht zulassen, dass ihnen etwas zustieß, nur weil sie versagt hatte.

Die Fremde zog die Augenbrauen zusammen. »Was?« Sie zog sich nur so weit zurück, dass sie Rhys mustern konnte. »Wovon sprichst du? Wer bist du?«

Sie wusste es nicht. Oder? Dass sie tot war.

Dass ihr Gegenpart eine Kreatur war, die ihnen gefährlich werden konnte. Vielleicht wusste sie es nicht. Dann konnte Rhys dieses Wissen nutzen.

»Du hast mich im Wald gerettet«, flüsterte sie. »Aber ich muss diese Kreatur finden, damit sie meiner Familie nicht schaden kann.«

Die Fremde nickte langsam, schien noch immer zu versuchen, Rhys' plötzlichen Angriff einzuordnen. »Keine Sorge. Sie ist fort.«

»Was? Aber …« Die Worte erstarben in Rhys' Kehle. »Das kann nicht …«

Wie war das möglich? Wie konnte die Kreatur tot sein und ihr Gegenstück noch existieren?

*Erinnerung und Zorn. Aufgespalten in zwei Teile.*

*Erinnerung und Zorn. Töte sie, um ihm zu entkommen.*

Hatte sie die Worte so falsch verstanden? Oder log die Frau? Führte sie Rhys hinters Licht, um sich selbst zu retten?

»Wie?«, fragte sie schließlich und erwiderte den Blick fest. Sie musste es wissen, wenn sie sicher sein wollte, dass ihr Stamm nicht in Gefahr war. Die Fremde schien zu zögern. Vielleicht auch deshalb, weil sie die Gefahr, die von Rhys ausging, nicht vergessen hatte. Rhys konnte die Gedanken nicht aus ihrem Gesicht lesen, aber es vergingen einige Augenblicke, bis die Fremde sich entschieden hatte, ihr zu antworten.

»Dieses Wesen, das dich im Wald angegriffen hat, war ein Seelengänger«, sagte sie schließlich. »Ich musste jenen Teil töten, der seine Erinnerung ausmachte.«

Rhys' Herz setzte einen Schlag aus. Das war unmöglich. Sie hatte einen Fehler gemacht. Und das warf alles durcheinander. »Wer bist du?«, flüsterte sie erstickt.

Das Feuer war zu Glut verglommen, doch niemand von ihnen rührte sich von der Stelle, um es erneut zu entzünden.

»Ist es das, was du meintest, als du sagtest, ich würde deine Familie töten?« Die Fremde saß mehrere Schritte entfernt im Schnee und hielt Rhys' Messer in der Hand, wog es langsam hin und her. Sie hatte es ihr abgenommen, ehe sie den Griff gelöst und sich von ihr entfernt hatte. Die Stimmung war noch immer angespannt und sie behielten sich unentwegt im Blick, doch die akute Gefahr schien sich aufgelöst zu haben.

Rhys hielt den Arm dicht an ihrer Brust. Die Zähne des Rauhfuchses waren nicht besonders lang, doch sie hinterließen ein Gefühl unzähliger Dornenstiche. Neben dem Schmerz in ihren Händen gesellte sich nun also ein verletzter Arm hinzu. Und all die anderen Wunden, die der Nebelsturm ihr zugefügt hatte.

Sie musterte die Fremde aus der Entfernung. »Ich dachte, du wärst der Teil des Seelengängers, den ich töten muss«, gab Rhys zurück.

»Woher weißt du davon?«

»Aus den Aufzeichnungen meines Stammes. Nach unserer Begegnung musste ich herausfinden, ob eine Gefahr besteht«, begann Rhys zögerlich. Sie war noch immer unsicher, ob sie tatsächlich nichts mehr von der Kreatur zu befürchten hatte, doch ohne ihr Messer war es fast unmöglich, weiterhin bei ihrem Plan zu bleiben. Obwohl der Rauhfuchs in den Schatten verschwunden war, würde sie niemals unbewaffnet gegen diese Frau ankommen. »Dort habe ich aber nur herausfinden können, dass Meran eine Seele ablehnen kann, wenn ein Jäger stirbt und –«

»Wer ist Meran?«, unterbrach die Fremde.

Rhys verstummte. »Wie kann es sein, dass du das nicht weißt?«, fragte sie. »Als Jägerin –«

Die Fremde unterbrach sie erneut: »Ich weiß nicht, wovon du sprichst.«

»Aber dein Mantel …« Rhys schüttelte den Kopf. Natürlich trug die Frau kein Zeichen auf der Stirn, aber das taten junge Jäger auch nicht immer. Sie hatte nicht hinterfragt … Das Tierfell, aus dem ihr Mantel gemacht war, hatte ihr als Anzeichen ausgereicht, dass diese Frau … »Aber wenn du keine Jägerin bist, wer bist du dann?«

Die Fremde zuckte die Schultern. »Ich bin niemand.«

Die Trauer, die in diesen Worten mitschwang, versetzte Rhys einen Stich. Sie musterte das Gesicht der Frau, das sich kaum verzog, obwohl ihre Augen so traurig wirkten. Und sie musste sich eingestehen, dass sie voreilig gewesen war. Dass zwei Sätze auf altem Papier nicht ausreichten, um die Wahrheit zu erkennen. Diese Frau aber wusste etwas über die Seelengänger. Wer immer sie war, wo auch immer sie herkam … Sie beide wanderten allein durch den erfrorenen Wald. Vielleicht hatten sie das gemeinsam. Sie waren niemand. Reichte das, um sich zu vertrauen?

Die Fremde rührte sich nicht. Wie eine Statue saß sie im Schnee und nur ihre Augen folgten Rhys' Bewegungen, als sich diese langsam erhob. Sie hielt sie nicht auf. Das Feuer glühte nicht einmal mehr und obwohl die Sonne aufging, blieb es klirrend kalt. Ohne die schützenden Bäume fiel der Schnee hier viel dichter und auch der Wind fraß sich erbarmungslos in ihr Gesicht. Behutsam schichtete Rhys neue Zweige übereinander, warf der Fremden nur hin und wieder einen Blick zu. Doch sie schwieg.

»Ich hatte geglaubt, ich könnte mich beweisen, wenn ich nur mutig wäre«, murmelte Rhys. Sie spürte ein Zittern in sich aufsteigen und drehte sich weg, ehe die Fremde die Tränen sehen konnte, die hinter ihren Augen brannten. Bis zu diesem Augenblick hatte sie sich das nicht einmal selbst eingestehen können. Aber wenn sie wissen wollte, was es mit den Seelengängern auf sich hatte, dann musste die Frau ihr davon erzählen. Und dafür musste sich Rhys verletzlich zeigen. Zuerst hatte sie geglaubt, der Anderen nur eine Geschichte erzählen zu müssen, doch nun musste sie erkennen, dass die Worte wahr waren. Vielleicht musste sie gar nichts erfinden, wenn die Wahrheit tragisch genug war. »Sammler aber sollten nicht mutig sein. Sie sollten bedacht sein und besonnen. Mich hat mein Mut nur beinahe in den Tod geführt.«

Rhys entzündete das Feuer und wärmte ihre Finger in der Hitze, ignorierte dabei den Schmerz in ihren Händen und ihrem Arm. Sie hatte lange schon keine Betäubung mehr eingenommen.

»Ich verstehe«, sagte die Fremde plötzlich. »Manchmal ist der Mensch, der wir sein wollen, nicht der, der wir sein müssen.«

Rhys sah sich nicht zu ihr um, ehe sie die Tränen niedergekämpft hatte. Dann erst wandte sie den Kopf, damit sie die Frau mustern konnte. »Wie meinst du das?«

Sie zuckte die Schultern in einer so kraftlosen Bewegung, dass Rhys ein weiterer Stich durchs Herz fuhr. Die Frau sah aus, als wäre allein diese Bewegung so anstrengend, dass sie sie kaum zustande brachte. Doch es waren eigentlich die Erwartungen und die Gedanken, die so schwer wogen. »Hättest du mich wirklich getötet?«, fragte sie dann.

»Vielleicht.«

Die Fremde schloss die Augen. »Vielleicht hätte ich stillhalten sollen.«

# KAPITEL
# DREIZEHN

itte«, murmelte Rhys. »Erzähl mir deine Geschichte.«

Die Worte der Fremden schmerzten mehr, als sie sollten. Es war ein tiefes, dunkles Pochen, das in Rhys' Brust nistete wie ein zweiter Herzschlag. *Vielleicht hätte ich stillhalten sollen.*

War nicht auch Rhys längst weiter gelaufen, als gut für sie war? Hatte sie nicht das Vertrauen der Sammler ausgenutzt, indem sie gegangen war und erst jetzt wirklich anhielt? Sie war die Wissende des Stammes. So viele Menschen waren auf sie angewiesen und sie war gegangen, um ein Abenteuer zu suchen, das sie eigentlich gar nicht wollte. Der Nebelsturm, die Kreatur und die Gedanken an den Mord dieser Frau ... War das, wer sie sein wollte?

Das Knistern des Feuers war einige Augenblicke lang das einzige Geräusch zwischen ihnen. Rhys erhob sich und setzte sich der Frau gegenüber in den Schnee. Durch den Riss in ihrem Mantel drang die Kälte und ihre Hände schmerzten, doch sie saß unbewegt und betrachtete vorsichtig das fremde Gesicht. »Wenn du kein Teil des Seelengängers bist«, begann sie schließlich erneut. »Wer bist du dann?« Rhys war sich sicher gewesen, eine Jägerin vor sich zu haben. Doch wie konnte es so sein, wenn die Frau Meran, den Seelendurst, nicht kannte, zu dem die Jäger beteten? Eine Sammlerin jedoch war sie keinesfalls. Und es gab keine anderen Stämme im erfrorenen Wald, von denen sie wusste. Sie hob den Blick zum Himmel hinauf, aus dem unablässig der Schnee fiel. Die weite Landschaft, die sich bis zum Horizont erstreckte, wurde nur durch ein Gebirge in der Ferne begrenzt. Kam die Fremde von jenseits des Waldes? Rhys hatte sich immer gefragt, was dahinter lag.

»Mein Name ist Claw«, murmelte die Fremde beinahe lautlos. Die Worte flossen durch die Luft. »Und ich meinte es ernst, als ich sagte, dass ich niemand bin. Mich sollte es eigentlich gar nicht geben.«

»Wie meinst du das?« Rhys sah die Trauer in Claws Blick erneut aufflammen.

Doch dann schloss diese die Augen und ließ den Kopf nach vorne fallen. »Warum«, begann sie, statt die Frage zu beantworten, »hast du mich für eine Jägerin gehalten?« Sie sprach das Wort seltsam vorsichtig aus, als testete sie den Klang der Silben. *Jägerin.*

»Wegen des Pelzes, den du trägst.«

Claw musterte sie, schien erst jetzt zu bemerken, dass sie nur Stoff am Mantel trug und kein Leder oder Fell. »Warum?«

Rhys zögerte einen Herzschlag lang, bis sie die richtigen Worte fand. »Ich bin eine Sammlerin. Das Leben ist uns heilig. Wir würden niemals –« Sie stockte.

Claw las die fehlenden Worte aus ihrem Gesicht. »Jemanden töten«, sagte sie. »Mich hättest du getötet. *Vielleicht.*«

Rhys senkte den Blick. »Vielleicht bin ich weniger Sammlerin, als ich sein sollte.«

Claw nickte langsam. »Wer ist Meran?«, flüsterte sie.

»Ein Gott«, gab Rhys zurück. »Nicht mein Gott, doch das ändert nichts an seiner Rolle. Die Menschen, die im erfrorenen Wald leben, geben ihren Glauben einem der beiden Drachen – Meran oder Enwa. Meran ist der Gott der Jäger.«

»Und was will er?«

Rhys blinzelte. »Ich …« Sie zögerte. Was wollte der Seelendurst? Sie war keine Jägerin, also woher sollte sie es wissen? »Ich bin nicht sicher. Er ist nicht mein Gott.«

»Vorhin sagtest du, er wäre es, der die Seelengänger erschafft«, gab Claw zurück.

Noch immer zögerlich nickte Rhys. »Ich habe gelesen, dass er jene verstorbenen Seelen in den Wald zurückschickt, die er für unwürdig hält.«

»Warum sollte ein Gott das tun?« Claw hob den Blick und sah sie direkt an. Das Nordlicht, das in ihren Augen lag, bohrte sich in Rhys' Gedanken. »Warum sollte jemand eine Seele bestrafen?«

»Wie gesagt«, antwortete Rhys. »Es ist nicht mein Gott. Und auch die Jäger sind nicht meine Familie.« Sie starrte zurück zu den Schatten des Waldes, die hinter ihnen kauerten. Die Bäume lockten sie mit dem vertrauten Knarren und Rascheln der Zweige, doch die Augen aus Nordlicht ließen sie verharren. Der Seelengänger war fort, Claw hatte ihn getötet. Es gab also keinen Grund, sich weiterhin Sorgen um die Sammler zu machen. Sie waren sicher.

Warum also zurückgehen? Warum nicht hierbleiben und erkunden, was es außerhalb des erfrorenen Waldes zu sehen gab? War es nicht das, was sie wollte? Hatte sie sich nicht die Seelengänger unbewusst zum Forschungsobjekt gewählt? Im Lager würde sie nichts zu ihnen finden, das sie nicht schon wusste. Claw aber hatte ihre Informationen sicherlich nicht aus dem Zelt des Ahnen.

»Wie heißt du?«, fragte Claw plötzlich und riss Rhys damit aus ihren Gedanken. Ihr war gar nicht aufgefallen, dass sie die Vorstellung nicht erwidert hatte.

»Rhys«, sagte sie.

»Rhys«, wiederholte die Andere. »Wer hat dir diesen Namen gegeben?«

»Enwa«, antwortete Rhys. »Meine Göttin.« Der Wolkenschatten hatte ihren Namen in dem Moment gewählt, in dem sie die Vision geschickt hatte, dass sie die Wissende werden würde.

»Weißt du, was er bedeutet?«, fragte Claw.

Rhys schüttelte den Kopf. »Wir sprechen die Sprache der Götter nicht.«

Ein leises Lachen entwich Claws Lippen. »Die Sprache der Götter?«, wiederholte sie.

Rhys zog die Augenbrauen zusammen. Was daran war so lustig?

Claw kam auf die Beine und ging einige Schritte auf sie zu. Rhys hob den Blick, um sie weiterhin ansehen zu können, und zögerte, als sie die Hand sah, die Claw ihr reichte. »Das ist nicht die Sprache der Götter«, sagte diese. »Es ist meine.«

Rhys spürte die Verwirrung aufsteigen, doch sie nahm die Hand an, ließ sich auf die Füße ziehen und verdrängte den Schmerz ihrer Hand.

Claw lächelte noch immer. »Es freut mich, dich kennenzulernen, *Knochenbleich*.«

Viermal hatte Rhys gefragt, woher Claw diese Sprache kannte. Wer sie war. Woher sie kam. Was sie damit meinte, dass es sie eigentlich gar nicht geben durfte. Was sie über die Seelengänger wusste. Und woher.

Claw aber schwieg eisern und schließlich erstarben die Fragen in Rhys' Kehle. Sie waren nicht in den Wald zurückgegangen, liefen aber an seinem Rand entlang. Fast schien es Rhys, als würde die Andere den Schatten der Bäume meiden. Sie fragte nicht, warum. Oder wohin sie gingen. Sie würde diese Fragen ebenso wenig beantworten wie alle Vorherigen. Rhys folgte ihr freiwillig, obwohl ihr Kopf sagte, sie sollte zum Lager zurückkehren. Die Verantwortung, die sie als Wissende trug, wog schwer. Aber sie konnte ihr nicht nachgeben – noch nicht. Erst musste sie Antworten finden. Sie war noch immer eine Sammlerin.

Die Hände trug sie dicht an der Brust, obwohl sie die Schmerzen mittlerweile wieder betäubte. Den einen Ärmel hatte sie hochgekrempelt, damit die entzündungshemmende Salbe auf der Bissverletzung des Rauhfuchses einwirken konnte. Seine Zähne waren nicht tief durch den Stoff gedrungen.

»Bitte, Claw«, begann Rhys ein fünftes Mal. »Antworte mir.« Aber die Frau schwieg und erneut entschied sich Rhys, ihr dennoch zu folgen. Sie würde nicht ewig schweigen können. Sie durfte nicht ewig schweigen.

»Weißt du«, begann Claw unvermittelt. Rhys zuckte fast zusammen, so plötzlich hatte die Andere das Wort ergriffen. »Ich habe schon lange nicht mehr mit jemandem gesprochen. Es tut gut. Danke.«

»Gern«, antwortete Rhys perplex. Es war das erste Mal, dass ihr jemand für ihre Anwesenheit dankte. Natürlich dankten ihr die

Sammler für ihre Aufgabe, für ihre Aufzeichnungen und die Geschichten, die sie so selten am großen Feuer erzählte – manchmal jedenfalls. Aber noch nie war ihr jemand dankbar gewesen, dass sie *da* gewesen war. »Wie lange bist du schon allein?«

»Ich bin nicht allein«, gab Claw zurück. »Ich habe Manù.« Sie stieß einen kurzen, kaum wahrnehmbaren Pfiff aus und der blaue Blitz, der aus den Schatten des Waldes schoss, fesselte Rhys' Aufmerksamkeit sofort. Zuvor hatte sie den Rauhfuchs kaum betrachten können, aber als Claw nun in die Knie ging und die Hand ausstreckte, ging auch Rhys in die Hocke. Die kleine Schnauze, die gegen Claws Finger stupste, war hellblau. Rauhfüchse trugen normalerweise ein weißes Fell, doch wann immer es mit Schnee und Eis in Berührung kam, färbte es sich blau. Hin und wieder hatte Rhys Spuren von Rauhfüchsen im Wald gesehen, manchmal auch einen in den Schatten verschwinden sehen, doch so nah war sie noch nie gekommen.

Manù hielt die Ohren aufrecht, doch er blieb still stehen, während Claw ein kleines Blatt aus seinem Fell zupfte. Rhys beobachtete gebannt, wie liebevoll sie anschließend über seinen Kopf strich. Manù schmiegte sich gegen ihre Hand und ein leises Summen entwich seiner Kehle, wie ein warmes, freundliches Knurren. Erst als sich das Tier leicht drehte, um in Rhys' Richtung in die Luft zu schnüffeln, sah diese, was Manù außerdem besonders machte: Er hatte nur drei Beine. Das rechte Vorderbein fehlte.

Claw folgte ihrem Blick. »Er ist in die Falle eines Menschen geraten«, murmelte sie.

Sofort verdüsterte sich Rhys' Miene. »Jäger«, zischte sie. »Ich habe meinem Stamm schon so oft …« Sie ließ die Worte verklingen, denn Claw würde nichts mit ihnen anfangen können.

Diese nickte langsam. »Wenn ich ihn nicht gefunden hätte, wäre er längst tot.«

Das war es, was den Jägern auf ewig anlasten würde. *Der Tod.* Dann aber musterte Rhys erneut den Mantel, den Claw trug. Auch sie hatte ein Tier dafür getötet, dass er sie im ewigen Winter warmhielt. War sie besser als die Jäger, nur weil sie ein anderes gerettet hatte?

Vorsichtig hielt Rhys die Finger vor sich, so wie Claw es getan hatte. Manù aber streckte nur die Schnauze weiter in ihre Richtung, kam jedoch nicht näher. Doch er wich auch nicht zurück. Das war längst kein wildes Tier mehr, vor dem Rhys saß. Und die Tatsache, dass er ihr auch beim Angriff des Seelengängers geholfen hatte, machte diese Gegebenheit nur noch deutlicher.

»Woher weißt du von den Seelengängern?«, fragte Rhys leise. Das letzte Mal, als sie diese Frage gestellt hatte, war die Antwort bloß Schweigen gewesen.

Diesmal aber wandte sich Claw ihr zu, während sie weiterhin Manùs kleinen Kopf kraulte. »Nur aus Geschichten, die mein Volk sich erzählte.«

Sie sagte *Volk* und nicht *Stamm.* Trug Pelz, aber rettete Tiere aus Fallen. Kannte weder die Jäger noch die Sammler, die Seelengänger dafür umso besser, wie es schien. *Wer war sie?*

»Was ist mit deinem Volk passiert? Warum bist du hier?« Die Sammlerin in Rhys drängte sich an die Oberfläche und Claw war ein Rätsel, das sie lösen wollte.

Diese jedoch senkte den Kopf und für einen Moment erstarrten die Hände im Fell des Rauhfuchses. »Ich …« Sie schluckte und Rhys fragte sich, ob es Tränen waren, die sie zurückdrängte. Dann aber verdunkelten sich die Augen aus Nordlicht. »Sie sind tot. Lange schon. Ich bin hier, um sie zu rächen.«

»Was hat sie getötet?« Vielleicht war es unsensibel, sie nach dem Schmerz zu fragen. Ganz sicher war es das. Aber Rhys war nicht für ihr Feingefühl bekannt. Und so kratzte ihre Stimme auch mit diesen Worten über alte Wunden, so wie viele der Sammler sie beschreiben würden.

Claw sog tief die kalte Luft ein. Sammelte Worte oder auch nur ihre Gefühle. »Das ist eine lange Geschichte«, murmelte sie schließlich. »Mit einem Anfang, der so weit zurückliegt, dass ich mir selbst nicht sicher bin, ob er wahr ist.« Sie seufzte erneut, stieß einen Pfiff aus und Manù entfernte sich zurück in die Schatten des nahen Waldes. Claw erhob sich und Rhys folgte ihr weiter am Waldrand entlang. »Ich habe nur die Worte meiner Mutter, um sicher zu sein. Bisher hat mir das gereicht.«

Rhys wartete auf weitere Erklärungen, die nicht kamen. »Was war es, das sie getötet hat?«, fragte sie deshalb erneut.

Claw wandte ihr den Blick zu. »Kannst du dir das nicht denken?«, gab sie zurück, klang nun fast verbittert dabei.

»Seelengänger«, flüsterte Rhys. »Deshalb hast du mich vor der Kreatur retten können. Du warst auf der Suche nach ihm.«

»Nicht nach ihm«, sagte Claw. »Vielmehr nach seinem Gegenstück, das sich tatsächlich töten lässt. Gerettet habe ich dich nur zufällig.«

»Danke«, murmelte Rhys. »Das habe ich dir noch nicht sagen können. Ich verdanke dir mein Leben. Zweimal.«

Ein schiefes Lächeln zeichnete Claw ein wenig Licht ins Gesicht. »Ich bin ihm weit gefolgt, bis ich ihn hier endlich gefunden habe. Hättest du ihn nicht beschäftigt, wäre er mir vielleicht erneut entkommen.« Sie zwinkerte und fast meinte Rhys, ein Lachen in ihren Worten zu hören. »Fast bin ich es also, die sich bedanken muss.«

Rhys' Mundwinkel zuckten, doch sie war niemand, der viel lächelte. Auch dieses Mal reichte es nicht aus, doch dafür brannte sich die Erinnerung an das Geräusch von Claws Lachen in ihre Gedanken. Es klang wie das Murmeln des Windes in den Zweigen.

»Ich jage sie, seit ich eine Waffe halten kann«, sagte Claw. »Meine Mutter hat mir ihr Wissen beigebracht. Es ist ... eine Tradition.«

»Ich dachte, dein Volk wäre —«

»Ist es«, unterbrach Claw. »Meine Mutter und ich sind die letzten einer übriggebliebenen Blutlinie. Jetzt gibt es nur noch mich, aber ich werde so viele verfluchte Seelen mit in den Tod nehmen, wie ich nur kann.«

»Ist das deine einzige Bestimmung?«, fragte Rhys. Erst als sie die Worte aussprach, merkte sie, wie hart sie klangen. Und wie heuchlerisch, wo auch sie nur zu existieren schien, um einmal pro Mondwechsel nach den weißen Hoffnungsröschen zu sehen.

»Es ist die Einzige, die zählt. Die Einzige, die für mich übriggeblieben ist.« Claw strich sich die dunklen Haare aus dem Gesicht und offenbarte die Narbe, die Rhys zuvor nur flüchtig aufgefallen war. Lange Klauenhiebe zogen sich von der Seite ihres Schädels bis hinein in ihr Gesicht. Fast hätte sie diese Verletzung ein Auge gekostet.

»War das ein Seelengänger?«, fragte Rhys, diesmal bewusst sanft.

»Der Erste, den ich getötet habe«, gab Claw zurück. »Kurz nachdem er meine Mutter ermordet hat.«

Rhys spürte ein Zittern in sich aufsteigen. Sie hatte sich immer vorgestellt, welches Wissen hinter den Grenzen des erfrorenen Waldes liegen könnte. Doch daneben war sie vor allem auf Grauen gestoßen. Die Tatsache, dass in den Aufzeichnungen der Sammler nur flüchtig von den Seelengängern erzählt wurde, bewies, dass sie nie wirklich in den erfrorenen Wald vorgedrungen sein konnten. Claw aber erzählte von vielen, die ihre Familie ausgelöscht hatten. Sie war eine Kriegerin, eine Flüchtige und eine einsame Wanderin. So viel, was Rhys nie zu werden befürchtet hatte, das aber außerhalb des erfrorenen Waldes Realität zu sein schien.

»Das tut mir so leid«, flüsterte sie.

Claw aber zuckte nur mit den Schultern. »Der Schmerz lässt nach, je mehr Seelengänger ich töte. Als würde ich Vergebung dafür suchen, dass ich sie damals nicht retten konnte.«

»Wie lange ist das her?«, fragte Rhys. Die Narbe sah alt aus. Das Gewebe schien lange verheilt.

»Lange«, murmelte Claw. »Ich habe aufgehört, die vergangene Zeit zu zählen. Aber es waren Jahre.«

»Damals warst du noch ein Kind«, stieß Rhys aus. »Es war nicht deine Schuld.«

Claw fuhr zu ihr herum. »Was weißt du von Schuld?«, knurrte sie. »Sie hat mir alles beigebracht, was sie wusste. Sie war alles, was ich hatte. Sie …« Ihre Stimme erstarb. »Ich hätte sie retten müssen.«

Es stiegen keine Tränen in die violetten Augen, doch am Brechen ihrer Worte hörte Rhys, dass die Trauer tiefer saß, als Claw zugeben wollte. »Ich verstehe«, sagte sie bloß. Wann immer der Tag käme, an dem die Jäger in ihr Lager einfallen würden, weil es in ihrer Natur lag, würde Rhys nicht darüber hinwegkommen, dass sie ihren Stamm damals nicht hatte überzeugen können. Und dass sie seither zu verbittert war, um es erneut zu versuchen. Trotzdem verwahrte sie die Wut darüber nur in ihrem Herzen, statt dafür zu kämpfen, dass sie sich in Sicherheit brachten. Vernunft und Gefühl waren oftmals zwei verschiedene Dinge.

»Ich habe den Seelengänger gesucht, weil ich Angst um meine Familie hatte«, sagte Rhys. »Du hast gesagt, dein Volk wurde von ihnen vernichtet … Wie viele sind noch hier und können meinem gefährlich werden?«

Claw trug die Wut nicht mehr offen im Gesicht, hielt ihre Hände aber weiterhin zu Fäusten geballt. »Drei habe ich zur Strecke gebracht und ich glaube, dass sich keine weiteren mehr im Wald aufhalten. Seit Jahren gebe ich jeden Tag dafür, sie auszulöschen.«

Rhys musterte ihr Gesicht. »Das heißt, es gibt sie vor allem außerhalb des Waldes?«

»Natürlich«, gab Claw zurück. »Ich bin nur hier, weil ich sie in den Landen nicht erwischt habe.«

»Den Landen?«

»Hinter dem Gebirge. Dort, wo die Welt begann.« Claw sprach, als müsste Rhys davon wissen, doch das tat sie nicht. Also fügte sie hinzu: »Du kennst die Geschichten nicht.«

Rhys schüttelte den Kopf. »So wie du Meran und die Jäger nicht kennst. Offenbar hatte dein Volk wenig Kontakt mit den Menschen im erfrorenen Wald.«

Claw nickte. »Natürlich«, wiederholte sie. »Ich bin die Letzte, die übrig ist.«

»Ich dachte nur, dass sie vielleicht zuvor —«

Claw unterbrach sie. »Es gibt kein Zuvor.« Sie strich erneut ihre Haare nach hinten, verschränkte dann die Arme vor der Brust. »Du kennst die Geschichten nicht«, wiederholte sie. »Mein Volk wurde ausgelöscht, noch bevor es diese Welt gab.«

# KAPITEL VIERZEHN

Die Worte ließen Rhys in Verwirrung zurück.

*Bevor es diese Welt gab.*

Aus den Aufzeichnungen des Ahnen kannte Rhys die Geschichte, die vom Beginn der Welt erzählte. *Vom Anbeginn des Winters.* Sie hatte sie schon zuvor gekannt, auswendig beinahe, so oft wie der Ahne sie am Feuer erzählte. Sie wusste vom Dämmerschein, der die Welt und schließlich auch die beiden anderen Drachen geschaffen hatte. Nie kam sie auf die Idee, die Wahrheit dieser Geschichte wirklich anzuzweifeln. Aber wenn das so war, dann gab es kein Davor. Jedenfalls keines, von dem die Geschichten der

Sammler erzählten. Dann gab es nur den Dämmerschein und den ewigen Winter, den erfrorenen Wald und das Gebirge, in dem der Dämmerschein seither schlief. Woher aber war er gekommen? Rhys wandte den Kopf zum Horizont, an dem sich die Felsspitzen erhoben. War es dieses Gebirge, von dem die Geschichte erzählte?

»Meine Welt beginnt mit drei Drachen«, murmelte Rhys.

»Meran«, erwiderte Claw. »Du hast von ihm erzählt. Du sagtest, er wäre schuld an den Seelengängern …«

Rhys nickte langsam. »Alles, was ich über sie weiß, stammt aus einer einzigen Aufzeichnung. Deshalb hatte ich gehofft, du wüsstest vielleicht mehr über sie.«

»Alles, was ich weiß«, zischte Claw, »ist, wie man sie tötet.«

Als sich die Sonne senkte, hatten sie längst an einem breiten Baumstamm Halt gemacht, der seine Wurzeln schützend um sie legte. Warum Rhys all die Zeit neben Claw gelaufen war, obwohl sie schon lange zum Lager hätte zurückkehren sollen – warum Claw all die Zeit neben Rhys gelaufen war, obwohl sie ihr nichts schuldig war … Sie waren beide weitergegangen. Und auch jetzt saßen sie schweigend, während Claw ein Feuer entzündete, als wären sie lange schon gemeinsam unterwegs. Als das Feuer brannte, bemerkte Rhys, dass Claw sie aus den Augenwinkeln dabei beobachtete, wie sie ein Stück Silberlinde kaute, um ihre Hände zu betäuben. Sie fragte nicht, warum Rhys das tat und Rhys fragte nicht, ob Claw diese Pflanze kannte.

Und erst, als das Holz zu wirken begann, durchbrach Rhys die Stille. »Erzähl' mir die Geschichte, die ich nicht kenne.«

Claw hielt ihr Schweigen einen Moment länger, ehe sie sich gegen den Baumstamm lehnte und tief einatmete. »Es ist Jahrhunderte her«, murmelte sie so leise, dass Rhys ein Stück näher an sie heranrückte, um ihre Worte zu verstehen. »Ich kenne die Geschichte nur von meiner Mutter. Wir gehören zur einzigen Blutlinie, die den Feuerdunst überlebte.«

»Feuerdunst?«

»Jener Moment, in dem die zweite Welt begann und jene auslöschte, die einst war.«

Rhys fürchtete sich davor, was Claw sagen könnte. Dass die Geschichte vom Anbeginn des Winters tatsächlich wahr war. Aber nicht die ganze Wahrheit. Dass der Dämmerschein die Welt nicht aus dem Nichts erschaffen hatte.

»Es gab keinen Schnee«, fuhr Claw fort. »An keinem einzigen Tag. Die Wärme war alles, was mein Volk kannte. In ihr lag die Kraft des Himmels, die es am Leben hielt. Bis sich die Sonne plötzlich verdunkelte und Asche zu fallen begann. Ein Schatten legte sich über die Welt und mit ihm kamen die Monster – Seelengänger, die erst fremde Gesichter trugen und dann die meines Volkes, als die Toten zurückkehrten. Sie haben alles Leben vernichtet und die Welt in die Dunkelheit gestürzt, aus der schließlich der ewige Winter entstand. Wenn du recht hast, dann war es Meran, der mein Volk ermordet hat. Wenn ich ihn töte –«

»Claw«, unterbrach Rhys den aufkeimenden Zorn. »Du kannst Meran nicht töten. Er ist ein Gott. Niemand kann ihn erreichen. Er ist unantastbar.«

Claws Körper schien bei diesen Worten in sich zusammenzufallen. »Ich weiß«, murmelte sie tonlos. »So wie ich auch mit dem Tod all dieser Seelengänger nichts verändern kann. Mein Volk ist dem Feuerdunst des Weltenwandels zum Opfer gefallen und nichts kann die Menschen zurückholen, die einst waren.«

Rhys musterte Claws Gesicht, suchte in ihren Nordlichtaugen nach weiteren Worten, doch sie schwiegen. »Ich dachte immer, die Macht der Drachen würde mit dem erfrorenen Wald enden«, murmelte Rhys. »Ich konnte mir nicht vorstellen, was hinter den Bäumen liegen sollte. Es schien so weit weg. Aber jetzt ...« Sie ließ den Blick durch die Landschaft schweifen, die nur aus einer einzigen weißen Fläche bestand. Völlig unberührt von allen Menschen des Waldes – Jägern und Sammlern. Der Himmel verdunkelte sich mit jedem Herzschlag ein Stück mehr und als alles Licht aus ihm geflossen war, begann Enwas Atem über ihnen zu leuchten. Sie war hier. Ihre Macht endete nicht mit dem Waldrand.

Claw folgte ihrem Blick. »Die Nordlichter führen von überall aus zum Gebirge«, sagte sie.

Rhys war ihnen immer nur zum Lager der Sammler zurückgefolgt. Sie hatte immer geglaubt, Enwas Licht hätte dort seinen Ursprung, um verlorene Sammler nach Hause zu führen. Jetzt, außerhalb des Waldes, wo man bis zum Horizont sehen konnte, musste sie jedoch erkennen, dass sie sich geirrt hatte. Enwas Atem entsprang den Felsspitzen am Horizont und zog sich von dort aus bis über den Wald.

»Der erste Drache, der Dämmerschein«, begann Rhys. »Die Geschichte erzählt, dass er dort liegt und über die Welt wacht. Irgendwo in der Mitte des Gebirges.« Erneut folgte ihr Blick den Streifen aus Licht, die in dieser Nacht die gleiche Farbe hatten wie Claws Augen. »Ich habe die Jäger nie verstanden«, fügte sie dann hinzu. »Aber dennoch kann ich mir nicht vorstellen, dass Meran mit seinem Feuer eine ganze Welt vernichtet. Warum nur hat er das getan?«

Die Jäger schienen mit dieser Erkenntnis in einem anderen, düsteren Licht zu stehen. Wussten sie, was der Seelendurst getan hatte?

Claw drehte den Kopf gerade so weit, dass sie Rhys ansehen konnte. »Meine Mutter wusste nichts von Drachen oder Göttern«, sagte sie. »Sie warnte mich immer nur vor den Seelengängern. Ich dachte, wenn ich nur alle von ihnen vernichten kann, ist meine

Aufgabe erfüllt. Aber wenn das, was du sagst, wahr ist, dann hatte ich niemals eine Chance. Dann erschafft Meran einfach neue Seelengänger, wann immer ich einen getötet habe.«

»Sie bestehen aus zwei Teilen, Erinnerung und Zorn«, murmelte Rhys. »Was wäre, wenn man beide Hälften wieder zusammenfügen könnte?«

Sie hatte nur laut gedacht, aber Claws Augen weiteten sich. »Wenn wir wüssten, dass es funktioniert, dann könnten wir Meran aufhalten.«

Rhys neigte den Kopf. »Mein Stamm wäre wieder sicher, wenn wir das schaffen.« Das Wissen um die Seelengänger hatte alles verändert. Von ihnen ging eine reale Gefahr aus und nicht einmal der Ahne hatte Aufzeichnungen, die ihnen halfen, sollte es nötig sein. Wie sollte ein Stamm, der lieber das eigene Leben opferte, statt es zu verteidigen, den Angriff eines Seelengängers überleben?

Die Jäger lebten so dicht bei ihnen. Wenn sie nicht kamen, um das Lager zu überfallen, wer sagte dann, dass es nicht vielleicht ein Seelengänger sein könnte, der durch den Wald zu ihnen fand? Die Sammler hätten damals auf sie hören sollen, doch nun war es zu spät. Der Seelengänger, der Rhys angegriffen hatte, war auf der anderen Seite ihres Lagers aufgetaucht, gegenüber den Jägern. Der Wald bot nirgends mehr Schutz, wenn auch nur eine dieser Kreaturen zwischen den Bäumen lauerte. Aber wenn es eine Möglichkeit gab, Zorn und Erinnerung zu einer Seele zusammenzuführen, dann könnte Rhys dieses Wissen an die Sammler weitergeben. Dann könnten sie ihr Leben retten, ohne ein anderes nehmen zu müssen. Dann würden sie überleben.

Claw riss sie aus ihren Gedanken. »Wir brauchen Antworten«, sagte sie ernst. »Und die finden wir nicht im Wald. Aber wenn etwas übrig ist, dann finden wir sie vielleicht in den Trümmern der Lande.«

Rhys schob die Zweifel und die Gewissensbisse beiseite. Der Wald entfernte sich immer weiter von ihnen und mit ihm die Menschen, die auf ihre Wissende angewiesen waren. Rhys war länger vom Lager fort als jemals zuvor. Sie hatte niemandem gesagt, wohin sie ging. Würden die Sammler sie für tot halten, wenn sie zum nächsten Mondwechsel nicht zurückkehrte? Würden sie sie verstoßen, wenn sie das Lager dann erneut betrat, weil sie ihrer Aufgabe nicht nachgekommen war? Doch das kam sie, mehr noch als jemals zuvor. Über die Grenzen des erfrorenen Waldes hinaus ging sie, um ihren Stamm zu schützen. Der Ahne würde es verstehen.

Manù war so selbstverständlich aus dem Wald getreten, als sie hatten aufbrechen wollen, dass Rhys sich fragte, auf welche Weise Claw mit ihm kommunizierte. Die Pfiffe hatte sie gehört, vernahm auch die unterschiedlichen Klänge und Längen, die vielleicht etwas bedeuteten. Doch dazwischen schienen sich die beiden lautlos zu verstehen. Manù humpelte kaum, trotz des fehlenden Vorderbeins. Er lief etwas ungleichmäßig, doch das machte ihn weder langsam noch ungeschickt. Je länger sie unter dem nicht enden wollenden Schneefall liefen, desto blauer wurde sein Fell.

Rhys beobachtete die Veränderung gebannt und Claw lachte leise, als sie es bemerkte. »Ich habe es am Anfang nicht glauben können«, sagte sie leise. »Die Tiere des Waldes waren mir alle fremd, doch Manù hat mir geholfen, sie zu verstehen. Die Schneegrabenden, die Bleichvögel, sogar den Kristallzorn ...«

Claw nutzte andere Namen für die gleichen Tiere. *Erlhörner, Knochenschnäbel, Nebelstürme.* Rhys mochte diese neuen Namen, die Claw gewählt hatte.

»Nur von den Menschen habe ich mich ferngehalten, die mein Volk ersetzt haben«, fuhr Claw fort. »Ich wollte nicht sehen, was sie haben, was mir genommen wurde. Ich war so lange allein unterwegs, dass ich Angst hatte, am Gefühl der Einsamkeit zu zerbrechen, wenn ich die Gemeinschaft sähe.«

Rhys senkte den Kopf. »Gemeinschaft heißt nicht immer, weniger einsam zu sein«, murmelte sie. Sie zuckte zurück, als sie Claws Hand an ihrer spürte. Tauber Schmerz schoss hindurch, doch sie ignorierte ihn, ließ zu, dass Claw ihre Hand tröstend drückte. Ein kleiner Moment gegenseitigen Verständnisses. Warum war es mit ihr so leicht, die Einsamkeit loszulassen?

Claw zog die Finger zurück und der Augenblick war vorbei. Nur der Schnee fiel unverändert und das Geräusch des knirschenden Eises unter ihren Stiefeln begleitete den Weg. Langsam verblassten die Nordlichter und die Sonne kroch über den Horizont, färbte die Wolken rosa. Rhys blieb ehrfürchtig stehen.

»Was ist?« Claw zog die Augenbrauen zusammen.

»Nichts, es ist nur …« Die Farben wuchsen langsam über den Himmel, vor allem aber war es die Sonne, die Rhys fesselte. »Das ist der erste Sonnenaufgang, den ich sehe. Ohne Bäume vor dem Himmel.«

Claw lächelte.

»Wir sind Kinder der Nacht«, erklärte Rhys. »Wir orientieren uns am Mond und dem Nordlicht. Aber wenn mein Stamm wüsste, wie wunderschön der Sonnenaufgang ist …«

Es vergingen einige Augenblicke, bis Rhys sich erneut in Bewegung setzte, ohne jedoch den Blick vom Himmel zu nehmen. Das war, was der Wald ihr über Jahre verwehrt hatte. Was noch?

»Wir werden einige Tage unterwegs sein«, sagte Claw. »Um das Gebirge herum und noch weiter. Schaffst du das?«

Rhys wusste nicht genau, was sie meinte. Körperlich, weil der Weg so weit war? Mental, weil sie sich immer weiter von ihrem Zuhause entfernten? Dann aber bemerkte sie Claws Blick, der auf ihre Hände gerichtet war. Rhys hatte geglaubt, den Schmerz verborgen zu haben, doch dem war nicht so. Sie presste die Lippen zusammen. »Mir geht es gut«, sagte sie.

Claw sah nicht überzeugt aus. »Du hast gerade einen Angriff hinter dir – zwei eigentlich sogar. Und du zuckst zurück, wenn du etwas in den Händen halten musst. Bist du sicher?«

Rhys nickte. »Ich habe Heilpflanzen dabei.« Sie spürte den Schmerz zwar trotzdem, doch er war auszuhalten. Die Zeit würde ihn heilen, ebenso wie das Pochen ihres Schädels, den sie sich beim Angriff des Nebelsturms angeschlagen hatte.

»Dieses Holz?«, fragte Claw skeptisch.

»Nicht nur«, gab Rhys zurück. »Das war nur gegen den ersten Schmerz. Ich habe auch Pflanzen, die den Heilungsprozess unterstützen.«

Claw verzog die Lippen zu einer schmalen Linie. »Du solltest mich einen Blick darauf werfen lassen«, murmelte sie.

»Es geht schon.« Wenn Sammler eines konnten, dann war es, Wunden und Verletzungen zu versorgen. Und ihre Hände waren wirklich nicht besonders schlimm verletzt.

Claw brummte leise, doch sie ließ es darauf beruhen. »Sag Bescheid, wenn du deine Meinung änderst«, sagte sie bloß.

# KAPITEL FÜNFZEHN

Die Ebene, die sich vor dem Gebirge erstreckte, schien endlos, obwohl sie es nicht war. Tatsächlich war es nur das Fehlen der Bäume, die Rhys Orientierung gegeben hätten, das die Illusion der Endlosigkeit verstärkte. Rhys fühlte sich verloren in der Weite des unberührten Schnees, aber Claw führte sie so selbstverständlich an Hindernissen vorbei, die unter dem Schnee verborgen lagen, dass Rhys keinen Zweifel hatte, dass sie wusste, was sie tat.

»Siehst du das?«, fragte sie im Laufen und deutete auf eine Schneeverwehung in einiger Entfernung. Weiß auf Weiß war kaum zu erkennen, nur die Schatten, die die Erhebung warf, unterschied sie von der ebenen Fläche darum herum.

Rhys nickte.

»Dort liegt der Bau einer Grandelkatze. Wir sollten uns von ihr fernhalten.« Claw suchte nach weiteren Erhebungen im Schnee, ehe sie erleichtert ausatmete. »Sie ist nicht unterwegs.«

»Unterwegs?«

Claw deutete erneut auf die Erhebung. »Nur dort liegt ein Schneehaufen, es laufen keine Gänge auf ihn zu. Grandelkatzen graben sie unter der Schneeschicht und sind fast nie zu sehen. Dafür hören sie aber, wenn sich Beute nähert. Auch Menschen.«

Rhys schluckte.

»Aber sie schläft«, ergänzte Claw, als sie das erschrockene Gesicht sah. »Es scheint keine aktiven Tunnel zu geben. Lass uns trotzdem nicht zu lange in der Nähe bleiben.«

Rhys beschleunigte fast unmerklich ihre Schritte, drehte sich jedoch immer wieder um. Hätte sie Claw nicht bei sich, wäre sie vielleicht direkt auf das Tier zugelaufen, ohne zu wissen, dass es gefährlich war. So viel dazu, die Welt jenseits des Waldes auf eigene Faust zu erkunden, wie sie es sich immer vorgestellt hatte. Sie hatte den Wald stets für gefährlich gehalten – zumindest dann, wenn man sich nicht auskannte. Doch das traf auch auf alles dahinter zu. Seelengänger, verwüstete Lande und ein Gebirge, in dem ein Drache schlief, wenn man den Geschichten glauben konnte. Rhys hatte die Welt unterschätzt.

Je tiefer sie in die unbekannten Gefilde vordrangen, desto unsicherer fühlte sich Rhys. Sie war eine Sammlerin und gewohnt, über ausreichend Wissen zu verfügen, um in der Natur zu überleben. Hier aber half all das weniger als nichts. Es war Claw, die stehen blieb, um unter der Schneeschicht gefrorene Beeren zu pflücken, die sie essen konnten. Claw, die sie auf verschneite Unebenheiten aufmerksam machte, damit sie nicht stolperte. Und Claw, die ihr immer dann einen Seitenblick zuwarf, wenn Rhys eine Pflanze aus ihrem Beutel nahm, um ihre Hände und die Bissspuren des Rauhfuchses zu behandeln. Ob es Silberlinde war oder Widerkraut – Claw sah immer aus, als würde sie ihr Angebot wiederholen wollen, Rhys zu behandeln. Aber sie tat es nicht und Rhys schätzte, dass sie sie ihre eigenen Entscheidungen treffen ließ.

Erst als sie am Rand des Gebirges rasteten, windgeschützt an einem eingekerbten Felsen, musste Rhys zugeben, dass ihr die Pflanzen allmählich ausgingen. Die Wunde ihrer Hand, die sie sich während Enwas Aufgabe zugezogen hatte, war längst zu einer roten Linie verheilt, die nur noch empfindlicher als die übrige Haut war. Und auch Manùs Bissspuren waren kaum mehr der Rede wert. Ihr Handgelenk aber bereitete Rhys noch immer Probleme. Das Widerkraut wirkte nicht so wie es sollte und die Silberlinde war ohnehin nicht als dauerhafte Lösung der Schmerzstillung geeignet.

Claw entzündete ein Feuer mit Pflanzenteilen, die Rhys unter dem Schnee niemals gefunden hätte, und lehnte sich dann gegen den Stein. Der flackernde Feuerschein malte tanzende Schatten auf ihr Gesicht und fing sich golden in ihren Augen.

»Trug jeder von euch das Nordlicht im Blick?«, fragte Rhys, während sie die leichte Schwellung ihres Handgelenks untersuchte.

Claw nickte. »Es heißt, es sei ein Geschenk des Himmels gewesen, damit wir die Wahrheit sehen können. Vor dem Tod aber konnte es mein Volk nicht retten.«

Sie versanken in der Stille, bis Claw schließlich erneut das Wort erhob. »Lass mich deine Hand ansehen«, sagte sie. Die Worte waren leise, doch so bestimmt, dass Rhys nickte. Was hatte sie zu verlieren?

Vorsichtig rutschte sie näher an Claw heran und zog den Handschuh über die Finger. Claw sagte kein Wort, ließ Rhys nur die Hände drehen, damit sie sich alles ansehen konnte.

»Darf ich?«, fragte sie. Ihre eigenen Finger schwebten nur wenig entfernt in der Luft.

Rhys nickte. Die Berührung zuckte durch ihren Körper, doch was sie erst für Schmerz hielt, war in Wirklichkeit etwas anderes, das sie nicht genau zuordnen konnte. Ein Flimmern, das sich für den Bruchteil eines Herzschlags auf Rhys übertrug, kaum dass Claw die Finger an ihre Haut legte. Das entzündete Pochen ihres Handgelenks, das durch den betäubenden Dunst der Silberlinde gedrungen war, war fort.

»Wie hast du das gemacht?«, fragte Rhys langsam. Sie spürte in ihren Körper, um den Schmerz wiederzufinden, aber er war nicht mehr da. Hatte Claw etwa –

Diese lächelte zaghaft und als würde ihr erst in diesem Moment bewusst, dass sie Rhys' Hand noch immer umschlossen hielt, zog sie die Finger zurück. »Du sammelst Heilpflanzen«, raunte sie, »und ich suche nach dem verlorenen Zauber der Welt.«

Rhys neigte den Kopf nachdenklich, konnte den Blick nicht von den Augen aus Nordlicht nehmen, die ihr sanft begegneten. »Verlorener Zauber«, murmelte sie. »Das heißt, dein Volk war ihm mächtig?«

»Über Zauber kann man keine Macht erlangen«, widersprach Claw. »Man muss jeden Funken einzeln überzeugen, ihn nutzen zu dürfen. Seit dem Feuerdunst sind nur Reste in der Welt zurückgeblieben. Aber wenn man weiß, wie man sie findet ...« Sie ließ den Satz bedeutungsvoll zwischen ihnen verklingen.

»Es gibt viel, das wir nicht einmal zu träumen gewagt hätten«, flüsterte Rhys. »Wenn der Ahne wüsste ...« Die Grenze des Waldes hatte sie blind werden lassen. Sie waren immer bloß dem Nordlicht zum Lager zurückgefolgt, statt jemals seinen Ursprung zu suchen. So viele verpasste Möglichkeiten, das Wissen zu vermehren, das sie im Lager seit so vielen Jahren hüteten. Es beschränkte sich einzig und allein auf den erfrorenen Wald. Doch jetzt, da Rhys die Baumwipfel in der Ferne kaum mehr erahnen konnte, da schien ihr die Welt, in der sie aufgewachsen war, so klein. Bedeutungslos gegen das Unbekannte, das so lange hinter den Baumstämmen gewartet hatte. Sie hatten es nicht gesehen.

»Danke«, murmelte sie und streifte vorsichtig den Handschuh wieder über ihre Finger. Claw war eine Zauberin, eine Wanderin, vor allem aber eine Jägerin der Seelengänger. Eine Jägerin des Zorns.

Claw lächelte und zog Manù auf ihren Schoß, wo der kleine Rauhfuchs sich sofort an ihren Körper schmiegte und sein leises Schnurren erklingen ließ. »Ich war seit langer Zeit nicht mehr in den Landen«, sagte sie. »Aber wenn etwas übrig ist, werden wir es dort finden. Mein Volk hat alles versucht, um die Seelengänger aufzuhalten. Vielleicht haben sie einen Weg gefunden, aber es war zu spät, ihn zu gehen.«

»Dafür bete ich«, murmelte Rhys. »Zu welchem Gott auch immer.«

»Wir werden auf Seelengänger stoßen«, sagte Claw nachdrücklich. »Ich möchte dir nicht zu nahetreten, aber du bist nicht besonders gut darin, nicht im Kampf umgebracht zu werden.«

»Bring mir bei, mich zu verteidigen«, gab Rhys zurück. »Bitte.«

Claws Lächeln vertiefte sich. »Verteidigung wird nicht ausreichen. Du wirst lernen müssen, zu töten.«

Das Wort brannte auf Rhys' Seele, aber sie nickte. »Bitte«, wiederholte sie leise und Claw neigte den Kopf. Vielleicht war das die Nacht, in der Rhys sich endgültig eingestehen musste, wie weit sie sich von den Sammlern entfernt hatte.

Claw weckte sie mit einem groben Stoß in die Rippen. Rhys schrie auf, rollte sich zur Seite – und konnte gerade so zurückzucken, ehe ihr Gesicht die Klinge der Axt streifte, die Claw dort in den Schnee drückte. »Bei Enwa!«, zischte sie und starrte wütend nach oben.

»Erste Lektion«, sagte Claw schmunzelnd. »Ein Seelengänger wartet nicht, bis du wach bist. Du hast Glück, dass niemand dein Gesicht gefressen hat, während du unachtsam warst.«

Ihre Augen leuchteten vom Schalk, aber ihre Stimme war zu dunkel, um völlig scherzhaft gemeint zu sein. Rhys beeilte sich, auf die Beine zu kommen und richtete sich auf. Claw hob anerkennend eine Augenbraue, als sie bemerkte, dass Rhys das Hornmesser bereits fest in der Hand hielt. »Wenn du aufmerksam bist, hast du gute Reflexe«, bemerkte sie. »Du solltest also darauf achten, aufmerksam zu sein.«

Rhys nickte. Jedes einzelne Wort war ihr neu und stach dennoch direkt ins Herz, wenn sie daran dachte, dass es den anderen Sammlern ebenso ging. Niemand von ihnen würde sich verteidigen können, wenn es darauf ankäme.

»Ein Seelengänger hat keine Schwachstellen, sobald du dem Zorn gegenüberstehst«, erklärte Claw ernst. »Du kannst ihn stoßen und zu Fall bringen, du kannst ihn ablenken und du kannst vor ihm fliehen. Aber wenn es dazu kommt, dass du keine dieser Möglichkeiten hast, bist du verloren. Also lass es nicht so weit kommen und kümmere dich um die Erinnerung.«

Rhys nickte erneut.

»Die Erinnerung«, fuhr Claw fort, »weiß oft nicht einmal, dass sie eigentlich tot ist. Wenn du sie im Leben kanntest, wird sie dich wiedererkennen.« Ihre Stimme stockte kaum merklich, aber sie konnte sich schnell wieder fangen. Wie viele Menschen hatte Claw töten müssen, die sie gekannt und geliebt hatte? »Die Erinnerung ist friedlich. Sie wird nicht gegen dich kämpfen. Wenn du sie gefunden hast, darfst du nicht zögern, denn der Zorn wird versuchen, sie zu beschützen.« Sie trat einen Schritt auf Rhys zu und ihr Blick sprang zum Messer. »Hast du das schon einmal benutzt?«, fragte sie.

Rhys nickte langsam. »Gegen ein Tier.«

»Den Kristallzorn, der dich angegriffen hat?«

Sie nickte. Die Silben des anderen Namens für den Nebelsturm fühlten sich warm an.

»Dann hast du es nicht benutzt. Nicht richtig, sonst wäre er tot.« Claw stieß ein Lachen aus, das weich über Rhys' Haut strich. »Ich bringe dir bei, wie du es richtig machst.«

Rhys folgte ihren Anweisungen, streckte die Hand nach vorne, damit Claw ihren Griff kontrollieren konnte. »So verletzt du dich nur selbst«, murmelte diese. Rhys versuchte ihr Bestes, sich alles zu merken, doch die Waffe fühlte sich ungewohnt an. Und die Vorstellung, sie gegen einen Menschen zu benutzen, widerstrebte ihr.

»Du hast gezögert«, sagte Claw unvermittelt, »als du mir die Klinge an die Kehle gehalten hast.« Erst hielt Rhys ihre Worte für einen Vorwurf, weil sie versucht hatte, sie zu töten. Aber Claw fuhr fort: »Das darf dir niemals wieder passieren, wenn du überleben möchtest.«

Claw hob die Axt vom Boden, warf sie drehend in die Luft und fing sie mit Leichtigkeit wieder auf, ohne sich zu verletzen. Rhys folgte dem Tanz der Waffe – und stolperte zurück, als Claw plötzlich ausholte und die Klinge nur eine Handbreit an ihrem Kopf vorbeizischte. »Zweite Lektion«, sagte Claw, aber diesmal wich das Schmunzeln aus ihrem Gesicht. »Lass dich nicht umbringen.«

Rhys keuchte auf, als sie erneut zuschlug, und wich immer weiter zurück. Sie hielt das Messer zwar erhoben, doch gegen die Kraft der Axthiebe würde es niemals ankommen. »Hör auf!«, japste sie, doch Claw schwang die Axt ein weiteres Mal und Rhys fiel hart in den Schnee. Sie knurrte leise.

»Du wirst sterben«, sagte Claw. »Und das will ich nicht. Also hör auf, so defensiv zu sein. Du kannst einen Seelengänger nicht vernichten, indem du vor ihm wegläufst.«

Rhys presste die Lippen zusammen. »Ich bin nicht zum Kämpfen geschaffen«, zischte sie. »Ich habe noch nie —«

»Du wärst nicht hier, wenn du keine Kämpferin wärst«, unterbrach Claw sie grob. »Wenn du keine Kämpferin wärst, dann hättest du dich nach dem ersten Angriff des Seelengängers bei deinem Stamm verkrochen. Dann hättest du nicht versucht, dein Leben zu retten, als der Nebelsturm auf dich aufmerksam wurde. Dann hättest du nicht versucht, mich zu töten, um deine Familie zu retten. Dann wärst du längst umgekehrt!« Ihre Stimme wurde immer lauter. »Also benutze deine Vergangenheit nicht als Ausrede, sondern triff eine Entscheidung in der Gegenwart!« Sie machte einen Schritt auf Rhys zu und hielt ihr die Hand hin. »Also, möchtest du diese Welt vor den Seelengängern bewahren oder nicht?«

Rhys musterte das ernste Gesicht. Ihr Blick streifte die langen Narben, die Claw zeichneten, und blieb an den violetten Augen hängen, die im Gegenlicht dunkler schienen. Dann ergriff sie die Hand und ließ sich nach oben ziehen. Fest umgriff sie den Schaft des Messers und ging leicht in die Knie. »Nochmal«, zischte sie und Claw lächelte.

# KAPITEL SECHZEHN

Wenn wir weitergehen, betreten wir die Lande«, flüsterte Claw. In ihrer Stimme schwangen Ehrfurcht und Trauer gleichermaßen mit. Rhys ließ den Blick über die freie Schneefläche schweifen und erkannte keinen Unterschied zur Ebene, die sie bis zum Gebirge durchwandert hatten. Den letzten Tag waren sie um die Felsen herumgegangen, die sich schier endlos zu erstrecken schienen. Rhys zweifelte nicht einen Augenblick daran, dass dieses Gebirge das Herz der Welt beschützte, wie es die Geschichte vom Anbeginn des Winters erzählte. Und nun standen sie jenseits der Berge und starrten erneut auf unberührten Schnee.

In der Ferne meinte Rhys, Bäume zu erkennen, doch sicher war sie nicht. Ein nebeliger Dunst lag über der Welt und tauchte alles in verschwommene Schwaden. Erst als sie Claw folgte und ihre Stiefel in die unbekannte Welt traten, die vor ihnen lag, spürte sie, dass sich etwas verändert hatte. Der Winter schien mit einem Mal sanfter zu werden. Der Wind schnitt weniger beißend über ihre Haut und der Schnee knirschte in einer fremden Melodie. Als würde ein anderer Geist in der Luft liegen, andere Götter über die Schneeflocken wachen, die langsam zu Boden sanken. Die Sammler hatten immer geglaubt, dass die Macht der Drachen mit dem Wald endete, aber tatsächlich fand ihre Herrschaft erst hier eine Grenze.

»Was hoffst du zu finden?«, fragte Rhys vorsichtig. Sie wollte keine alten Wunden mit unbedachten Worten aufreißen. Aber wenn sie sich umsah, dann entdeckte sie nichts, was von der Anwesenheit anderer Menschen zu zeugen schien. Nur Schnee und das seltsame Gefühl eines anderen Winters.

»Hier werden wir gar nichts finden«, murmelte Claw. »Sieh dich um.« Sie blieb stehen. »Lausche auf die Stimmen der Tiere.«

Rhys hielt den Atem an, konzentrierte sich nur auf die Geräusche um sie herum. »Ich höre nichts«, gab sie schließlich zu. »Tiere scheinen in einem Wald mehr Lärm zu machen, als —«

»Nein«, unterbrach Claw sie. »Du kannst nichts hören und du kannst nichts sehen, weil nichts übrig ist. In den Landen gibt es keine Tiere.«

Rhys zog die Augenbrauen zusammen. »Dann ist die Welt, die der Dämmerschein erschaffen hat, tatsächlich die Einzige, die existiert. Jedenfalls für uns. Nur, dass um sie herum einst Leben war, das dann vernichtet wurde. Wer weiß, was dahinter kommt.« Ihre Kehle zog sich zusammen, als sie daran dachte, wie viele Jahrzehnte – Jahrhunderte womöglich – die Menschen im erfrorenen Wald einer Lüge geglaubt hatten. Noch immer glaubten. Nur Rhys kannte die Wahrheit.

»Wer weiß das schon?«, murmelte Claw.

»Wohin also gehen wir?«, fragte Rhys erneut.

»Am Rand der Lande liegen die Aschefelder«, sagte Claw. »Dort begann der Feuerdunst, der mein Volk versengte. Der Winter ist nie bis dort vorgedrungen, als läge die Erinnerung an die Hitze des Untergangs zu schwer in der Luft. Die Welt endete dort. Wenn wir also etwas über Meran zu finden hoffen, dann wahrscheinlich dort, wo die alte Welt noch unberührt vom Winter ist.«

Rhys nickte. »Wie lange wird die Reise dauern?«

»Lange genug, um deine Kampfkünste zu trainieren«, antwortete Claw und ein leises Lächeln schwang in ihren Worten mit, das plötzlich erstarb. »Und ich fürchte, auch lange genug, um herauszufinden, ob sie dich vor einem Seelengänger retten werden.«

Rhys schluckte hart und verschränkte die Arme vor dem Körper, wie in einem kindlichen Versuch, sich vor der Zukunft zu schützen.

»Wir werden wachsam sein müssen«, ergänzte Claw. »Aber ich bin sicher, du erinnerst dich an die erste Lektion.«

»Ein Seelengänger wartet nicht, bis du wach bist«, knurrte Rhys.

Claw nickte ernst. »Vergiss sie nicht.«

Der Schnee stob hell und fein unter ihren Stiefel auf. Nur Neuschnee war im erfrorenen Wald so weich gewesen, aber in den Landen schien er nirgends zu Eisbrocken zu gefrieren. Stattdessen reflektierte er das Licht in unzähligen winzigen Regenbögen.

»Es ist wunderschön hier«, flüsterte Rhys. »Unwirklich.«

Claw lächelte. »Es ist ein Trost«, gab sie zurück, »dass wenigstens etwas Schönes daraus entstanden ist.« Ihre Stimme klang murmelnd wie ein Bachlauf und Rhys ließ sich darin fallen. Niemals zuvor war sie jemandem begegnet, der diese Wirkung auf sie hatte. Der sie ruhig werden ließ, ohne sie zu langweilen. Der sie mit einem Blick zu verstehen schien, ohne über sie zu urteilen. Der Ahne war dem in all der Zeit am nächsten gekommen. Und Mandan. Doch aus ihm hatte nie mehr als ein Freund werden können, selbst wenn sie sich mehr Zeit gegeben hätten. Eden war ihm immer schon wichtiger gewesen als jede Seele sonst.

»Es wird dunkel«, sagte Claw unvermittelt. Rhys hob den Kopf und tauchte aus ihren Gedanken zurück in die Wirklichkeit. Sie liefen weiter, bis sich die Nacht als dunkles Tuch über den Himmel legte. Rhys wartete darauf, dass die Nordlichter sich zeigten, doch es blieb dunkel. Erst als sie sich umdrehte, sah sie ein kaum sichtbares Flimmern am Horizont, wo sich die Silhouette des Gebirges abzeichnete. Enwa war ihnen nicht in die Lande gefolgt.

»Sieh nach oben«, flüsterte Claw.

Rhys hob den Blick und ihre Augen weiteten sich. Niemals zuvor hatte sie so viele Sterne gesehen. Wie unzählige Augen sahen sie zu ihnen hinab. Das Nordlicht hatte ihr Licht stets überdeckt, doch in der Dunkelheit drang ihr Leuchten bis auf die Welt hinunter. Staunend verharrte sie, bis ihr Nacken zu schmerzen begann. »Es gibt so viel, das wir nie gesehen haben«, murmelte sie. »Dabei war das Sammeln von Wissen immer das Wichtigste für uns. Wie kann es sein, dass wir dabei so wenig wussten?«

Claw trat einen Schritt auf sie zu. Kurz glaubte Rhys, sie würde ihr eine Hand auf den Arm legen, doch im letzten Moment entschied sie sich um und deutete stattdessen nach oben. »Früher habe ich die langen Nächte mit meiner Mutter damit verbracht, jedem dieser Sterne einen Namen zu geben. Es waren so viele, dass wir sie uns niemals merken konnten, doch es gab uns das Gefühl, nicht allein zu sein.« Sie stockte. »Und zugleich waren die Sterne in jeder Nacht bei uns. Wir brauchten niemanden zu vermissen.«

Rhys atmete langsam aus. Wer würde sie vermissen, wenn sie Zuflucht unter Enwas Schwingen suchte? Wer würde ihren Namen wissen? Vielleicht würde er zu den Sternen aufsteigen und mit ihnen vergessen werden.

»Komm her«, sagte Claw und ließ sich am Boden nieder. Sie brauchten beide eine Pause. »Wir dürfen in den Landen kein Feuer entzünden. Bleib in meiner Nähe, wenn du nicht im Schlaf erfrieren möchtest.«

Rhys trat sofort zu ihr. »Warum?«

»Die Lande haben den Feuerdunst nicht vergessen«, antwortete Claw. »Die Flammen wecken schlechte Erinnerungen.«

Mehr sagte sie nicht, aber der Ernst in ihrer Stimme gemahnte Rhys, ihre Worte nicht infrage zu stellen. Stattdessen beobachtete sie, wie Claw die Hände öffnete und die Finger durch die Luft gleiten ließ, als würde sie das Licht der Sterne fangen wollen. »Was tust du?«, fragte sie.

Claw lachte leise. »Ich sammle die Funken der Magie, die hier übrig sind«, erklärte sie. »Ich pflücke sie aus der Luft und forme damit Wärme. Es wird kalt in den Landen, sobald die Sterne aufgehen.«

Fasziniert sah Rhys ihr dabei zu. Sie konnte nichts entdecken, weder in der Luft noch in Claws Händen, aber als diese schließlich die Arme sinken ließ, schien die Luft wärmer zu werden.

»Darf ich?«, fragte Claw und streckte ihr eine Hand entgegen. Rhys nickte. Behutsam legte Claw ihr zwei Finger an die Stirn. Eine Gänsehaut floss über Rhys' Körper, aber dann verstärkte sich die Wärme, schien sich in ihrer Brust zu sammeln und mit ihrem Blut transportiert zu werden.

»Danke«, murmelte Rhys und Claws Lächeln vertiefte sich. Rhys war es nicht gewohnt, neben jemandem zu schlafen. Aber als sie sich nun auf dem feinen Schnee zusammenkauerte und die Wärme in jeder Faser ihres Körpers spürte, da lauschte sie Claws Atem und wurde ruhig. Manù tauchte aus der Nacht auf und rollte sich neben ihnen zusammen. Für einen Moment war es, als wären sie immer schon gemeinsam durch die Welt gewandert. Als hätte es niemals etwas anderes gegeben.

Eine Hand an ihrer Schulter weckte Rhys und sie blinzelte in blasses Sonnenlicht.

»Bist du bereit, noch eine Kampfstunde einzulegen?«, raunte Claw, ließ ihr Zeit, den Schlaf zu vertreiben. »Wir sollten die Stille nutzen, bevor wir dem ersten Seelengänger begegnen.«

Rhys nickte und kam auf die Füße. Der feine Schnee hinterließ glitzernden Eisstaub auf ihrer Kleidung und sie klopfte die Kristalle vom Stoff. »Ich bin bereit«, murmelte sie. Claw hatte recht: In jedem Augenblick konnten sie einer Kreatur in die Arme laufen, die nicht zimperlich mit ihnen umgehen würde, nur weil Rhys nicht kämpfen konnte. Entschlossen ballte sie die Hände zu Fäusten.

»Ich mag deinen Tatendrang«, lachte Claw. »Heb die Hände höher, um deinen Hals zu schützen. Das ist, was sie am liebsten angreifen.«

Rhys nickte und folgte Claws Worten. Auch wenn sie die Klauen eines Seelengängers niemals würde abwehren können, wenn sie sie an der Kehle zu packen versuchten.

Claw ging einige Schritte um sie herum und Rhys drehte sich mit ihr, um sie nicht aus dem Blick zu verlieren. »Warum kämpfst du mit einem Messer?«, fragte diese.

Rhys hielt inne, um die Klinge aus ihrem Mantel zu ziehen. »Sammler tragen keine Waffen«, erklärte sie. »Ich habe es heimlich gefertigt. Es war für Notfälle gedacht.«

»Normalerweise«, fuhr Claw fort, »hat ein Messer den Nachteil, dass du dicht an deinen Gegner herankommen musst, um es zu benutzen. Aber gegen den Zorn nützt es dir ohnehin nichts und die Erinnerung wird sich nicht wehren, wenn du ihr nahekommst. Zum Töten kannst du es benutzen, doch zur Verteidigung wird es nicht hilfreich sein.« Sie seufzte. »Deshalb musst du die Konfrontation mit dem Zorn vermeiden. Wenn es doch dazu kommt, geht es nur noch darum, irgendwie zu überleben. Du wirst nicht verhindern können, dass er sich dir nähert. Versuche, seinen Brustkorb mit dem Messer zu treffen, vielleicht lenkt ihn das wenigstens ab.«

Rhys erschauderte bei dem Gedanken, dass sie alles, was Claw ihr erzählte, vielleicht viel zu bald würde anwenden müssen.

»Du kannst das Messer weglegen«, sagte Claw. »Wir konzentrieren uns darauf, dass du Schläge abwehren kannst, auf den Beinen bleibst und nicht in den ersten Augenblicken eines Kampfes dein Leben verlierst, einverstanden?«

Rhys presste die Lippen zusammen und nickte. Das waren ja großartige Aussichten. Sie ließ Claw nicht aus den Augen, als diese ebenso die Hände hob und zu Fäusten ballte. Ihre Nordlichtaugen brannten sich in ihre Seele, doch Rhys wandte den Blick nicht ab. Suchte in dem dunklen Gesicht nach Anzeichen ihrer Absichten. Vielleicht konnte sie erkennen, wann Claw zu einem Angriff ansetzen würden, wenn sie nur genau genug –

»Verdammt«, stöhnte sie und suchte ihr Gleichgewicht wieder. Claw hatte sie hart an der Schulter getroffen, ehe sie auch nur hatte zurückzucken können.

»Du konzentrierst dich auf die falschen Dinge«, sagte Claw trocken. »Ich werde dir nicht vorher Bescheid sagen, ehe ich angreife.«

Rhys knurrte leise und verlagerte das Gewicht. Aber sie machte nicht den gleichen Fehler, sondern versuchte stattdessen, die Welt um sich herum auszublenden. Es gab nur sie beide. Claw bewegte sich ruhig und fließend. Rhys ließ ihre Gedanken verstummen und ihren Körper übernehmen. Claw schlug zu. Rhys wich ihrer Faust aus – und sackte zusammen, als Claw ihr das Bein wegzog.

»Du darfst nicht nach einer Bewegung aufhören«, sagte Claw. »Danach kommt immer die nächste.«

Rhys kam auf die Füße und der Tanz begann von vorne. Diesmal war sie schneller und zuckte nach vorne, erwischte Claw an der Seite, bevor sie zurücktreten konnte. Diese nickte anerkennend und sprang zur Seite, als Rhys nachlegen wollte. Schneller als sie reagieren konnte, packte Claw ihr Handgelenk und schleuderte sie herum, bis sie erneut im Schnee lag.

»Das war gut«, sagte Claw.

Rhys brummte nur wütend. »Nicht gut genug.«

»Sei nicht zu hart mit dir, Sammlerin«, gab Claw zurück. »Du wirst es lernen.«

Seufzend kam Rhys wieder hoch und klopfte sich den Schnee vom Körper. Ihre Muskeln waren gespannt und ihr Geist hellwach, auch wenn ihr das bisher noch nicht geholfen hatte. Erneut hob sie die Hände.

Claw lächelte und tat es ihr gleich. Der Wind frischte auf und trieb vereinzelte Schneeflocken in ihr dunkles Haar. Dort, wo die Narbe ihre Haut teilte, bewegte sich ihr Gesicht kaum, wenn sie lächelte, sodass der Ausdruck schief und unvollkommen aussah. Unvollkommen und doch strahlend. Rhys blieb einen Herzschlag zu lange in diesem Gedanken hängen. Hustend krümmte sie sich zusammen. Die Wucht des Schlags presste ihr die Luft aus der Lunge und sie taumelte zurück. Claw beobachtete sie dabei, wie sie zu Atem kam, aber Rhys fand weder Mitleid noch Besorgnis in ihren Augen.

»Was habe ich gesagt?«, fragte sie. »Du musst aufmerksam bleiben, Rhys. Immer.«

Rhys zog die Augenbrauen zusammen und beruhigte ihren Atem. Ihr Magen hatte den Schlag noch nicht ganz verkraftet und sie richtete sich mühsam wieder auf. »Lass den Seelengängern noch etwas von mir übrig«, zischte sie.

Claw lachte. »Keine Sorge, ich gehe vorsichtig mit dir um.«

»Das ist vorsichtig?« Rhys konnte nicht anders, als das Lachen zu erwidern, obwohl es sich ungewohnt anfühlte. »Dann will ich dich niemals unbeherrscht erleben.«

Claws Lachen erstarb. »Nein«, murmelte sie. »Sicher nicht.«

Rhys ließ ihre Fingerknöchel knacken. »Nochmal?«, fragte sie.

Claw nickte. »Wenn du noch nicht genug hast.« Sie ging leicht in die Knie, machte einige langsame Schritte auf Rhys zu, die ihrerseits zurückwich. Sie machte keine hektischen Bewegungen, setzte nicht zum Angriff an. Schritt um Schritt bewegten sie sich über die Schneedecke.

Claw behielt sie fest im Blick. Rhys verlagerte das Gewicht und hob die Fäuste ein Stück höher. Plötzlich blieb ihr Fuß an einer Unebenheit hängen und sie stolperte, konnte sich nicht rechtzeitig abfangen und stürzte nach hinten, bis der Schnee sie fing.

»Nicht die Umgebung vergessen«, sagte Claw mit einem Schmunzeln. Rhys verdrehte die Augen und hielt ihr die Hand hin, damit sie ihr hoch half. Claw umgriff ihre Finger.

»So?«, fragte Rhys, schleuderte ihr eine Handvoll Schnee ins Gesicht und zog sie am Arm hinab, bis der Widerstand nachließ und Claw sich mit beiden Händen abfangen musste, um nicht auf sie zu fallen.

»Toller Plan«, murmelte Claw. »Zieh den Seelengänger direkt auf deinen Körper, damit seine Klauen dein Herz auch ja nicht verfehlen.« Augen aus Nordlicht musterten Rhys' Gesicht. »Aber du hast mich überrascht.« Sie verlagerte das Gewicht und wollte sich von ihr rollen, doch Rhys hob die Hand und hielt sie auf. Blass hoben sich ihre Finger von Claws dunkler Haut ab und ihre

Gedanken setzten aus, als sie die Hand an ihre Wange legte und mit dem Daumen über ihre Lippen strich. Claws Atem stockte und ihr Blick brannte.

»Was tust du?«, hauchte sie, ohne sich zu bewegen. Ihre Stimme strich warm über Rhys' Haut. »Das wird einen Seelengänger sicher nicht davon abhalten, dich zu töten.«

Rhys lächelte. »Dich schon«, flüsterte sie.

»Ich habe es überhaupt nicht versucht.«

»Dann hat es doch funktioniert«, gab sie zurück.

Claw rührte sich nicht, aber sie schloss die Augen, als Rhys auch die andere Hand an ihr Gesicht legte und sie langsam in ihr Haar gleiten ließ.

Leise seufzte Claw und öffnete die Augen. »Rhys«, raunte sie. »Das sollten wir nicht tun.«

Fünf Worte, die in ihrer Brust schmerzten. »Warum nicht?«

Schmerz lag in Claws Augen. »Weil ich es nicht ertrage, noch jemanden zu verlieren, den ich hätte lieben können, wenn die Welt nicht so kaputt wäre.«

# KAPITEL SIEBZEHN

Schweigen begleitete ihren Weg bis zum Abend. Sie sprachen nicht miteinander, als würde jedes Wort das Gefühl des Morgens zurückbringen, das zu sanft schien für die Gefahr, die vor ihnen lag. Claw wirkte immer unruhiger, je tiefer sie in die Lande vordrangen.

Und Rhys erkannte, dass am Horizont tatsächlich ein Wald lag. »Sagtest du nicht, dass es hier kein Leben mehr gäbe?«, fragte sie zögernd. Die Bäume ragten in einiger Entfernung aus dem endlosen Weiß und zogen die Sammlerin in ihr an, die wieder unter Blättern und Nadeln wandern wollte, im Schutz und Schatten der Bäume.

Claw aber schüttelte bloß den Kopf. »Leben kann man das auch nicht nennen. Möchtest du es sehen?«

Rhys nickte. Unbehagen nistete in ihrer Brust, als sie sich langsam näherten. Claw sah sich immer wieder um. Die Gefahr, einem Seelengänger zu begegnen, stieg mit jedem Schritt.

Die Bäume gaben keinen Laut von sich, obwohl Rhys das Rauschen des Windes in den Zweigen erwartet hatte. Die Schneeschicht zwischen den Stämmen war dünn, weil die Äste kaum Schnee hindurchließen, und es schimmerte darunter dunkel. Rhys hob den Blick am ersten Baum hinauf, der sie empfing. Die Rinde war grau und tief zerfurcht. Keine Blätter sahen zu ihnen hinab, nur kahle, steife Zweige. Vorsichtig legte sie die Hand an die Borke und zuckte zurück, weil die Kälte ihr unmittelbar in den Körper fuhr. »Stein«, flüsterte sie erschrocken. »Ein steinerner Wald.«

Claw nickte. »Das ist, was der Feuerdunst übriggelassen hat. Tote Bäume, die voller Hohn an das erinnern, was die Welt verloren hat.«

Rhys trat vom Wald zurück. Seine Kälte griff nach ihr und säte Furcht. »Müssen wir hindurch?«, fragte sie schließlich.

»Die Seelengänger betreten diesen Wald nicht«, murmelte Claw so leise, als wollte sie die Worte selbst nicht hören. »Wenn wir ihn durchwandern, sind wir einige Tage sicher vor Angriffen. Du brauchst diese Zeit.«

Rhys schluckte hart, doch sie nickte zögerlich und folgte Claw in den Schatten der toten Bäume. Diese begann zu murmeln, sobald der Wald sie umschloss.

Rhys verstand die Worte nicht, die sie sagte, aber der klang kam ihr so vertraut vor, dass er ihr Ruhe brachte. »Was ist das?«, fragte sie.

Claw wandte sich im Gehen zu ihr um. »Ein Lied, das einst ein Gebet gewesen ist, als wir noch an Götter glaubten.«

»Ich verstehe die Wörter nicht«, flüsterte Rhys. »Ist das die Sprache deines Volkes?«

Claw nickte. »Es ist die Sprache, die du für die deiner Götter gehalten hast. Aus der dein Name stammt. Die Sprache meiner Ahnen.«

Deshalb kam sie Rhys so bekannt vor. Sie hatte Enwa in ihren Träumen flüstern hören. Niemand verstand dieses Flüstern, nicht einmal der Ahne. Tatsächlich aber war es ein Echo längst vergangener Zeit gewesen, das die Jahrhunderte überdauert hatte. Nicht die Sprache der Götter, sondern die der Menschen, die einst waren.

*Fráh ur mi gál*
*Fir tega il murshan.*
*Yon turgirah*
*Un mirgo tir frádran.*


*Tin al urgáh*
*On sol monirgarfan*
*Fráh ur mi gál*
*Fir tega il murshan.*


Rhys könnte ihr ewig zuhören, wie sie die sanften Klänge durch den Wald tanzen ließ. Die toten Bäume hielten die Melodie davon ab, in den Schatten verloren zu gehen, und so echoten sie um sie herum.

Als Claw nach einiger Zeit verstummte, gingen sie schweigend weiter, doch in der Stille lauerte die Ungewissheit des Weges viel bedrohlicher als zuvor. Wenn Rhys daran dachte, dass Claw von *einigen Tagen* gesprochen hatte, die sie in diesem Wald verbringen würden, erschauderte sie. Trotzdem spürte sie auch Erleichterung, dass sie den Seelengängern erst hinter der Waldgrenze begegnen würden. Sie war noch nicht bereit.

Claw sah sich nach ihr um, als Rhys von ihren Gedanken abgelenkt den Schritt verlangsamte. »Möchtest du eine Pause machen?«, fragte sie. »Dieser Ort ist zum Schlafen ebenso geeignet wie jeder andere. Es wird sich nicht viel ändern, bis wir den Wald wieder verlassen.«

Rhys nickte und lehnte sich gegen einen Baum, obwohl sie die Berührung mit dem kalten Stein erst meiden wollte. Aber es nützte nichts: Irgendwo mussten sie schlafen und Rhys war es lieber, das im Schutz eines steinernen Stammes zu tun, als frei auf dem Boden. Das war ein Instinkt, den sie nicht ablegen konnte, obwohl sie wusste, dass ihnen hier keine Gefahr drohte.

»Du beeindruckst mich, Rhys«, murmelte Claw und musterte ihr blasses Gesicht, das seit dem Beginn ihrer Reise deutlich eingefallener schien. In den Landen gab es nicht viel Nahrung zu sammeln. Claw reichte ihr einige Beeren, die sie noch bei sich trug.

Rhys nahm sie dankbar und kaute nachdenklich. »Wie meinst du das?«

Claw lächelte. »Du hast alles aufgegeben, an das du geglaubt hast, um einer Fremden dabei zu helfen, die Geheimnisse des Winters zu ergründen. Das hätte sicherlich nicht jeder getan.«

»Jeder Sammler schon«, gab Rhys zurück und dachte an die Aufzeichnungen, die sich im Zelt des Ahnen stapelten. Die Sammler würden für Wissen beinahe alles tun. Solange die Möglichkeit bestand, dass sie zum Stamm zurückkehrten, um dieses Wissen weiterzugeben, würden sie es tun. Es gab nichts von vergleichbarem Wert.

»Dann hoffe ich, es wird sich für dich lohnen«, sagte Claw. »Damit du in Frieden zu deiner Familie zurückkehren kannst, ohne Angst vor den Kreaturen des Anbeginns zu haben.«

Rhys nickte schweigend und schob sich eine weitere Beere zwischen die Lippen. Der Saft rann ihr süß durch die Kehle. Dafür tat sie das alles. Für die Sicherheit ihres Stammes. Wenn sie herausfinden konnten, wie man Meran daran hinderte, die Seelen auf die Welt zurückzuschicken – oder zumindest, wie man sie dann wieder zusammensetzte … Erst dann würde sie wieder ruhig schlafen können.

»Du sagtest, ein Seelengänger fokussiert sich im Kampf auf die Kehle«, murmelte Rhys. »Warum?«

Claw sah zu ihr hinüber und legte den Kopf leicht schief, bis ihr das dunkle Haar ins Gesicht fiel. »Wenn du ein Tier jagen würdest, wie würdest du es töten?« Sie lächelte ein freudloses Lächeln. »Würdest du bei den Pfoten beginnen?«

Rhys presste die Lippen zusammen. »Nein«, sagte sie. »Aber nur, weil ich nicht grausam bin. Ich würde ein Tier in der Falle nicht leiden lassen wollen.«

Claw nickte langsam. »Vielleicht finden wir selbst im Zorn noch einen Rest Mitgefühl«, murmelte sie leise.

Die Nacht senkte sich zwischen die Bäume, doch Rhys konnte nur hinauf zum Himmel sehen. Zwischen den Ästen der steinernen Bäume waren die Sterne kaum zu sehen und das färbte die Nacht erneut dunkel. Mit der Schwärze kroch die Verzweiflung in Rhys' Herz. Sie war so weit weg von zuhause. Auf einer Reise, von der sie vielleicht nicht zurückkehren würde, sobald ein Seelengänger sie zerriss. Sie hätte sich verabschieden sollen.

»Du bist noch wach«, flüsterte Claw.

Es war keine Frage und die Nacht zu dunkel, um etwas zu erkennen, aber Rhys nickte dennoch. »Die Dunkelheit fühlt sich einsamer an, als ich es gewohnt bin«, murmelte sie. »Dabei ist mir die Einsamkeit eigentlich nicht fremd.«

Es fehlte das gewohnte Knistern des Feuers unter hellgelbem Stoff. Die leisen Stimmen der Sammler, die sich bis tief in die Nacht Geschichten erzählten, von denen die Hälfte von einer Welt erzählten, die es nie gegeben hatte. Es fehlte so viel.

Claws Duft wehte plötzlich zu ihr herüber und brachte Wärme mit sich. Ihre Silhouette löste sich aus der Dunkelheit und leise Schritte näherten sich. Augen aus Nordlicht lagen auf Rhys' erfrorenem Gesicht. Sie sagte nichts, ließ sich nur neben ihr auf den Boden sinken und hob behutsam eine Hand. Rhys ließ zu, dass sie zwei Finger an ihre Stirn legte und erneut die Funken aus Zauber auf ihren zitternden Körper übertrug, bis es nicht mehr die Kälte war, die sie erbeben ließ. Langsam ließ Claw ihre Hand sinken, aber ihr Blick blieb mit dem von Rhys verhakt.

Das Schweigen hüllte sie ein und mischte sich mit unausgesprochenen Wünschen. Rhys rührte sich nicht, während die Erinnerung an Claws Worte durch ihren Schädel flog.

*Wir sollten das nicht tun.*

Auch Claw schien an diese Worte zu denken. Fünf kleine Worte, die so leicht zu vergessen waren. So leicht. Viel zu leicht.

Und plötzlich beugte sich Claw nach vorne, bis Rhys ihren Atem schmecken konnte. Der kalte Stamm des Baumes presste sich gegen ihren Rücken, als sie zurückwich, ein kleines Stück nur. Claw verharrte und musterte ihr Gesicht.

*Wir sollten das nicht tun.*

*Wir sollten das nicht tun.*

*Wir sollten –*

Rhys hob die Hand langsam an Claws Gesicht. Behutsam zeichneten ihre Fingerkuppen die Linien nach, die die Narben auf ihrer Haut hinterlassen hatten. Sie versank in Nordlicht, so brennend lag Claws Blick auf ihr. So sanft. So flüsternd. Unausgesprochene Wünsche lösten sich aus der Luft und sanken langsam auf sie nieder.

Claw ließ ihren Kopf gegen Rhys' Hand sinken und schloss halb die Augen. Ein leises Seufzen entwich ihrer Kehle und der Klang vibrierte in Rhys' Brust. Sie entfachte ein Feuer aus Zauber statt aus Flammen, doch die Hitze versengte ihre Seele dennoch. So weit vom Lager der Sammler entfernt war es Claw, die ihr das Gefühl gab, angekommen zu sein. Umgeben von toten Bäumen in einer Welt, die nicht zögern würde, sie zu töten. Ohne Enwas Schutz oder auch nur die Gewissheit, dass sie in den Landen etwas anderes als den Tod finden würden. Claw war so nah, dass Rhys all das vergessen konnte. So nah, dass sie ihr alles gab, was sie zu geben hatte. Und mehr.

Rhys atmete bebend ein, als Claw ihre Finger mit der Hand umschloss, ehe sie langsam ihren Arm hinaufstrich. Mit dunklen, sanften Berührungen fuhr sie über den Stoff des Mantels bis zum Kragen. Warm stießen ihre Finger schließlich auf die Haut an Rhys' Hals, glitten hinab bis zu ihrem Schlüsselbein.

Rhys schloss die Augen. »Darauf habe ich niemals zu hoffen gewagt«, hauchte sie in die Nacht.

Claw hielt inne, ehe sie sich noch weiter nach vorne beugte und die Linien, die ihre Finger an die Seite ihres Halses gezeichnet hatten, mit vorsichtigen Küssen bedeckte. »Zu zweit ist die Einsamkeit leichter zu ertragen«, raunte sie an die blasse Haut.

Rhys gab sich der Berührung hin. Es war das erste Mal, dass jemand sie so liebevoll berührte. Überhaupt auf diese Weise berührte. Sie war immer ein geschätztes Mitglied des Stammes gewesen – aber niemals mehr als das. Und es hatte niemals ausgereicht, um das Unbehagen aus den Gesichtern der Sammler zu wischen, das sie schon immer für das knochenbleiche Mädchen empfanden. Der Winter schien ihr alle Farben gestohlen zu haben, aber Claw gab sie ihr wieder zurück.

Rhys lächelte und griff in Claws Haar, zog sie zu sich, bis ihre Lippen sich beinahe berührten. Sie roch nach ungezähmter Freiheit und der Düsternis der Trauer. »Darf ich?«, hauchte sie. Claw antwortete ihr mit einem Lächeln. Es war eine winzige Bewegung, die nötig war, um ihre Lippen zu vereinen. Hitze wurde aus dem Kuss geboren. Rhys spürte, wie ein Zittern in ihr aufstieg und vergrub die Finger im Pelz des Mantels. Claw näherte sich ihr so weit, bis sie rittlings auf ihrem Schoß saß und drängte sich gegen sie. Ihr Atem vereinte sich, wurde schneller und schließlich keuchend, als müssten sie die Verzweiflung gemeinsam vertreiben, die im toten Wald nistete.

Trotzdem waren es vorsichtige Finger, die Rhys' Mantel öffneten. Beinahe flüchtige Berührungen, die sich an ihrem ausgezehrten Körper entlangtasteten, über ihr Schlüsselbein hinabglitten, den Schwung ihrer Rippen nachzeichneten und sie schließlich umfassten, um sie noch dichter zu ziehen. Claw wollte alles von ihr und Rhys wollte ihr alles geben. Jeden einzelnen Atemzug und jeden einzelnen Herzschlag. Umgeben von unbekannter, tödlicher Welt waren es Claws Augen, die sie festhielten.

Eng umschlungen saßen sie zwischen steinernen Bäumen. Rhys strich behutsam über das Tierfell, das Claw trug und sie zuckte nicht davor zurück. Als sie den Mantel langsam aufknöpfte und sich gegen sie drängte, spürte sie eine fremde Wärme in sich aufsteigen. Claw übertrug die Funken des Zaubers auf sie, damit sie in der Winternacht nicht fror. Vorsichtig fuhr sie über Claws Haut. Sie trug ein Hemd, das ihrem nicht unähnlich war, doch die Schnur, die Rhys löste, schien nicht aus Pflanzen gefertigt. Es war ihr egal. Sie öffnete die Schnürung am Kragen und schob Claw den Mantel von den Schultern. Ihr Blick glitt über vernarbte Haut und frisch verheilte Wunden, die hell auf der dunklen Haut schimmerten. Rhys bedeckte jede davon mit vorsichtigen Küssen, während sie Claw nach hinten schob, bis ihr Körper auf den Steinen lag, die sich durch ihren Zauber sonnenwarm anfühlten. Sie hatte ihnen ein Refugium aus Zauber geschaffen, inmitten eines verfluchten Waldes.

Rhys hauchte ihr einen Kuss auf die Lippen, ehe sie ihren Hals hinabglitt und den Linien ihres Körpers hinabfolgte. Claw stöhnte leise und drängte sich ihr entgegen. Heiß loderte ihr Blick. Sie zog Rhys' Gesicht erneut an ihre Lippen und ihre Finger strichen durch ihr langes, helles Haar, bis sie sich plötzlich herumwarf und Rhys den Stein am Rücken spürte. Claw stützte sich mit beiden Händen neben ihrem Kopf ab und dunkle Haarsträhnen fielen ihr ins Gesicht. Sie beugte sich zu Rhys hinab und ihre Lippen strichen über ihre Wange bis hinab zu ihrem Kiefer. Sie hauchte Spuren aus Küssen darauf, bis Rhys nichts anderes mehr spürte als Claws Körper auf ihrem und die Wärme, die sie umgab.

Es war für sie beide das erste Mal seit langer Zeit, dass sie sich jemandem so nah gefühlt hatten. Vielleicht sogar das erste Mal überhaupt.

»Diese Nacht soll niemals vergehen«, flüsterte Rhys. Und sie las aus Claws Augen, dass es ihr ebenso ging. Sanft zog sie sie dichter zu sich, bis ihr Atem sich vereinte und aus Sanftheit raues Verlangen wurde. Jeder Zweifel, der in dieser Welt lauerte, wurde von Begierde verschlungen.

# KAPITEL ACHTZEHN

Sie verharrten schweigend am Waldrand.

»Wir werden noch mindestens zwei Tage weitergehen müssen«, murmelte Claw und schloss die Lücke zwischen ihnen, um Rhys' Hand behutsam in ihre zu nehmen. »Aber wir werden es schaffen, in Ordnung?«

Rhys nickte langsam. Die Angst schnürte ihr die Kehle zu. Da draußen konnten sie den Seelengängern nicht länger entgehen. Trotz der unbehaglichen Stille des toten Waldes war es in seinem Schatten doch zumindest sicher gewesen. Rhys wollte sich nicht vorstellen, wie ein Kampf mit einem Seelengänger aussehen würde, wenn er sie unvorbereitet traf. Gegen Claw zu kämpfen fühlte sich mittlerweile deutlich gewohnter an, doch das war etwas vollkommen anderes als ein Angriff einer Kreatur wie der aus dem Wald vor so vielen Nächten.

Rhys drückte Claws Finger, dann entglitten sie ihr und vorsichtig verließen sie den Schutz des Waldes. Die Lande, die sich vor ihnen erstreckten, schienen unverändert zu denen, die sie bereits hinter sich gelassen hatten, doch Rhys spürte den Wandel in der Luft. Die Gefahr lauerte und begleitete ihren Weg. Claw sah sich immer wieder um und selbst Manù entfernte sich nicht mehr von ihnen. Mit blauem Fell tapste er hinter ihnen durch den feinen Schnee, der außerhalb des Waldes wieder eine dicke Schicht auf dem Boden bildete. Rhys knetete nervös die Hände vor dem Körper, um der zittrigen Aufregung nicht nachzugeben. Es schien, als warteten sie nur darauf, dass etwas passierte. Und dass es still blieb, schürte nur die Furcht.

»Pass auf«, zischte Claw plötzlich und sofort blieb Rhys wie angewurzelt stehen, die Augen weit aufgerissen. Die Andere deutete in die Ferne, wo sich ein dunkler Fleck vom sonst makellosen Weiß abzeichnete. »Das sieht nach einem Krater aus, siehst du?«

Rhys folgte ihrem Blick und nickte. »Was ist das?«

»Der Feuerdunst hat an einigen Stellen Risse in der Erde hinterlassen«, erklärte Claw. »Du musst aufpassen, dass du sie rechtzeitig bemerkst, sonst verschwindest du einfach im Schnee.«

Rhys sah sich angestrengt um und auch Claw ließ den Blick schweifen. »Es sieht nicht so aus, als wären hier besonders viele«, sagte sie schließlich. »Aber bleib wachsam.«

Erneut nickte Rhys knapp. Dabei waren es weniger die Spalten im Schnee, die ihr Sorge bereiteten, als vielmehr ein Tod durch messerscharfe Klauen, die sich in ihren Körper schlugen, bis ihr Blut die Welt tränkte.

Mit einem erschrockenen Aufschrei stürzte Rhys zu Boden. Ihr Fuß war an etwas hängengeblieben, das unter dem Schnee verborgen lag. Sofort rappelte sie sich auf und warf einen Blick zurück. Der Schnee war aufgewühlt liegengeblieben, doch darunter schimmerte es dunkel. Claw fuhr alarmiert zu ihr herum, doch noch bevor sie Rhys am Arm greifen und zur Seite ziehen konnte, fuhren Hände aus dem Schnee und griffen nach ihren Knöcheln.

Ein erneuter Schrei zerriss Rhys' Kehle, aber da näherte sich der Boden bereits und mit einem dumpfen Aufprall landete sie auf dem Rücken. Sie trat nach den Fingern, die sich ihr in die Haut gruben, und Verzweiflung wogte über sie hinweg. Kalte, verkrustete Haut krallte sich in ihr Bein und ein verzerrtes Lachen löste sich aus dem Schnee. Entsetzt riss Rhys die Augen auf. Claw warf sich auf den Seelengänger, der sie hart an der Seite ihres Kopfes traf, sodass sie zu Boden stürzte. Rhys war sofort bei ihr, zerrte sie hoch und gemeinsam rannten sie. Nicht schnell genug.

Der Körper des Seelengängers riss sie zu Boden und Rhys keuchte auf. Schnee drang ihr in Mund und Nase, doch der stechende Schmerz an ihrer Seite wog schwerer. Die Kreatur hatte sie mit ihren Klauen erwischt. Ein Schlag in ihre Rippen schleuderte Rhys kurz an den Rand der Bewusstlosigkeit, ehe die Realität sie zurückzerrte.

*Bei Enwa!*

Ein Pfiff flog durch die eisige Luft und Manù sprang dem Seelengänger an die Kehle, zog sich sofort wieder zurück, um nicht selbst verletzt zu werden, und sprang erneut. Claw warf nur einen flüchtigen Blick zu Rhys, um sich zu vergewissern, dass sie noch lebte, ehe sie die Axt durch die Luft schleuderte und die Kreatur hart in die Brust traf. Doch die Klinge blieb nur stecken, ohne dass sie den Angriff verlangsamt hätte. Mit zusammengezogenen Augenbrauen und geballten Fäusten stürzte sie sich auf den Seelengänger und zog die Axt aus seinem Körper. Das Monster warf sich herum und begrub sie unter sich.

Rhys schrie, rannte auf die dunkle Masse aus verkohlter Haut und blutverkrustetem Fleisch zu, die Claws Körper verbarg. Sie stach mit dem Messer auf den Seelengänger ein.

*Wir müssen die Erinnerung finden!* Das war der einzige Weg, diesen Kampf lebend zu überstehen.

Die Kreatur fuhr herum, als Rhys ihre Aufmerksamkeit erregte, und ließ von Claw ab, die sich stöhnend das Blut von der Unterlippe wischte. »Lauf!«, schrie sie, doch es war zu spät. Der Seelengänger hatte die Hand gehoben und Rhys' Kehle mit knochigen Fingern umschlossen. Er drückte sie in den Schnee, bis sie nur noch röcheln konnte. Claw fiel von hinten über den Seelengänger her, zerrte an seinem zermarterten Körper, doch mit einem Schlag schleuderte er sie zurück auf den Boden.

Rhys krallte die Finger in die zerfurchte Haut. Verzweiflung stieg in ihr auf, bis die Welt darin ertrank. Ihr Blickfeld flimmerte und schwarze Punkte nahmen ihre Sicht ein. Dunkelheit floss in ihre Gedanken. Ihre Glieder begannen zu zucken. Panik flammte durch ihren Körper, der langsam taub wurde.

Eine Gestalt prallte hart gegen den Seelengänger und er ließ endlich von Rhys ab. Keuchend atmete sie ein und hustete. Hektisch rollte sie zur Seite und kam taumelnd auf die Füße. Mit einer Hand presste sie gegen ihre verletzte Seite, doch die Wunde war nicht tief.

Claw versuchte verzweifelt, die Kreatur am Boden zu halten. »Töte die Erinnerung!«, schrie sie, ohne sich zu Rhys umzudrehen. »Beeil dich!«

Rhys fuhr herum, während Manù als blauer Blitz an ihr vorbeischoss, um Claw beizustehen. Sie durfte keine Zeit verlieren! Panisch drehte sie sich im Kreis, suchte in der Schneelandschaft nach Hinweisen auf die Erinnerung. Sie musste hier sein!

Und dann sah sie die Fußabdrücke im Schnee. Rhys rannte, so schnell sie konnte. Stolperte über Schneeverwehungen und rappelte sich wieder hoch. Ihr Atem ging stoßweise und die eisige Luft brannte in ihrer Lunge. Sie wagte nicht, einen Blick zurückzuwerfen, um nach Claw zu sehen. Sie musste es schaffen, sie zu retten!

Die Abdrücke führten in verwirrenden Linien über die Erde. Rhys glaubte, ihr Herz würde zerbersten, ehe sie die Erinnerung fand, doch sie löste sich so plötzlich aus dem Weiß, dass Rhys vor Erleichterung aufschluchzte. Es war eine Frau, die dort im Schnee kauerte. Sie trug die Haare zu langen Zöpfen geflochten und hielt die Hände verschränkt im Schoß. Langsam hob sie den Kopf, als sie Rhys bemerkte. Deren Gedanken rasten. Sie hatte nicht erwartet, dass dieser Teil des Seelengängers so … menschlich aussah.

Mit aufgerissenen Augen näherte sie sich der Frau, die vorsichtig auf die Füße kam. Sie trug das Zeichen der Jäger auf der Stirn, doch ihres schien unvollkommen. Vorsichtig umrundete Rhys sie, das Hornmesser fest in der Hand.

»Ich vermisse den Wald«, murmelte die Frau unvermittelt. »Hier ist es so einsam.«

Rhys versuchte, die Worte zu ignorieren, aber es lag so viel Trauer darin. So viel Schmerz, den Rhys nur zu gut verstand. Das Messer wog so schwer.

Ein Schrei hallte durch die Luft. *Claw!*

Rhys machte einen schnellen Schritt auf die tote Jägerin zu und drückte sie mit einer Hand auf die Knie. Sie wehrte sich nicht, denn all ihr Zorn lag in der Kreatur, die Claws Leben jeden Augenblick beenden konnte. Schweigend hielt Rhys der Frau die Klinge an den Hals. Sammler töteten nicht. Niemals.

Rhys atmete tief ein, schloss die Augen – und zog der Frau mit einem schmerzerfüllten Knurren das Messer über die Kehle. Der

Körper verging in Licht und Rhys stürzte auf die Knie. Tränen rannen ihr über die Wangen und das Messer fiel in den Schnee. Es klebte kein Blut an der hellen Klinge, aber das konnte den Schmerz nicht vertreiben, der in ihrer Brust schrie.

Sie weinte lautlos. Ließ die Tränen auf ihren Wangen gefrieren, gemeinsam mit den Splittern ihres Herzens. Sammler töteten nicht. Und als Claw ihr die Hand auf die Schulter legte, schließlich neben ihr zu Boden sank und sie in die Arme schloss, da erkannte Rhys, dass sie längst keine Sammlerin mehr war.

# KAPITEL
# NEUNZEHN

Niemand von ihnen sprach darüber. Nicht ein einziges Wort. Rhys versuchte, die Bilder zu verdrängen, die in ihren Gedanken nisteten, doch der Schmerz blieb. Trotzdem hielt sie Claws Hand fest umschlossen. Sie bereute nicht, was sie getan hatte, denn sie hatte es für sie getan. Und dennoch –

»Sieh nur«, flüsterte Claw unvermittelt und blieb stehen. Rhys hob den Blick zum Himmel und ihre Kehle zog sich zusammen. Der Schnee wandelte sich zu Asche. Graue Flocken tanzten hinab und sprenkelten die weiße Schneedecke dunkel. Je weiter sie gingen, umso dichter lag die Asche, bis sie schließlich alles mit einem grauen Schleier bedeckte und der Schnee mit jedem Schritt etwas mehr verschwand.

»Wo sind wir hier?«, fragte Rhys. Ihr Herz bebte.

Claw sah den Weg zurück, den sie gekommen waren und erschauderte. »Ich glaube nicht, dass dieser Ort einen Namen trägt«, murmelte sie. »Am Rand der Welt haben Namen keine Bedeutung.«

Sie drangen tiefer in die Aschefelder ein, ohne wirklich zu wissen, was sie suchten. Antworten. Hinweise. Reste einer längst vergangenen Welt. Wenn etwas davon zurückgeblieben war, würden sie es hier finden, wo der Winter nicht existierte.

Rhys atmete Staub und Asche, die sie husten ließ. Grauer Ruß legte sich auf ihre Haut und kroch tief in die Fasern ihrer Kleidung. »Dort«, raunte sie und deutete nach vorne. Ein Glimmen stieg vom dunklen Boden auf, kurz vor dem Horizont, der im Dunst verwehte.

»Wir sollten uns beeilen«, flüsterte Claw mit rauer Stimme. »Ich kann kaum atmen.« Sie stieß einen leisen Pfiff aus und rief Manù an ihre Seite, der ihnen tapfer folgte. »Geh«, zischte sie. Der kleine Rauhfuchs hob den Kopf. Sein Fell hatte alle blauen Spuren verloren. Der Staub nistete auch dort. »Geh zurück und warte im Schnee auf uns.« Das Tier zögerte, doch als Claw erneut pfiff, schriller diesmal, drehte er um und huschte auf leisen Pfoten zurück. »Was immer uns dort erwartet«, murmelte Claw, »ist kein Abenteuer für einen dreibeinigen Rauhfuchs.«

Sie gingen schweigend und angespannt weiter, hustend und verzweifelt. Ihr Weg hatte sie hinein in die Asche geführt und sie wussten nicht, wie er für sie enden würde. Mit Antworten? Oder mit dem Tod?

Das Glimmen wurde zu einem Leuchten, als sie den Aschedunst durchbrachen. Ein Kreis aus rauem Stein erwartete sie, doch ihre Aufmerksamkeit wurde von dem leuchtenden Nebel angezogen, der durch die Luft waberte. Violett und grün wechselte mit flammendem Rot, um schließlich in hellem Licht zu vergehen und wiedergeboren zu werden.

Claw zögerte. Rhys' Blick streifte Augen aus Nordlicht, dann entglitten ihre Finger Claws Griff und sie trat in den Steinkreis. Claw wollte sie zurückziehen, doch Rhys schüttelte langsam den Kopf. »Deswegen sind wir hier«, sagte sie. »Das ist der Weg.«

Claw nickte und folgte ihr zwischen die Steine. Augenblicklich erlosch das Leuchten und tauchte sie in Dunkelheit. Rhys zuckte zurück, spürte Claws Körper neben sich erzittern. Sie wichen angsterfüllt zurück, als sich plötzlich drei Gestalten aus den Steinen lösten. Nebelgeister mit bodenlangen Haaren, die ihre Gestalten wie Schleier umgaben. Äste erwuchsen als Kronen aus bleichen Schädeln, in denen ein Glimmen lag. Die Wesen trugen keine Augen und doch glaubte Rhys, dass sie ihr bis in die Seele blicken konnten. Sie hatten keine Münder und doch erklang ihre Stimme über den Felsen.

»Ein Mensch der alten Zeit hat den Kreis durchbrochen«, dröhnten die Worte von überall zu ihnen.

Rhys umklammerte ihren Körper mit den Armen und drängte sich gegen Claw. Ihr Herz stolperte beim Klang der Silben. *Ein Mensch der alten Zeit.* Claw.

»Wer seid ihr?«, fragte diese vorsichtig. Rhys sah zu, wie sie einen Schritt nach vorne trat und schließlich den Kopf neigte. »Die alten Götter?«

Eine der Gestalten hob die Hand, deren Glieder lang und dürr wie feine Zweige waren. »Keine Götter«, flüsterte die Luft um sie herum. »Nur ferne Erinnerungen an den Anbeginn der Welt.«

»Dann wart ihr da, als der Dämmerschein die Welt erschuf?«, fragte Claw. Ihre Stimme bebte.

»Nicht zu dieser Zeit, aber zu einer anderen«, raunte die Asche zu ihren Füßen. »Als der Dämmerschein den Tag in Merans Obhut legte. Wir sind Merans Gesandte, vergessen am Ende der Welt.«

»Das ist unmöglich«, hauchte Rhys. »Meran muss bereits dort gewesen sein. Wer sonst hat die Seelengänger gesandt?«

»Wie setzt man die Seelen wieder zusammen, die nach dem Tod zurückkehren?«, fragte Claw verzweifelt. »Erinnerung und Zorn, wie setzt man sie wieder zusammen?« Für diese Antwort waren sie den ganzen Weg gegangen.

Die Gesandten traten näher und in ihren augenlosen Gesichtern lag Zorn. »Gespalten durch den Willen des Anbeginns. Gespalten durch die Hand des fremden Todes.«

»Wie setzt man sie wieder zusammen?«, schrie Claw. »Wie?«

»Gespalten durch so vieles, gerettet nur durch eines. *Firan yur firan.*«

Claw fuhr zu ihr herum, Entsetzen in den Augen. Sie hielt Rhys' Blick fest, während sie eine letzte Frage an die Gesandten Merans richtete. »Warum weist Meran die Seelen der Verstorbenen zurück?«

Die Stille, die auf diese Worte folgte, war unerträglich. Rhys wollte schreien, nur um sie zu vertreiben.

»Er weist sie nicht ab«, knurrten die Stimmen der Gesandten von den Felsen herab. »Sie werden ihm gestohlen, sie werden zerrissen und zerbrochen. Sie werden verflucht, aber nicht im Namen Merans. Niemals in seinem Namen.«

Rhys keuchte auf. Was, wenn sie die Geschichten falsch verstanden hatten? Was, wenn —

Sie rannten, um nicht am Aschedunst zu ersticken. Claw trug Tränen in den Augen, seit die Gesandten Merans im Steinkreis verschwunden waren.

»Was heißt das?«, keuchte Rhys. »Firan yur firan?« Sie erkannte die Sprache der vergangenen Welt am Klang.

Claw schwieg, atmete stoßweise, doch wurde nicht langsamer. Bis Asche erneut mit Schnee wechselte und Manùs kleine Gestalt sichtbar wurde, die an der Grenze auf ihre Rückkehr wartete. Sie stürzten auf die Knie. Claw vergrub das Gesicht im blauen Fell.

»Bitte«, flüsterte Rhys und schloss die Arme tröstend um sie. Ihr Körper bebte. »Was hat das zu bedeuten?«

»Es gibt keine Rettung für diese Welt«, hauchte Claw. »Firan yur firan. *Tod gegen Tod*. Ein Tausch.«

Rhys strich sich die Haare aus dem Gesicht und Ascheflocken blieben an ihren Fingern zurück. »Das heißt, der Tod des Seelengängers muss mit einem anderen vergolten werden?«

Claw nickte. »Mein Volk nutzte diese Worte, um über begangene Verbrechen zu urteilen«, sagte sie. »Wer einen Menschen tötete, musste selbstgewählt sterben. Wenn die alten Götter gnädig waren, dann sandten sie die Seele des Ermordeten auf die Welt zurück. Das jedenfalls erzählen die Geschichten.«

*Gespalten durch die Hand des fremden Todes. Gespalten durch den Willen des Anbeginns.*

»Und wenn wir verhindern, dass neue Seelengänger geschaffen werden?« Rhys sah Claw ernst an.

»Wie soll das gehen? Meran kann nicht —«

»Nicht Meran«, unterbrach Rhys. »*Sie werden verflucht, aber nicht im Namen Merans. Niemals in seinem Namen*«, wiederholte sie, was die Gesandten gesagt hatten. »Es ist nicht Meran, es war niemals Meran. Im Anbeginn der Welt gab es nur einen einzigen Drachen, der die Macht dazu hatte.« Sie schluckte. »Es ist der Dämmerschein, der die Seelen raubt.«

197

»Was soll das heißen?«, fragte Claw. »Was ändert das? Wir können nicht —«

»Wir wissen, wo wir den Dämmerschein finden können«, fuhr Rhys dazwischen und sah in die Richtung, in der das Gebirge hinter dem Horizont lag. »Und das bedeutet, dass wir ihn töten können.«

»Nein!« Claw riss sich aus ihrer Berührung. »Die Welt ist schon einmal untergegangen. Wenn wir das tun, wird sie erneut nachfolgen.«

»Wenn wir es nicht tun, sind wir ebenso verloren!«, widersprach Rhys. »Verstehst du nicht? Der Dämmerschein hat dein Volk vernichtet und aus irgendeinem Grund sendet er noch immer Seelengänger auf die Welt. Wenn wir ihn nicht aufhalten, werden wir an ihm vergehen.«

»Was wird passieren, wenn wir den Gott töten, der diese Welt geschaffen hat?«, knurrte Claw. »Die Welt wird diesem Verlust nicht standhalten. Das Gleichgewicht wird zerbrechen. Das kannst du nicht wollen!«

Rhys vergrub die Hände in ihren Haaren, erwiderte verzweifelt Claws Blick. »Die Welt ist auf Ungerechtigkeit errichtet und wir können sie heilen!«, sagte sie, flehend beinahe. »Der Dämmerschein hat dein ganzes Volk ermordet, um eine kaputte Welt darauf zu errichten. Mein Wald ist gespalten zwischen Jägern und Sammlern, ewig dazu verdammt, einander zu hassen. Dass die Seelengänger existieren, beweist, dass es niemals um die Rettung einer Welt ging. Der Dämmerschein will sie brennen sehen, verstehst du nicht?«

Claw schüttelte langsam den Kopf. »Wie kannst du von mir verlangen, eine Welt in den Untergang zu stürzen, nachdem ich meine verloren habe?«, fragte sie.

»Ich bitte dich nicht um den Untergang, sondern um die Rettung. Firan yur firan, Claw! Diese Welt muss erneuert werden, wenn wir diesem Kreislauf entkommen wollen.« Ihre Stimme brach. »Kannst du nicht sehen, dass wir nicht retten können, was so kaputt ist? Eine Welt, in der gespaltene Seelen wandern, weil ein Gott sie raubt? Eine Welt, in der sich die Menschen ermorden würden, wenn sie nur voneinander wüssten? Ein Gott, der eine gute Welt hätte schaffen wollen, hätte nichts von alledem getan.«

Ein Ruck ging durch Claws Körper. »Aber ein weiterer Untergang kann nicht die Rettung sein«, flüsterte sie, trat auf Rhys zu und zog sie in einen brennenden Kuss. »Wir werden eine andere Lösung finden.«

Rhys verging in der Hitze ihrer Berührung. Es wäre leicht, jetzt mit ihr zu gehen, um einen Weg zu finden, der sanfter war. Aber Rhys fürchtete, dass es ihn nicht gab. Diese Welt war auf Blut erbaut worden. Wie sollte man daraus Gerechtigkeit machen können? Sie würden das Leid nur verschleppen. Sie würden nicht aufhalten können, dass der Schmerz sie alle befiel.

»Diese Welt wird untergehen«, flüsterte Rhys. »In Verzweiflung und Grauen, wenn wir nicht handeln. Oder in Hoffnung, wenn wir den richtigen Weg gehen. Den Einzigen, der bleibt, um diese Hoffnung zu retten.«

Claw aber schüttelte den Kopf und zog sich von ihr zurück, hinterließ eine Kälte, die nicht einmal die Funken des Zaubers würden vertreiben können. »Das ist dein Weg«, hauchte sie. »Nicht meiner. Ich werde diese Welt nicht erneut in den Untergang stürzen.«

Rhys schloss die Augen, doch das konnte die Tränen nicht aufhalten. Claws Blick brannte sich in ihre Seele. Augen aus Nordlicht, die in der gleichen Trauer schwammen.

Ein letzter Augenblick. Unausgesprochen lag das Flehen zwischen ihnen, einander nicht zu verlassen. Keine von ihnen konnte ihm nachgeben. Keine von ihnen konnte der Einsamkeit entkommen, die sie begrüßte.

Bis es zwei Fußspuren waren, die sich im feinen Schnee voneinander entfernten. Vielleicht wäre es eine schöne Geschichte geworden, wenn jemand sie erzählt hätte. Vielleicht wäre am Ende alles gut geworden, wenn sie sich in diesem letzten Augenblick füreinander entschieden hätten. *Claw und Rhys.*

So aber blieben nur die Fußspuren.

# KAPITEL ZWANZIG

Alles, was zwischen diesen Felsen lag, war tot. Allein schon diese Tatsache zu bemerken, scheuchte Rhys eisige Schauer über den Rücken. Sie legte behutsam eine Hand an den Stein, fast als wollte sie den Herzschlag des Gebirges spüren, der längst verstummt war. In ihrer eigenen Brust schrie der Schmerz. Claws Augen begleiteten sie in Gedanken, säten die Trauer und ernteten erfrorene Tränen, die sich Rhys aus den Augenwinkeln wischte, ehe sie sie nicht mehr ignorieren konnte. Ehe sie sich fragen musste, ob ihr Vorhaben diesen Abschied wert gewesen war. Sie hatte Claw verloren.

Doch sie drehte nicht um. Es gab keinen Weg, der sie zu ihr zurückführen würde. Keine Worte, die sie beten könnte, um Vergebung zu erhoffen. Sofern sie sie überhaupt wollte. Rhys glaubte daran, dass sie das Richtige tat. Und dass sie daran glauben *musste*, um nicht am Schmerz zu vergehen, konnte sie zur Seite drängen.

Rhys hatte auf die Nacht gewartet, um ein letztes Mal das Nordlicht zu sehen, ehe sie Enwa verraten würde. Ein letztes Mal, bevor sie der Welt ihr Messer ins Herz rammte und sie damit in den Abgrund stieß. Jeden verlor, der ihr je etwas bedeutet hatte. Das war der Preis.

Der Atem des Wolkenschattens entsprang diesem Gebirge. Der Stein beheimatete mehr als den bloßen Glauben an die Drachen. Er war das Herz der Welt und in seinem Innern lag der Dämmerschein verborgen, wie die alten Geschichten es erzählten.

Rhys wanderte ein Stück am Gebirge entlang, bis sich ein Riss im Felsen auftat, den sie als Pfad erkannte. Mit bebender Seele blieb sie an seinem Anfang stehen, hob den Blick ehrfürchtig zum Himmel. Das Gebirge ragte weit hinauf, fast bis in den Lichtschein hinein, den Enwa sandte. Der Pfad aber empfing sie mit undurchdringlicher Dunkelheit, sperrte das Licht aus. Rhys streckte vorsichtig die Hand aus, um nach der rauen Felswand zu tasten und sich von ihr leiten zu lassen. Vertrauensvoll begab sie sich ins Gebirge und ließ den Stein über sich erwachsen.

Sie atmete gegen die unbekannte Furcht, die sich in ihrer Brust einnisten wollte. Die Enge des Gebirges lag schwer auf ihrer Seele, aber Rhys hatte das Gefühl, sie hätte die Weite erst durch Claw kennengelernt. Selbst im Wald war das Gefühl, nicht frei atmen zu können, nicht mehr von ihr abgefallen, seit sie die unberührten Lande jenseits seiner Grenzen gesehen hatte. Hier lauerte der Schatten hinter jedem Felsvorsprung und der Pfad zog sich zuckend zwischen den Steinen hindurch. Rhys fühlte sich klein, verloren und einsam. Hilflos. Sie atmete bewusst tief und langsam, doch die Beklemmung lichtete sich erst, als der Gang allmählich weiter wurde. Ihre Fingerkuppen strichen sanft über den Felsen. Er veränderte seine Beschaffenheit mit jedem Schritt, wurde glatt und geschmeidig, dann wieder rau und unbezähmbar. Es war ein Wechsel aus Freundlichkeit und Misstrauen, der ihren Weg begleitete.

Die Nacht wurde so tief, dass Rhys die Hand auch dann nicht von der steinernen Wand hätte nehmen können, wenn sie gewollt hätte. Die Müdigkeit kroch durch ihren Körper und sie hatte Mühe, die Augen offenzuhalten. Und doch verbot sie es sich anzuhalten. Zwischen den Felsen zu rasten, ohne zu wissen, was vor oder hinter ihr lauerte, schien ihr die schlechteste Option zu sein. Stumpf setzte sie einen Fuß vor den anderen, richtete den Blick immer wieder gen Himmel, um die erste Ahnung des Morgens sofort zu bemerken und Hoffnung daraus zu schöpfen, dass das Licht wiederkehrte. So sehr sie den letzten Blick auf das Nordlicht herbeigesehnt hatte, umso erleichterter war sie nun, als es langsam erlosch. Enwa sollte den Verrat nicht sehen, den Rhys an ihr begehen würde.

Mit einem erschöpften Seufzen entließ das Gebirge ihren Körper schließlich, doch Rhys fühlte sich einige Schritte lang so, als wäre ihre Seele noch immer in der engen Dunkelheit gefangen. Eine blasse Sonne stieg über einem Wald auf. Rhys verharrte mit geöffneten Lippen, zu erstaunt, um an Müdigkeit oder Ziele zu denken. Im Licht des Morgens schimmerten die Nadeln der Bäume unter ihr silbrig. Das Gebirge begrenzte den Wald zu allen Seiten, aber der Stein zu ihren Füßen fühlte sich nicht länger kalt an, obwohl er mit Eiskristallen besetzt war. Ein Tal lag vor ihr, umgeben von einem Nest aus Felsen. Aufmerksam stieg Rhys hinab. Als sie näher an den Wald herantrat, sah sie, dass die Bäume aus schimmerndem Eis geschaffen waren. Die Nadeln, dünner noch als menschliches Haar, glitzerten im Licht der Morgensonne beinahe golden. Behutsam streckte Rhys die Hände aus, strich über den glatten, durchscheinenden Stamm. Nicht eine einzige Unregelmäßigkeit war im Eis zu finden, kein einziger Einschluss. Klar und spiegelnd fing es ihr Abbild ein und brach es in den Farben des Regenbogens.

Vorsichtig betrat sie den Wald, in dessen Mitte das Herz der Welt darauf wartete, dass sie es zum Schweigen brachte. Jeder ihrer Schritte wurde von einem leisen Klingen begleitet. Der Wind ließ die feinen Nadeln singen und der hohe Ton flog leicht wie eine fremde Melodie zwischen den Eiskristallen hindurch. Immer wieder hielt Rhys inne, um nach oben zu sehen und das funkelnde Licht zu bewundern, das in tausend Farben gebrochen wurde und schillernd über den hellen Boden tanzte. Der Winter auf der anderen Seite dieser Berge trug nicht viele Farben, aber hier erwachten sie alle zum Leben.

Plötzlich spiegelten sich die Farben auch im Himmel. Das Nordlicht, das Rhys im Morgen verschwunden geglaubt hatte, floss in leuchtenden Flüssen durch die Wolken. Enwa war so nah, dass ihr der Atem stockte. Die Liebe des Wolkenschattens durchdrang jeden Kristall und jeden Atemzug. Die Baumstämme fingen nun ein goldenes Licht, das von feinen Flammen herrührte, die die Nadeln der Bäume säumten. Rhys verharrte sprachlos. Wie war das möglich? Kein Sammler hatte diesen Ort jemals betreten. Wie sonst hätten sie glauben können, dass Meran der Schöpfer des Zorns war, wo sein Zauber diese Wirklichkeit schaffen konnte? Feuer und Eis vereint unter einem Himmel aus Licht.

Schmerz legte sich in ihren Blick, als Rhys den Kopf wandte und den Dämmerschein erblickte. Nichts hatte sich jemals so falsch angefühlt wie das Messer in ihren Händen.

Der Boden stieg zu einer kleinen Anhöhe hinauf. Glänzende Schuppen umflossen dort den Körper eines Drachen. Der Dämmerschein erwiderte ihre Anwesenheit mit einem leisen Summen, das die dünne Haut seiner Flügel vibrieren ließ. Wie konnte der Schöpfer dieser Schönheit zugleich der Bringer des Leids sein? Wie konnte er diese Welt auf den glühenden Leichnam ganzer Völker legen?

Das Messer wog schwer. Der Dämmerschein rührte sich nicht, als sie näher an ihn herantrat. Erst als sie dem schillernden Leuchten des Waldes den Rücken kehrte, bemerkte sie den Kristall, der vor dem Drachen auf feinem, weißem Schnee ruhte. Das Herz des Winters. Noch in der Bewegung fiel Rhys auf die Knie, wich der Macht, die an diesem Ort verborgen lag, und der Ehrfurcht, die ihre Seele erfüllte. Und doch umschloss sie das Hornmesser fester, bis ihre Hand zu zittern begann.

Die Geschichte vom Anbeginn des Winters war wahr. Der Dämmerschein existierte. Und das machte auch die Geschichte der Gesandten Merans zur Wahrheit. Die Geschichte ebenso wie die Bürde, die sich Rhys selbst auferlegt hatte. Die Gerechtigkeit, die wiederherzustellen sie sich und der Welt geschworen hatte.

»*Der Dämmerschein dachte und dann schlug er die Pranken auf die Erde und ihr entwuchs ein Gebirge, das ihn von allen Seiten umschloss*«, murmelte Rhys. Nie hatte jemand erfahren, dass es auf Tod und Verderben gepflanzt worden war.

Rhys machte einen Schritt nach vorne und konnte die pulsierende Energie spüren, die dem Herzen entströmte. Der Dämmerschein hob den Kopf und stieß ein dröhnendes Brüllen aus, das den Wald erbeben ließ. Klingend kamen die Nadeln wieder zur Ruhe. Rhys durfte nicht zögern.

»*In seiner Mitte legte der Dämmerschein sich nieder und sein Herz verschmolz mit dem Eis und dem Stein und der Welt*«, zischte sie. Das Messer wog unendlich schwer. Sie hastete die Anhöhe hinauf und der Dämmerschein breitete die Flügel aus. Der Wind, der ihnen entsprang, fegte über Rhys hinweg und sie stolperte zur Seite, wich dann der Pranke aus, die der Drache auf sie niederfahren ließ, ehe er den Kristall damit zu bedecken versuchte.

Rhys war vor ihm dort. Die Klaue verharrte so plötzlich in der Luft, als hätte die Zeit gestoppt.

*»Sein Herzschlag war der Herzschlag des Winters.«* Keuchend stürzte Rhys auf die Knie, stieß die Klinge des Messers damit noch tiefer in den Kristall. Der Dämmerschein stieß ein langgezogenes Jaulen aus, ehe sein Körper in sich zusammenfiel. Die Klaue fiel hinab, verbarg das Herz, doch das Messer hatte es längst zerteilt.

Rhys kroch vom Körper des Drachen fort, fuhr herum, als ein lautes Knacken durch den Wald hinter ihr ging, gerade als sie die Anhöhe hinunterschlitterte. Die Bäume verloren den Glanz, barsten in Funken. Zurück blieb Stein. Stummer, rauer Stein.

Ein letzter Blick zuckte zum Dämmerschein zurück, der vollkommen in sich zusammengesunken auf dem Felsen lag. Der Schnee, der den zersplitterten Kristall trug, färbte sich rot. Blut rann am Herz hinab und sammelte sich in einer Lache.

Rhys keuchte auf. Ein Schmerz schoss ihr in die Augen und als sie die Hände vors Gesicht schlug, spürte sie Risse in ihrer Haut. Mit tränenverschleierter Sicht fuhr sie hoch. Dann drehte sie sich um und rannte. Der Wald begleitete sie in vorwurfsvollem Schweigen, entließ sie in ein Gebirge, das in lautlosen Schreien verging. Zurück blieben nur ein schmerzerfülltes Bedauern und ein Messer aus Horn in einem blutenden Kristall.

Niemals hatte Rhys geglaubt, dass die Welt so lautlos in den Abgrund stürzen würde, wie sie es in diesen Augenblicken tat.

# KAPITEL
# EINUND
# ZWANZIG

E s war seltsam, ein Lager zu betreten, das sich nicht mehr nach zuhause anfühlte, und dennoch ein zerreißendes Gefühl von Heimweh zu empfinden, als die Vertrautheit ihr entgegenschlug. Dies war ein Ort, eine Heimat, zu der sie nicht zurückkehren konnte, obwohl ihr Körper dort war. Es hatte sich alles verändert. Und bald würde nichts mehr von alledem übrig sein.

Rhys wusste nicht, wie diese Welt enden würde. Nur, dass es mit dem Messer im Herz des Winters unumgänglich und unwiderruflich passieren würde.

Sie konnte dem Ahnen kaum in die Augen sehen, als sich dieser vom großen Feuer erhob und auf sie zutrat.

»Du warst lange fort«, sagte er. Rhys suchte nach Misstrauen in seinen blassen Augen, doch wenn er ihre Abwesenheit verdächtig fand, so wusste er es gut zu verstecken. Da war nichts als Freundlichkeit in dem alten Gesicht.

»Es gab viel zu tun«, antwortete sie vage. »Ich wollte sicher sein, dass ich nichts übersehen habe.«

Der Ahne nickte. »Ich bin sicher, du behältst die Veränderung des Waldes gut im Blick«, sagte er lächelnd. Wusste er, wie tief er ihr den Schmerz mit diesen Worten ins Herz trieb? Zu wachen und zu warnen, das waren die beiden Aufgaben einer Wissenden. Und Rhys wachte, kannte die Veränderung, die bald über den Wald und den Stamm hineinbrechen würde. Aber sie sagte kein Wort, stieß nicht eine Warnung aus. Sie ließ sie alle ins Verderben stürzen und sich selbst mit dazu. Niemand würde das Ende überleben, das sie dieser Welt bereitet hatte.

Der alte Mann bedeutete ihr, ihm zum Feuer zu folgen, aber Rhys lehnte ab. »Ich möchte mich erst ausruhen«, erklärte sie leise und der Ahne nickte, wandte sich ab und verschmolz mit den fröhlichen Stimmen und dem Gelächter, das vom Feuer zu Rhys hinüberfloss.

Langsam bewegte sie sich auf das gelbe Zelt zu, in dem es nach Stille und Einsamkeit roch. Der Stoff schloss sich hinter ihr und sperrte die Sammler aus, die weiterlebten, als stürze die Welt um sie herum nicht vor dem Untergang. Sie wussten es nicht und Rhys würde es ihnen nicht sagen.

Panik drängte sich unter dem hellgelben Stoff hindurch und Rhys schreckte aus einem Schlaf, der von Schatten erfüllt war. Seit sie dem Dämmerschein die Klinge ins Herz gestoßen hatte, war Enwas Anwesenheit in ihrem Schlaf durch Dunkelheit ersetzt worden. Sofort zuckten ihre Hände an ihr Gesicht, tasteten nach der Haut um ihre Augen, doch die Risse waren noch immer verschwunden. Rhys wusste nicht, was das gewesen war, diese Veränderung, als sie den Dämmerschein getötet hatte. Aber sie war erleichtert, dass es wieder fort war.

»Rhys!« Es war die Stimme des Ahnen, die die Panik zurückbrachte. Er stürzte durch den Eingang in ihr Zelt, die Augen aufgerissen. »Es ist Eden, er —« Seine Stimme verklang vor verzweifelter Aufregung. »Ich kann ihm nicht helfen!«

Erschrocken sprang Rhys aus dem Bett und folgte dem Ahnen in Edens Zelt. Mandan war der Erste, den sie erkannte. Er ging sofort aus dem Weg, um sie durchzulassen. Eden lag bewegungslos auf dem Bett. Seine Augen waren geschlossen, doch die Lider flackerten. Kalter Schweiß stand ihm auf der Stirn und seine Glieder zuckten unkontrolliert.

»Es tut mir so leid«, murmelte Mandan zitternd, immer wieder.

Der Ahne schob sich in Rhys' Blickfeld. »Ich habe ihm das Sickermoos gegeben, aber es wirkt nicht. Vielleicht ist es auch längst zu spät. Wenn die Vergiftung zu weit fortgeschritten ist …« Er verstummte. Dann aber legte sich ein entschlossenerer Ausdruck auf seine Züge. Er würde nicht aufgeben. »Die Erkenntnisse über das Sickermoos sind nicht vollständig. Wenn ich es nicht besser wüsste, dann würde ich glauben, dass es im getrockneten Zustand seine Wirkung verliert. Aber das ist unmöglich!«

»Warum?«, gab Rhys abgelenkt zurück. Sie hatte sich neben das Bett auf den Boden gekniet, fühlte Edens rasenden Puls und strich dann über die rotgeränderte Einstichstelle des Dorns an seinem

Arm. Mandan und er hatten für Enwas Prüfung geübt. Irgendetwas war schiefgegangen.

»Weil du es für deine Prüfung verwendet hast!«

Rhys fuhr zum Ahnen herum. *Bei Enwa!* Sie hatte es vergessen. Dass der Ahne glaubte, sie hätte für ihre Prüfung seine Sammlung genutzt. Sie schüttelte den Kopf, langsam erst, doch dann bestimmter, als ihre Gedanken sich ordneten.

»Mandan«, stieß sie aus. »Du musst das Lager gen Osten verlassen. Halte den Blick in die Äste gerichtet. Du musst einen Mehrbaum finden, der Regenblätter trägt.«

Mandan war sofort an ihrer Seite, legte den Kopf leicht schief und merkte sich ihre Worte, als sei es sein eigenes Leben, das davon abhing. Er und Eden waren wie zwei Teile eines Traumes, die nur gemeinsam Sinn ergaben. Er würde alles für ihn tun.

Sie beschrieb ihm so genau wie möglich, wo sie das Moos für ihre eigene Prüfung geerntet hatte. »Wenn du den Baum gefunden hast, dann suche nach feinen Einkerbungen in der Rinde. Das Sickermoos hält sich mit winzigen Wurzeln am Baum fest. Es ist leicht zu übersehen. Beeile dich!«

Mandan ging ohne ein Wort und draußen verklangen seine hastigen Schritte. Er würde das Sickermoos finden, *musste* es finden. Es war ihre einzige Chance, um Eden zu retten.

Rhys spürte den Blick des Ahnen auf sich und hob den Kopf. Der alte Mann schwieg, aber er musterte ihr Gesicht so eindringlich, dass sie ihm die Fragen aus den Augen lesen konnte.

*Woher weißt du das? Woher stammen deine Informationen? Warum hast du sie nicht geteilt?*

Rhys richtete ihre Aufmerksamkeit wieder auf Edens schnellen, unregelmäßigen Atem. Sie hatte geschwiegen, anstatt dem Ahnen zu erzählen, dass sie die Information über das Sickermoos in Nevas Aufzeichnungen gefunden hatte. Aber sie hatte auch geschwiegen, als sie erfahren hatte, dass er mit einer Jägerin zu tun gehabt hatte. Was würde für den Stamm wohl schwerer wiegen?

Sie warteten in bebender Unruhe. Rhys zählte die Herzschläge, die Edens kochendes Blut durch einen vergifteten Körper pumpten. Sie wurden immer schneller, je weiter sich das Gift ausbreitete. Er wand sich mit glühender Haut auf dem Bett, das Gesicht vor Schmerz verzerrt, doch noch immer bewusstlos. Als der Ahne im Zelt hin und her zu wandern begann, konnte Rhys nicht länger verdrängen, dass sie kurz davor waren, Eden an den Tod zu verlieren. Wenn sogar der Ahne derart verzweifelt war, dann gab es wenig Hoffnung. Mandan trug Edens Zukunft in den Händen und sie selbst konnte nur versuchen, ihn lange genug am Leben zu halten und zu beten, dass Enwa gnädig mit ihm sein würde.

Rhys schloss die Augen und ließ die Zeilen des Gebets durch ihre Gedanken wandern, bis ihr Geist von den Worten erfüllt war. Was, wenn Enwa sich ihretwegen von den Sammlern abgewandt hatte? Wegen ihres Verrats? Wenn Eden starb, nur weil sie –

Die Zeltplane wurde in einer energischen Bewegung zur Seite geschlagen und Mandan stürzte ins Zelt. Seine Faust hielt die winzige Pflanze umklammert, die er hatte finden müssen. *Sickermoos.* Er trug Tränen in den Augen und Schmutz auf dem Hemd. Keuchend ließ er sich neben dem Bett auf die Knie fallen, gab Rhys das Moos und umklammerte Edens Hand, als könnte er ihn mit reiner Willenskraft im Leben halten.

»Ich brauche Raum«, herrschte Rhys ihn sofort an. Mandan zuckte zurück. Er hielt den Atem an, als Edens Finger ihm entglitten, und schien zu erstarren, während Rhys sich über den reglosen Körper beugte. Sie zerrieb die feine Pflanze behutsam zwischen den Fingern. Erinnerungen an ihre Prüfung flammten in ihren Gedanken auf, aber sie schob sie beiseite. Eden würde ebenso wenig sterben wie sie. Das Sickermoos würde ihn retten.

Entschlossen umfasste sie sein Kinn und öffnete ihm schließlich den Mund, um die zerriebene Pflanze unter seine Zunge zu legen. »Rufgras«, murmelte sie und sofort hielt ihr der Ahne ein zusammengebundenes Bündel hin. Rhys löste einige Blätter und schob sie Eden ebenso zwischen die Lippen. Wenn Claw da gewesen wäre, hätte sie ihn vielleicht heilen können, ohne dass sie auf eine einzige Pflanze vertrauen mussten. Wenn Eden starb –

Mandan presste die Hände aufs Gesicht, um die Tränen zu unterdrücken. Er wusste, dass sie nicht halfen, ihn nur ablenkten. Sie mussten warten. Geduldig sein und die Pflanzen des Waldes wirken lassen, wenn Enwa sie ließ. Verkrampft hockte Rhys neben dem Bett und versuchte, nicht zu hoffnungsvoll darauf zu blicken, dass sich Edens Brust nun langsamer hob und senkte. Vielleicht erlag sein Körper nur dem Gift und hatte keine Kraft mehr weiterzukämpfen. Sie fühlte seinen Puls, tastete nach seiner Stirn. Presste ihre Hände auf seine Brust, in der Hoffnung, dass Reste von Claws Magie noch daran hafteten.

Aber erst als seine Augenlider zu flattern begannen, wagte sie es, aufzuatmen. Er war noch nicht gerettet, aber zumindest war er auch noch nicht tot. Und es gab nichts, das sie noch für ihn tun konnte.

Langsam erhob sie sich, um Mandan Raum zu geben, seinem Gefährten beizustehen. Der Ahne blieb bei den beiden im Zelt, Rhys aber schob sich nach draußen. Die Anspannung wollte nicht vergehen, aber allmählich mischte sie sich mit Erleichterung. Edens Reaktion ließ Hoffnung zu, dass er überleben würde. Die nächsten Stunden würden es zeigen.

Dann blieben ihm immerhin noch einige Tage mit Mandan, bevor er gemeinsam mit der Welt zugrunde gehen würde. Rhys sah bitter in den Wald, dessen Schatten unverändert zurücksah. Das war der Weg.

»Er ist blind.« Der Ahne riss sie aus ihren Gedanken. Der gelbe Stoff fiel hinter ihm zurück. Er war ohne Vorwarnung in ihr Zelt getreten.

Rhys zog die Augenbrauen zusammen. »Aber er lebt«, gab sie zurück.

Der Ahne nickte. »Ich habe ihm gerade gesagt, dass er seine Prüfung nicht ablegen muss. Er möchte es jedoch tun. Allem zum Trotz.« War das Stolz, der in seinen Worten mitschwang? Er ahnte nicht, dass nichts von alledem mehr von Bedeutung war.

»Enwa wird bei ihm sein«, murmelte Rhys, obwohl sie sich dessen längst nicht mehr sicher war. Oder sprach Edens Rettung dafür, dass sich der Wolkenschatten zumindest nicht vom Stamm abgewandt hatte?

»So wie sie bei dir war«, gab der Ahne zurück und wieder lag Unbestimmtheit in seinen blassen Augen. »Mehr noch, als ich geglaubt hatte.«

Rhys wollte nicht darüber sprechen. Sie würde ihm nichts von den Seelengängern erzählen, nichts von Claw und auch nicht davon, dass sie in seinem Zelt gewesen war, um die alten Aufzeichnungen zu lesen. Dass sie sein Tagebuch gefunden hatte. Dass sie alles wusste, was er den Sammlern verschwiegen hatte. Es spielte keine Rolle. Nicht mehr. Die Welt würde untergehen und sie würde seine letzten Tage nicht mit Sorge füllen. Doch er fragte ohnehin nicht nach. Wusste er es schon? Oder wollte er ihr die Möglichkeit geben, sich zu erklären, wenn sie bereit dazu war? Die Gedanken des Ahnen waren beinahe ebenso undurchdringlich wie die des Wolkenschattens.

»Mandan bittet darum, mit dir zu sprechen«, sagte der Ahne schließlich. »Er wartet draußen. Ich nehme an, er möchte dir danken. Du hast heute ein Leben gerettet, Wissende.«

Rhys konnte nicht reagieren, nickte nur langsam und wartete, bis der alte Mann das Zelt verlassen hatte. Ein Leben gegen alle Übrigen. *Was ein großartiger Tausch*, dachte sie düster. Dann straffte sie die Schultern und folgte dem Ahnen nach draußen, um Mandans Bitte nachzukommen.

»Rhys«, murmelte er und kam einen Schritt näher. Er hatte in respektvollem Abstand gewartet, bis sie nach draußen getreten war. »Ich wollte nur —«

»Schon gut«, unterbrach sie ihn. »Das ist meine Aufgabe.«

Aber er schüttelte den Kopf. »Das ist es nicht.« Er fuhr sich mit der Hand durch die langen Haare und Verzweiflung stand ihm im Gesicht. »Ich habe das nicht getan.«

Rhys hob die Augenbrauen. »Was getan?«

»Den Dorn gesammelt. Es wäre mir doch aufgefallen, wenn der Dorn einer Opferlilie dabei gewesen wäre! Und er liegt doch sowieso so tief verborgen. Wie hätte er in die Sammlung geraten können?« Mandan schüttelte den Kopf. »Ich weiß nicht. Ich kann es mir nicht erklären. Ich verstehe einfach nicht ...« Seine Worte erstarben. »Es ist meine Schuld. Danke, dass du verhindert hast, dass ich zum Mörder werde, Rhys.«

Sein Blick lag so brennend auf ihr, dass sie den Kopf senkte. Neben dem Ahnen war Mandan der Einzige, der ihr so direkt in die Augen sah. Den anderen machte die helle Farblosigkeit vielleicht nicht unbedingt Angst, verursachte aber zumindest ein Unbehagen, dem sie lieber aus dem Weg gingen. Mandan war nicht so.

»Wie gesagt«, murmelte sie. »Das ist meine Aufgabe.« Sie drehte sich von ihm weg, musste die Aufregung erst einmal verarbeiten. Bei den Sammlern ging es selten um Leben und Tod – trotz der

Prüfung, die sie alle so nah ans Ende herantrieb. Kurz zuvor war noch niemand gestorben, solange sich Rhys erinnerte, und sie spürte die Welle der Erleichterung, dass Eden auf einem guten Weg war. Auch wenn es sein Leben nur kurz verlängern würde.

Sie spürte eine flüchtige Berührung an ihrem Handgelenk und verharrte in der Bewegung. Mandan hatte ihren Arm nicht ergriffen, doch seine Hand schwebte zwischen ihnen, als hätte er es eigentlich vorgehabt.

»Wo bist du gewesen?«, fragte er unvermittelt. Seine Stimme war frei von Misstrauen, aber seine Augen hielten sie fest.

Rhys zögerte. »Auf Reisen«, antwortete sie vage. Es war das Gleiche, was sie auch dem Ahnen gesagt hatte. Und ebenso wie damals konnte sie auch jetzt nicht genau sagen, was Mandan mit dieser Frage beabsichtigte. Traute er ihr nicht?

Er neigte den Kopf. »Weil auch das deine Aufgabe ist«, gab er zurück. Es war keine Frage, aber Rhys nickte dennoch. »Dann ...« Er trat einen Schritt nach hinten, war beinahe schon wieder an Edens Zelt. »... hoffe ich, dass du nächstes Mal wieder hier bist, wenn ich gerettet werden muss.«

# KAPITEL ZWEIUND ZWANZIG

R hys sah nicht zum Zelt zurück, in dem Eden lag. Mandan würde an seiner Seite wachen und auch der Ahne war nah bei ihnen, sollten sie Hilfe brauchen. Ihre Prüfung würde bald beginnen, aber Rhys fühlte sich nicht danach, ihnen dabei zuzusehen. Zu sehen, wie sie entschlossen im Wald verschwanden, um als wahre Sammler zurückzukehren – und wenig später mit der Welt unterzugehen. Aber sie würde zusehen und sei es nur aus naiver Nostalgie für ein Leben, das längst nicht mehr ihres war.

Die Zeit verstrich zäh in diesem seltsamen Zustand aus Furcht und Ungeduld. Das Warten auf den Tod war vielleicht die grausamste Strafe für ihren Verrat. Die Sammler zugleich so ausgelassen wie immer zu sehen, offenbarte ihr die eigene Unruhe nur umso deutlicher. Rhys lag auf ihrem Bett und starrte hinauf zum Loch in der Decke. Grauer Rauch tanzte dort hinaus in den Tag, dann in die Dämmerung und schließlich in die anbrechende Nacht, bis die Flammen erloschen. Draußen hatte Enwas Prüfung begonnen und Rhys zwang sich, das Zelt zu verlassen. Die Reste der Sonne hingen noch immer in den schneebedeckten Zweigen und mischten sich mit dem Nordlicht.

»Ihr kennt die Regeln«, sagte der Ahne. Rhys war noch zu weit von der Versammlung am Waldrand entfernt, aber sie hörte die Stimme und erinnerte sich an die Worte, die stets die Gleichen waren. »Jeder von euch wird mir eine Sammlung übergeben, deren Richtigkeit über euer Leben entscheidet. Nur ein ausgezeichneter Sammler wird der Probe standhalten können, die Enwa von uns allen verlangt. Ihr dürft euch nicht helfen, nicht miteinander sprechen und euch nicht berühren.«

Eden und Mandan verharrten reglos vor dem alten Mann. Rhys blieb hinter den anderen Sammlern zurück, doch sie lauschte den vertrauten Worten, fühlte sich zurückgesetzt zum Beginn ihrer eigenen Prüfung.

Ihr Blick blieb an Eden hängen. Er hatte sich scheinbar weit genug erholt, dass er tatsächlich an der Prüfung teilnahm. Würde er sie überleben? Blind blieben einem Sammler nur die übrigen Sinne, doch Rhys bezweifelte, dass das bei allen Pflanzen ausreichte. Die Anspannung, die Edens Blindheit in die Nacht mischte, war deutlich zu spüren.

»Eden«, sagte der Ahne, leiser nun. »Du hast nicht die gleichen Möglichkeiten, doch du hast dich entschieden, zu gleichen Teilen an Enwas Aufgabe teilzunehmen und so wirst du auch zu gleichen Teilen dein Schicksal empfangen.«

Eden nickte. Und damit verteilte der Ahne die Sammlungen, die er von den beiden forderte. Sie blieben geheim, bis sie wieder zum Lager zurückkehrten.

Als sie sich schließlich erhoben, wechselte die Unruhe mit Aufregung. Für einen Moment legte sich das vertraute Gefühl über die Anwesenden, das Enwas Aufgabe immer wieder zu einem besonderen Ereignis machte: Zusammengehörigkeit. Doch plötzlich stürzte Eden in den Schnee und Mandan zuckte zur Seite, hielt dann jedoch inne, als er sich an die Regeln erinnerte. Sie durften sich nicht helfen. Eden rappelte sich wieder hoch, klopfte sich den Schnee vom Körper und hob den Kopf. In diesem Moment glaubte Rhys daran, dass er es schaffen würde.

Rhys tigerte durchs Lager, hielt den Blick dabei auf den Waldrand gerichtet. Auch die anderen Sammler fanden sich nicht wie sonst in ihren Zelten ein, sondern hielten das Feuer hell und stark, saßen beisammen und versuchten, die Anspannung zu verdrängen, die nach ihnen griff. Enwas Prüfung war jedes Mal wieder spannend, doch wenn ein blinder Sammler unter den Prüflingen war, so konnte man die Nervosität mit Händen greifen.

Ein Knacken im Unterholz ließ sie alle innehalten. Es war Mandans Gestalt, die aus dem Wald stolperte. Er musste sich erst wieder fangen und blieb auf den Knien im Schnee hocken. Der Ahne war wenige Momente später bei ihm und nahm seine Sammlung entgegen. Mandan war schnell gewesen.

»Ist Eden schon zurück?«, hörte Rhys ihn aus der Ferne fragen. Der Ahne schüttelte den Kopf und verschwand in seinem Zelt, um den zweiten Teil der Prüfung vorzubereiten.

Mandan blieb am Waldrand sitzen und hielt den Blick in die Schatten des Waldes gerichtet, lauschte auf Anzeichen, dass sein Gefährte zum Lager zurückkehrte.

Rhys verlor die Zeit aus dem Blick. Sie schlich um die Zelte herum wie zuvor, tauchte hin und wieder in den Wald ein und trat dann zurück in den Feuerschein.

»Eden!«, hallte Mandans Stimme plötzlich über das Lager. Rhys fuhr herum, suchte den Waldrand ab und fand schließlich eine kriechende Gestalt, die von Mandan hochgezogen und in die Arme geschlossen wurde. Rhys trat näher.

»Ich muss mit dem Ahnen sprechen.« Edens Stimme klang so heiser, dass sie brach. Warum sah er so verzweifelt aus? Mandan entließ ihn aus der Umarmung und Verwirrung zeichnete sein Gesicht. Er ließ Eden gehen, der sofort das Zelt des Ahnen betrat. Rhys verharrte bebend, während sie alle darauf warteten, was passieren würde, wenn Eden das Zelt wieder verließ. Was hatte er gefunden? *Was war los?*

Schließlich wurde die Zeltplane zur Seite geschlagen und Mandan zog Eden erneut in die Arme. Dessen Körper zitterte, ließ sich sofort in die Umarmung fallen.

»Was ist passiert?«, fragte Mandan.

Eden schüttelte den Kopf. »Hast du es geschafft?«

»Das hoffe ich«, antwortete Mandan. »Ich warte noch darauf, meine Fehler vor Augen geführt zu bekommen.« Er sah zum Zelt des Ahnen.

Erneut blieb ihnen nur das Warten. Rhys ballte die Hände zu Fäusten, spürte die Abdrücke ihrer Fingernägel in ihrer Haut. Der leise Schmerz lenkte sie von der Unruhe ab, die in ihrer Brust tobte.

Als der Ahne schließlich nach draußen trat, zog Rhys die Augenbrauen zusammen. Er trug eine Schale bei sich. Der zweite Teil von Mandans Aufgabe. Was hatte Eden ihm gesagt? Wie konnte die Aufgabe wichtiger sein als dieses Wissen? Fassungslos beobachtete Rhys, wie Mandan zu essen begann. Er war ein guter Sammler. Aber es war ihm auch der Fehler mit der Opferlilie unterlaufen. Schweigend sahen die Sammler ihm dabei zu, wie er bewies, dass er ihnen würdig war. Mit Stolz in den Augen erhob er sich und reichte dem Ahnen die leere Schale. Natürlich wirkten Gifte verschieden, aber der Ahne wusste jedes Mal vorher, wer sterben würde, wenn er die Sammlung zubereitete.

Und der alte Mann lächelte. »Mandan darf sich von der heutigen Nacht an, in der er unter Enwas Licht die Aufgabe abgeschlossen hat, einen Sammler nennen, der den Respekt des Stammes und des Drachen genießt.«

Der Ahne wandte sich ab, doch Eden folgte ihm, hielt ihn kurz vor dem Zelteingang am Arm zurück. Rhys hielt den Atem an, um die leisen Worte zu verstehen.

»Für einen Blinden hast du einen ausgesprochen guten Orientierungssinn«, murmelte der Ahne. Als Eden schwieg, seufzte er und schlug die Plane zur Seite. Wortlos traten sie ins Zelt.

Rhys sah sich um. Die Sammler verstreuten sich allmählich, nur Mandan blieb zurück. Langsam schlich Rhys um das Zelt herum, um wenigstens einige Satzfetzen der Unterhaltung zu verstehen. Schließlich aber konnte sie dem Drang nicht widerstehen und schob sich lautlos unter dem Stoff hindurch. Der Schatten dahinter verbarg sie wie beim letzten Mal. Sie musste wissen, was Eden zu sagen hatte. Und was der Ahne antwortete.

»Wir müssen etwas tun!« Eden war am Eingang stehen geblieben. Er klang ungewohnt aufgebracht. »Wir müssen —«

»*Was?*«, unterbrach ihn der Ahne. Er wirbelte herum und packte Eden mit beiden Händen an den Schultern. Rhys zuckte vor dieser impulsiven Geste zurück. Sie hatte den Ahnen niemals zuvor so erlebt. *Was war während Edens Prüfung passiert?*

»Was bitte sollen wir tun, Eden?«, fuhr der Ahne fort und hatte seine Stimme wieder besser im Griff. »Der Winter blutet. Es gibt nichts, was wir tun könnten.«

Der Winter blutet? Rhys blinzelte. Sah den blutenden Kristall vor ihrem inneren Auge. Das Herz des Winters, das sie mit ihrem Messer durchbohrt hatte. War das der Beginn des Untergangs, den Eden im Wald gefunden hatte?

Mit bebendem Herzen kroch Rhys aus dem Zelt. Ihre Gedanken rasten. Adrenalin setzte ihr Blut in Brand. Würden sie alle in Blut vergehen? War das das Schicksal, das sie der Welt bereitet hatte?

# KAPITEL
# DREIUND
# ZWANZIG

Sie musste … raus. Wohin?

Die Vertrautheit des Lagers kratzte auf ihrer Seele, hinterließ tiefe Risse und entfachte eine Sehnsucht. Nach einem Zuhause, diesem Zuhause. Aber vor dem Wissen, dass dieser Ort untergehen würde. Dass alle sterben würden, die sie kannte.

Und nach Claw. Nach kleinen, hellblauen Pfoten, die feine Spuren im Schnee hinterließen. Nach dem klirrenden Klang der Axt, wenn Claw sie abends am Feuer säuberte. Nach Augen aus Nordlicht und einer Stimme aus säuselndem Wind. Sie hätte bleiben sollen und doch war sie gegangen. Und doch wusste sie, dass dies der richtige Weg war. Warum also fühlte sich ihr Herz so einsam an? Warum klang das Lachen der Sammler wie Hohn, weil sie dieses Leben, diese Zukunft getötet hatte? Warum schrie das Lager nach stummem Gefängnis mit Baumstämmen als Gitterstäbe?

Sie musste raus. *Fort.*

Ganz egal, wohin. Nein, nicht egal. Nicht in die Richtung, in der sie Claw vermutete. Nicht hinaus in die Weite der Welt, die sie alles bereuen lassen würde, was sie in den vergangenen Nächten getan hatte. Nicht zu den Tiefen Mäulern, in denen sie Enwas Prüfung zu meistern versucht und damit alles in Gang gesetzt hatte, das zu diesem Moment geführt hatte.

Dann lieber zum Lager der Jäger, um sich in Erinnerung zu rufen, warum sie all das tat. Weil es die Seelengänger waren, die alles begonnen hatten. Seelengänger, die aus Jägern erwuchsen. Aus ermordeten Seelen. Wenn sie nur herausgefunden hätten, wie man sie wieder zusammensetzt ... Vielleicht wäre mit diesem Wissen auch die Hoffnung zurückgekehrt.

Rhys rannte.

Der Wald nahm sie auf, ohne nach ihrem Weg zu fragen. Er führte sie durch den Winter, ohne ihre Taten zu verurteilen. Bald würde alles in Blut vergehen. Das war das Schicksal, das sie für diese Welt gewählt hatte.

Rhys rannte, bis ihre Muskeln schmerzten. Ihre Füße in den Stiefeln wurden nass und kalt, bis sie sie kaum mehr spürte. Ihr Atem stob in weißen Wölkchen in die eisige Luft und brannte in ihrer Lunge. Ihr Herz raste, doch es schrie nicht nach Ruhe, sondern nach Claw. Nach dem Einzigen, das es niemals bekommen würde.

Sie kam vom Weg ab, stolperte weiter Richtung Norden, als würde die Weite sie rufen. Hielt erst inne, als Laubwald mit Nadelwald wechselte. Sie war weiter gegangen, als sie beabsichtigt hatte. Zitternd setzte sie sich wieder in Bewegung. Es war nicht die

Kälte, sondern die Verzweiflung, die ihren Körper ebenso beben ließ wie ihre Seele.

Rhys zählte die Augenblicke nicht, die sie unter den Bäumen wanderte. Wann immer sie den Blick hob, glaubte sie, ein feines Licht zu sehen, das sich in kristallenen Nadeln fing, um schließlich in Stein zu erlöschen. Die Erinnerungen an den Dämmerschein hatten sich tief in ihre Gedanken gegraben.

Das Unterholz wurde dichter und Rhys änderte erneut die Richtung, ohne darauf zu achten, wohin sie dieser Weg nun führen würde. Hätte sie auf den Boden gesehen, so wären ihr die Spuren im Schnee aufgefallen. Tiefe Abdrücke, in denen Kristallstaub glitzerte. Und daneben frische Fußspuren von ledernen Stiefeln. Rhys aber war so von ihren Gedanken eingenommen, dass sie stumm nach vorne blickte. Sie sah nichts von alledem.

Stattdessen wurde der stechende Schmerz ihres Herzens allgegenwärtig. Und dass sich keine Reue für ihre Taten daruntermischte, machte ihn beinahe noch unerträglicher. Sie bedauerte nur ihren Abschied von Claw, doch war er unumgänglich gewesen. Ihr Verlust wog schwerer als das Wissen um den Tod der Welt. Diesen Schmerz konnte sie nicht mit Silberlinde betäuben und auch die Zeit würde ihn nicht heilen. Er würde fortbestehen, bis das Blut sie verschlang.

Der Duft von erfrorenem Harz mischte sich in die Luft. Je tiefer sie in den Nadelwald vordrang, umso flacher wurde die Schneedecke. Die dichten Zweige hielten die Flocken ab.

Ein grollendes Brüllen rollte zwischen den Stämmen hindurch und Rhys zuckte zusammen, warf sich gegen den nächsten Baum und verharrte atemlos. Ihre Gedanken waren plötzlich leer.

*Nebelsturm.*

Sie hatte ihr Messer im Herz des Winters gelassen. Doch selbst bewaffnet hätte sie keine wirkliche Chance gegen dieses Tier. Beim letzten Mal war es nicht gut ausgegangen. Ohne Claw wäre sie längst tot.

Rhys schloss die Augen und lauschte. Eine Pranke schlug hart gegen einen Baumstamm. Sie hörte das Holz splittern. Der Kampf war entfernt, aber zu nah, um die Aufmerksamkeit nicht ungewollt auf sich zu ziehen, wenn sie sich rührte.

Ein Schrei mischte sich in das Brüllen und Rhys zog die Augenbrauen zusammen. Ein Mensch kämpfte dort. Alarmiert schob sie sich nun doch um den Baumstamm herum. Sie musste etwas tun! Ein Nebelsturm, der –

Waren Sammler im Wald? Rhys versuchte sich zu erinnern, ob einer von ihnen gefehlt hatte, doch das war fast unmöglich. Normalerweise aber sammelten sie nicht so weit draußen.

Vorsichtig ging Rhys von Baum zu Baum, drückte sich in den Schutz, um ihn wenige Herzschläge später wieder zu verlassen. Die Schreie wurden schmerzerfüllt und schließlich keuchend. Der Nebelsturm heulte auf, gerade als sich Rhys nur wenige Schritte vom Kampf entfernt gegen die Borke presste.

Es war ein Mann, der im Schnee kniete. Er hatte dem Nebelsturm ein Messer in die Seite gerammt und es wieder herausgezogen. Ehe er erneut zustechen konnte, schnappte das Tier nach seiner Hand und zermalmte die Klinge mit kristallenen Zähnen. Die Reste blieben blutverschmiert im Schnee liegen.

Der Mann kam schwankend auf die Füße und in seinem Gesicht stand verzweifelte Entschlossenheit. Er begann zu rennen, humpelnd und keuchend. Und Rhys sah, dass sein Mantel aus Pelz gemacht war.

*Ein Jäger.*

Der Nebelsturm nahm die Verfolgung auf. Ohne nachzudenken hastete auch Rhys hinter ihnen her. Wenn sie etwas tun konnte, um ihn zu retten –

Sie kam zu spät. Der Nebelsturm hatte den Jäger eingeholt, kam für wenige Momente auf die Hinterbeine und schlug die Pranken auf ihn nieder. Der Mann blieb reglos liegen. Rhys riss die Augen auf und drückte sich hinter einen Baum. Sie konnte nicht atmen. Das Grauen schnürte ihr die Kehle zu.

Der Nebelsturm stieß ein leises Grollen aus. Seine Schritte entfernten sich. Er hatte sie nicht gerochen oder sie zumindest nicht als Bedrohung wahrgenommen. Rhys zählte die Augenblicke. Dann stürzte sie hinter dem Baum hervor. Der Jäger lag auf der kalten Erde und Blut sammelte sich im Fell seines Mantels. Ein ersticktes Röcheln kroch über die Schneedecke und als Rhys sich ihm näherte, sah sie das angestrengte Heben und Senken seiner Brust.

Sie fiel neben ihm auf die Knie, doch zuckte sofort wieder zurück. Der Nebelsturm hatte ihm die Rippen zertrümmert. Sein Gesicht war blutverschmiert. Auf seiner Stirn glänzte die Zeichnung eines stilisierten Drachens, die Rhys auf den Gesichtern vieler Jäger gesehen hatte, doch bei ihm war sie nur mit Blut gemalt und nicht von Dauer.

Der Mann öffnete die Augen. Er sah sie flehend an, doch Rhys schüttelte den Kopf. »Ich kann dich nicht retten«, flüsterte sie verzweifelt, während ihre Hände über seinen Körper strichen. Vielleicht aus Gewohnheit, um all seine Verletzungen zu finden, obwohl es hoffnungslos war. Vielleicht auch nur, um ihn zu beruhigen. Er war ein Jäger, doch im Augenblick des nahenden Todes waren sie beide gleich. Zwei Menschen, die die Verzweiflung teilten.

Der Jäger atmete zitternd. Er würde sterben.

Rhys hob den Blick zum Himmel, der in Fetzen zwischen den Ästen hindurchschimmerte. Würde dieser Jäger zu Meran gehen, obwohl das Zeichen auf seiner Stirn nicht vollständig war? Rhys kannte die Bräuche der Jäger kaum, aber diese Geschichte hatte sie in den Aufzeichnungen des Ahnen gefunden. Dass Meran nur wahre Krieger unter seinen Schwingen willkommen hieß. Dieser Mann würde sterben, bevor er sich vor seinem Gott beweisen konnte.

Oder nicht? Was, wenn Rhys ihn zurückholte? Wenn sie versuchte, was sie mit Claw gesucht hatte? Das Geheimnis hinter den Seelengängern. Der Dämmerschein war fort, Rhys selbst hatte seine Herrschaft beendet. Es gab also niemanden, der die Seele dieses Jägers spalten würde, wenn sie aufstieg.

Was hatten die Gesandten Merans gesagt? Nicht nur der Dämmerschein kann Seelen den Durchgang versperren. Auch ein Tod durch fremde Hand.

Rhys zögerte. Der Jäger begann zu zucken. Ein feines Band aus Blut rann ihm aus dem Mundwinkel. Seine Augen weiteten sich furchterfüllt. Er hielt ihren Blick fest, als wäre sie die Einzige, die ihn noch im Leben hielt.

»Ganz ruhig«, murmelte sie und legte eine Hand an seine Wange. Seine Haut war so kalt. Vielleicht konnte sie sein Leben nicht retten, aber seine Seele würde sie zu schützen versuchen, bevor sie im Nichts verging. Wenn er als Seelengänger zurückkehrte – als vollständige Seele, die nicht vom Dämmerschein gespalten worden war – dann würde Rhys' Hoffnung vielleicht aufgehen. Einen Versuch war es wert.

»Ganz ruhig«, murmelte sie. »Ich lasse dich nicht allein.«

Sie hatte ihr Messer im Herz des Winters gelassen, doch sie brauchte keine Waffe, um das Leben des Jägers zu beenden und seine Seele dadurch zu befreien. Er zuckte kaum merklich zusammen, als er ihre Hand an seiner Kehle spürte. Zu mehr reichte seine Kraft nicht mehr. Sie musste sich beeilen, damit er nicht seinen Verletzungen erlag.

Rhys widerstand der Abneigung, die sie spürte, und drückte zu. Bohrte ihre Finger in die Seiten seines Halses, bis er die Lippen öffnete und schwach nach Luft schnappte. Er wand sich unter ihrem Griff, doch sie erstickte sein Aufbegehren, indem sie den Druck verstärkte. Seine Glieder zuckten. Rhys spürte seinen Pulsschlag an ihrer Hand. Und dann wurde er still. Seine Lider flatterten und seine Augen verdrehten sich.

Sie verharrte schweigend und sah ihm dabei zu, wie er starb. Verharrte, auch nachdem sein Körper ruhig geworden war. Blieb einfach bei ihm sitzen.

Dieser Jäger war der erste Mensch, den Rhys getötet hatte.

Eine entfernte Stimme drang zwischen den Bäumen hindurch. »Josha!«

Rhys flog mit ihren Gedanken fort.

*Der Jäger war tot.*

Und sie blieb einfach bei ihm sitzen.

# KAPITEL VIERUND ZWANZIG

R hys hielt den Blick zum Himmel erhoben, um das Nordlicht vor den Sternen fließen zu sehen. Dieses Licht hatte
sie öfter in den Schlaf begleitet als die Stimme ihrer Mutter, sie öfter getröstet als freundliche Worte und sie häufiger geführt als irgendein Pfad. Dieses Licht war die Seele des Stammes,
die Seele eines jeden Sammlers.

Ihre Seele fühlte sich taub an. Sie hatte den Jäger erst verlassen,
als die Stimme zu nah herangekommen war. Erst dann war sie in
den Schatten des Waldes verschwunden und zum Lager zurückgekehrt. Aber sie fühlte sich taub.

Ein flüchtiger Blick glitt zu Eden, der schweigend in ein Feuer starrte, das er nicht sehen konnte. Immerhin hörte er das Summen, das aus all ihren Kehlen floss und mit der Nacht verschmolz. Rhys stimmte nicht mit ein, denn ihre Stimme war nicht schön anzuhören. Sie hielt auch die Hände jener nicht, die neben ihr knieten, denn sie wurde das Gefühl auch nach all den Jahren nicht los, dass niemand sie berühren wollte. Noch immer war sie Teil des Stammes und fühlte sich dabei wie eine Ausgestoßene. Das Nordlicht erinnerte sie an Claw und ein Stich zuckte durch ihr Herz. Im Geiste sah sie sie durch den Schnee laufen, ein Lächeln auf den Lippen, das sie immer getragen hatte, wenn sie Rhys angesehen hatte. Aber diese hatte sich entschieden und die Wahl schien in diesem Augenblick so endgültig wie niemals zuvor. Sie hatte das Hornmesser im Herz des Dämmerscheins zurückgelassen. Sie hatte sein Schicksal besiegelt und mit ihm das der Welt.

Doch es fühlte sich an wie das endlos lange Warten auf den Tod. Es erinnerte sie an die Male, die ein Sammler gestorben war, ohne dass der Ahne oder irgendjemand sonst ihm noch hätte helfen können. Dann gab es immer diesen einen Moment, in dem der Hoffnungsfunken in den Augen erlosch, wenn die Endgültigkeit der Erkenntnis einschlug. Ab diesem Moment konnte niemand mehr tun, als auf das Sterben zu warten.

Dieses Mal aber war Rhys die Einzige, die vom Ende wusste. Hatte das Blut, das Eden während seiner Prüfung gefunden hatte, etwas damit zu tun? Er würde die Sammler verlassen müssen, weil er seine Prüfung nicht zu Ende gebracht hatte. Musste er den Stamm verlassen, weil Rhys eine Entscheidung getroffen hatte, die ihr aller Leben betraf, ohne dass sie es wussten? Es spielte keine Rolle, denn es war lange schon zu spät für Bedauern oder Reue. Die Welt würde sich erneuern, damit das Gleichgewicht zurückkehrte. Wie es sein sollte.

Erneut zog Eden ihren Blick an. Er hielt den Kopf erhoben, klammerte sich an Mandans Hand. Erst der Ahne riss ihre Aufmerksamkeit von den beiden fort. Der alte Mann begann den Weg um das große Feuer herum. Immer wieder wanderte seine Silhouette am Feuerschein vorbei, während er zu beten begann. Leise erst, doch als die Stimmen der ersten Sammler unter den Worten anschwollen, wurde er lauter. Die ganze Nacht begann unter Enwas Gebet zu vibrieren.

*Wenn ich einsam bin, dann fängst du mich auf.*
*Wenn ich trostlos bin, trocknest du meine Tränen.*
*Wenn ich auf der Suche bin, gibst du mir ein Ziel.*
*Wenn ich verloren bin, zeigst du mir Rettung.*

Die Worte klangen so vertraut, dass dieser aufflammende Schmerz des Heimwehs fast Claws Gesicht in Rhys' Brust ablöste. Trotz allem war dieser Stamm und auch der Wald, der sie schützend umgab, ihre Heimat. Eine gestohlene Heimat, die auf Blut begründet war, aber dennoch ihre Heimat. Rhys musste die Tränen fortblinzeln, als sie nach draußen zu drängen versuchten. Was sie tat, war richtig. Musste richtig sein, obwohl es so schwer war.

Diese Welt verdiente es, gerettet zu werden. Befreit zu werden von der Macht der Drachen. Rhys glaubte daran mit allem, was sie hatte, obwohl sie zugleich die Liebe nicht leugnen konnte, die sie für Enwa empfand.

*Du bist es, die meine Fragen kennt und mir die Antworten schenkt.*
*Du bist es, die meine Ängste kennt und meinen Mut erweckt.*
*Du bist es, die meine Träume nimmt und ihren Rat hineinlegt, damit ich*
*hoffnungsvoll werde.*
*Und besonnen.*
*Und stark.*

Der Ahne verstummte für wenige Herzschläge, um selbst dem Summen des Stammes zu lauschen. Es nahm die Nacht vollkommen ein und füllte langsam auch Rhys' Gedanken. Ließ den Zweifeln keinen Platz mehr. Erst die letzten Worte ließen den Stamm verstummen.

*Das ist, was ich tun will.*

Rhys musterte das faltige Gesicht, das so viel Wärme aussandte. Sie glaubte, was er sagte. Sie glaubte an Enwas Sanftmut. Doch sie glaubte ebenso an die Gerechtigkeit, die diese Welt verdiente.

»Das ist, was ich tun will«, flüsterte Rhys. Und deshalb würde sie im Blut vergehen.

Die Luft im Zelt fühlte sich anders an, nachdem sie so viele Nächte unter dem freien Himmel verbracht hatte. Selbst der Wald um sie herum ließ sie sich eingeengt fühlen. Und es war Claws ruhiger Atem neben ihr, der fehlte.

Die hellgelbe Zeltplane fing die letzten Reste des verglühenden Feuerscheins, doch sie hielt Rhys gefangen in einer Welt, die dem Untergang geweiht war. Ohne nachzudenken erhob sie sich vom Bett, schlug die Plane zur Seite und ließ die Nacht hinein. Das Lager war in schlafendes Schweigen gehüllt und nur das leise Knirschen ihrer Stiefel im Schnee begleitete sie. Sie war erst wenige Schritte von ihrem Zelt entfernt, als sich ein zweites Paar Schritte unter das Geräusch mischte und sie erstarrt verharrte.

Es war Eden, der mit verschränkten Armen auf Mandans Zelt zuging, so sicher, als würde die Zuneigung allein ihn leiten. Angst stand ihm im Gesicht. Weil er verstoßen werden würde?

Rhys ließ einige Augenblicke verstreichen, ehe sie ihm nachfolgte und neben dem Eingang stehenblieb. Der Stoff war bereits wieder bewegungslos, so behutsam hatte Eden den Eingang geöffnet, um hindurchzuschlüpfen. Sie wollte nicht lauschen, aber sie tat es doch.

»Ist alles in Ordnung?«, hörte sie Mandans Stimme. Eden antwortete nicht, auch nach mehreren Momenten nicht. Also wandte sich Rhys ab, um die Einsamkeit des Waldes zu suchen, die sich plötzlich so viel beengter anfühlte als zuvor.

Sie setzte die Füße voreinander, als hätte sie kein Ziel vor Augen. Dabei sog sie alles in sich ein. Den Schnee, den Duft der Blätter, die Spuren der Tiere. Sie nahm all das in ihrer Erinnerung auf, als wäre es das letzte Mal, dass sie all das sah. Vielleicht war es so. Wer wusste schon, wie lange es dauerte, bis der Dämmerschein an dem Messer starb, das sie ihm ins Herz getrieben hatte?

Erst als die Nacht verblasste und der Tag sich durch die Äste zwängte, kehrte Rhys zum Lager zurück. Die Müdigkeit blieb in ihren Gliedern hängen, aber sie drängte sie beiseite. Als sie das Lager betrat, lief sie Eden beinahe erneut in die Arme, doch dieses Mal war der Ahne bei ihm, der ihn zum Feuer zog.

Der Duft von Xanas Suppe kroch zwischen den Zelten hindurch und Rhys folgte ihm hinüber zu einigen anderen Sammlern, die bereits zum Essen am Feuer saßen. Xana war eine Zauberin, wenn es um Essen ging, und für kurze Zeit vertrieb der Duft das Unbehagen. Sie nahm eine Schüssel entgegen und setzte sich, genoss die warme Suppe, während nach und nach auch die übrigen Sammler aus ihren Zelten kamen und sich zu ihnen setzten.

»Liebe Freunde«, sagte der Ahne unvermittelt. Seine Stimme klang belegt, aber das konnten auch die Reste des Schlafs sein, die sich beharrlich hielten. Es musste nichts bedeuten. »Liebe Freunde, wir stehen vor einer Veränderung. Ihr alle werdet es gemerkt haben – ob bewusst oder unbewusst. Der Wald spricht mit uns, der Winter klagt uns sein Leid und wir sind wenige, die etwas ausrichten könnten.« Der Ahne hielt inne und mit ihm schwieg das ganze Lager. Rhys glaubte sogar, der Wald um sie herum verfiele ebenso in Stille. Es war das Blut, das Rhys vor ihrem inneren Auge vom kristallenen Herz des Dämmerscheins tropfen sah. Jenes Blut, das Eden während seiner Aufgabe im Wald gefunden hatte. Es war so weit, das Ende nahte. Und der Ahne hatte bemerkt, dass etwas nicht stimmte.

Rhys atmete das aufsteigende Zittern fort, das von ihr Besitz zu ergreifen drohte. Langsam erhob sie sich, um ein paar Schritte zu gehen, während die anderen Sammler wie gebannt darauf warteten, dass der Ahne weitersprach. Sie wussten es nicht. Noch nicht.

Aber es war nicht der Ahne, der das Wort ergriff.

»Ich habe den Wald beobachtet«, sagte Rhys schneidend. In ihr brodelte ein tiefer Drang, dessen Existenz sie die vergangenen Mondwechsel über stets geleugnet hätte, hätte sie jemand danach gefragt: Sie wollte Absolution vor den Sammlern. Sie wollte, dass sie verstanden, warum diese Welt geopfert werden musste, warum ihre Existenz ein Unrecht war. Warum auch Enwa nicht hatte wollen können, dass all diese Menschen vor ihnen starben. All jene Menschen, die einst waren. Aber keiner der Sammler würde es je erfahren, denn sie würden es nicht verzeihen können. Also musste Rhys zumindest ihr eigenes Herz beruhigen, wenn sie schon nicht die Vergebung erhoffen konnte, die sie gern im Gesicht des Ahnen gefunden hätte. Er wusste es nicht und sie konnte es ihm nicht sagen, ohne dass er erkannte, dass Rhys jede Reue fehlte.

In dem Moment, in dem ihre Stimme rau wie ein brechender Zweig durch die Stille des Lagers fegte, wandten sich ihr alle Augen zu. Hoffnungsvoll, so als wüsste die Wissende einen Rat. Obwohl sie es doch selbst gewesen war, die die Welt in den Abgrund gestoßen hatte. Sie wussten es nicht.

»Wie ihr wisst«, begann sie erneut, versuchte die Gesichter zu ignorieren, die so viel von ihr erwarteten, so viel von ihr erhofften. »Wie ihr wisst, wandere ich durch den Wald und sehe vieles, das dem Stamm verborgen bleibt. Ich weiß, wo die Nebelstürme ihre Jungen austragen, und kenne die vielen verborgenen Ansammlungen der weißen Hoffnungsröschen, die wir für das Ritual der Gefährten brauchen. Niemand sonst könnte sie finden, der den Wald nicht so gut kennt wie ich.« Und deshalb mussten sie es verstehen. Mussten verstehen, warum sie es getan hatte, obwohl sie es ihnen niemals sagen würde.

Das anerkennende Gemurmel, das kurz aufbrandete, erstaunte Rhys. Sie hatte nicht damit gerechnet, Zuspruch für ihre Aufgabe zu erhalten, obwohl sie den meisten suspekt geblieben war.

»Und ihr wisst auch«, fuhr sie fort, bevor sie sich erneut in Gedanken verlor, ließ das Gemurmel damit verstummen, »dass ich die anderen Menschen beobachte, die hier mit uns leben.« Sie konnte ihnen nicht alles erzählen, aber vielleicht wenigstens das. Vielleicht konnte sie ihnen wenigstens begreiflich machen, was sie vor so vielen Mondwechseln nicht gekonnt hatte, als sie das erste Mal versucht hatte, die Sammler vor den Jägern zu warnen.

Rhys trat einen Schritt zur Seite, als der Ahne sich zu ihr umdrehte. Sein Gesicht spiegelte Erstaunen und Resignation gleichermaßen. Als hätte er die Worte seit Langem sorgfältig erwogen, die nun seinen Lippen entwichen. »Ich weiß um die Unterschiede zwischen uns, doch in Zeiten wie diesen dürfen wir eines nicht vergessen: Wir alle sind Menschen. Mögen unsere Lebensumstände noch so verschieden sein, so gibt uns Enwa auch die Hoffnung auf Einsicht und den Glauben an ein friedliches Miteinander.«

Rhys wollte ihn fragen, ob er das nur sagte, weil er den Jägern näherstand, als sie je geahnt hatten. Wollte ihn fragen, warum er seine Verbindung mit der Jägerin vor all den Jahren verschwiegen hatte. Aber sie schwieg, denn das war eine Unterhaltung für einen anderen Tag.

»Ich beobachte diese Menschen seit vielen Mondwechseln«, sagte sie stattdessen und ergriff damit erneut das Wort. »Und ich sehe, welchen Weg sie eingeschlagen haben. Mit Waffen und Blut gehen sie in den Wald und mit Leichen kommen sie zurück.« Die Silben schlugen in den Köpfen der Sammler ein und Rhys sah in ihren Gesichtern, dass sie sich das Grauen ausmalten. »Wir müssen nicht gutheißen, dass sie den Tod mit sich tragen, doch vielleicht müssen wir dennoch auf ihre Hilfe hoffen. Sie sind stark und sie sind Kämpfer. Vielleicht ist es das, was wir brauchen, wenn der Winter zu sterben droht.«

Das Lager lag vom Gebirge abgewandt. Sie glaubte sich selbst nicht, als sie diese Worte sprach, aber zugleich hatte sie die Hoffnung noch nicht ganz verworfen, wenigstens die Menschen zu retten, die ihr nah waren. Jeder Schritt, den sie sich vom Gebirge entfernten, brachte ihnen Zeit, die das Blut brauchte, um sich auszubreiten. Vielleicht würden die Jäger nicht mit sich reden lassen – Rhys zweifelte sogar daran – aber wenn es ihnen nur ein paar Nächte schenkte, war es einen Versuch wert. Sterben würden sie sonst in jedem Fall und Claw hatte ihr gezeigt, dass eine Frau im Pelz dennoch ein Herz haben konnte, dem sie vertrauen konnte.

Und doch tauschte sie die Worte, sagte *Kämpfer*, obwohl sie *Mörder* meinte. Das Erstaunen grub sich tiefer ins Gesicht des Ahnen, als er sie so sprechen hörte. Auch er hatte nicht vergessen, worum es auf der Versammlung gegangen war, die sie einst einberufen hatte. Falls er aber etwas sagen wollte, tat er es nicht.

Und dann war es Xana, die die Stille durchbrach: »Das sind Mörder! Wobei könnten sie uns schon helfen?«

Neun Worte nur, aber sie ließen Sanftmut mit Zorn wechseln. Es war das erste Mal, dass Rhys den Stamm derart aufgebracht erlebte. Streit brandete zwischen ihnen, bis Rhys die einzelnen Stimmen nicht mehr voneinander trennen konnte. Ein einziger Nebel aus Lärm erfüllte das Lager, wie niemand ihn zuvor erlebt hatte.

Ein Murmeln mischte sich darunter, das Rhys nicht zuordnen konnte. Einen Augenblick später zerriss ein Pfiff den Streit und der Lärm zerstob zwischen ihnen. Der Ahne fuhr sich mit den Fingern über den Bart und Rhys war dankbar für seine Autorität. Es fühlte sich fast wie eine Verletzung an, die Sammler zornig zu sehen. Rhys folgte dem Blick des alten Mannes und hob erstaunt die Augenbrauen, als sie sah, wen er auffordernd ansah: Eden. Warum sollte ein Verstoßener etwas sagen dürfen bei einer Versammlung der Sammler, wenn er die Entscheidung doch niemals spüren würde? Und doch war sie gespannt.

»Ihr werft ihnen vor, anders zu sein«, begann er schließlich nach einigen Momenten der Zerrissenheit. »Zornig und hart. Aber seht euch an! Ist es etwa kein Zorn in euren Augen und sind eure Worte nicht ebenso hart, wenn ihr sie gegeneinander richtet? So anders sind wir nicht.« Die Stille, die seinen Worten folgte, als er diesen kurzen Moment innehielt, war für Rhys unerträglicher als der Lärm des Streits zuvor. Denn Eden stimmte ihr zu – und besiegelte damit die Entscheidung. »Wenn es unsere Rettung ist, unseren Stolz zu vergessen und auf andere zuzugehen, dann sollten wir nicht damit warten. Sie werden anders sein. Und sie werden Dinge tun, die weder wir noch Enwa gutheißen. Aber wir müssen nicht werden wie sie, um eine Allianz zu schließen. Wir müssen nicht werden wie sie, um zu überleben.« Ein erneutes Zögern ging durch seinen Körper. »Der Winter wird nicht unterscheiden, wen er tötet.«

Rhys starrte in die Leere, die seine Worte zurückließen, und wartete darauf, dass die Sammler diesem Weg folgen würden. Sie wussten nicht, dass der Untergang mit jeder Entscheidung gleichermaßen über sie hereinbrechen würde.

Rhys verharrte schweigend im Schnee und sah den tanzenden Flammen dabei zu, wie sie sich langsam und unerbittlich ins Holz fraßen, nur weiße Asche zurückließen. Erst der erneute Pfiff des Ahnen holte sie zurück in die Wirklichkeit. Die Entscheidung war getroffen.

»Meine Freunde«, begann er und Rhys erschrak davor, wie angestrengt er versuchte, die Fassung zu wahren. »Es war ein schwerer Weg und ein noch schwererer wartet auf uns. Wir wissen um die Gefahr, die im Wald lauert und wir wissen vom Blut, das im Schnee zurückbleibt. Die Gegebenheiten sind seltsam, aber wir sind Kummer gewöhnt.«

Rhys ballte die Hände zu Fäusten, bis ihre Fingernägel halbmondförmige Abdrücke in ihren Handflächen hinterließen. Sie wollte die Entscheidung nicht hören, die sie selbst forciert hatte. Und doch wusste sie, dass es der beste Weg war, den sie hatten. Der einzige Weg. Eine letzte Chance auf Rettung aus einer Welt, die nicht gerettet werden sollte. Rhys fühlte sich zerrissen und das bereitete ihr mehr Schmerzen als all ihre Verletzungen zuvor.

Der Ahne fuhr fort: »Die anderen Menschen sind sicherlich nicht zu unterschätzen und so werden wir ihnen begegnen. Aber gemeinsam sind wir stärker als allein. Wir müssen unser Wissen teilen und hoffen, dass sie es uns gleichtun. Auf die Gemeinschaft der Stämme zu hoffen, ist unsere einzige Möglichkeit. Enwa wird unseren Weg segnen.«

Rhys starrte hinauf in den Himmel, an dem die Nordlichter längst verblasst waren. Sie sah hinauf und wartete schweigend auf den Untergang.

# KAPITEL FÜNFUND ZWANZIG

Die Nacht senkte sich so lautlos über den Stamm, dass Rhys es beinahe nicht bemerkte. Sie saß im Schatten der Bäume am Rand des Lagers und hielt die Hände so fest zu Fäusten geballt, dass ihre Fingernägel sich in die Handflächen drückten. Es war ein feiner Schmerz, erinnerte an die Dornen der Eislilie, deren Stich man oft erst an der Entzündung bemerkte. Rhys brauchte diesen Schmerz, damit er ihre Gedanken zu etwas anderem lenkte als Claw. Doch als die Nordlichter aufgingen, konnte sie die Erinnerung an Claws Augen nicht mehr ignorieren. Wie frisch gefallener Schnee senkte sie sich in ihr Bewusstsein. Zart und langsam, ehe sie ihr Herz gefror. Rhys schloss die Augen, damit die Welt nicht in Leid ertrank. Dieser Weg sollte nicht getrübt werden durch den Schmerz der Einsamkeit. Es war die richtige Entscheidung gewesen, auch wenn Claw nicht bereit gewesen war, sie mit ihr gemeinsam zu tragen. Diese Welt musste erneuert werden, damit all die Ungerechtigkeit von ihrem Antlitz getilgt wurde.

Warum aber tat die Erinnerung an ihre Augen aus Nordlicht so weh, dass Rhys sie kaum aushalten konnte? Warum war der Gedanke an ihr Gesicht so schwer zu ertragen?

Sie würden sich nicht wiedersehen. Claw war fortgegangen und Rhys ebenso. Ihre Entscheidungen hatten sie getrennt. Nur der Verlust blieb, der sich so brennend in ihre Brust fraß.

Warum klang es, als würde der Wind ihren Namen säuseln? Warum lauschte sie nach knirschendem Schnee und suchte nach den Spuren eines Rauhfuchses im Wald?

Sie hatte verlassen, was sie liebte, um eine Welt zu erneuern, die es verdient hatte, gerettet zu werden. Sie hatte einem Drachen das Messer ins Herz gestoßen und dabei auch ihr eigenes verloren. Und keiner der Menschen, die in der aufziehenden Nacht langsam in ihren Zelten verschwanden, wusste etwas davon. Sie hatten entschieden, ihr Zuhause zu verlassen, doch nichts würde sie retten können. War es das wert gewesen? War es den Schmerz wert?

Diese Gedanken, diese Fragen lenkten sie davon ab, dass sie ihre Wahl längst getroffen, die Antwort längst gefunden hatte. Natürlich war es das wert. Diese Entscheidung würde alles verändern, hatte bereits alles verändert.

Als Wissende der Sammler war sie vor so vielen Nächten in den Wald gegangen und eine Frau mit Augen aus Nordlicht hatte alles verändert. Sie und die Seelengänger. Sie und die Gesandten Merans. Sie und die alte Welt. Und als Rhys zurückgekehrt war, da war sie eine Mörderin geworden. Hatte mehr Leben beendet, als sie je für möglich gehalten hatte. Für die richtige Sache. Oder nicht?

Für den richtigen Weg.

Für Gerechtigkeit und neue Chancen. Für –

Oder?

Der Weg war in Blut bereitet worden, aber er führte in eine helle Zukunft. Rhys glaubte daran. Und ignorierte den Schmerz, der schleichend wie der Dorn der Opferlilie ihr Herz infiltrierte und all diese Zweifel säte.

Mit der Dunkelheit kam die Stille. Rhys fühlte sich wie die einzige verbliebene Seele im erfrorenen Wald, während die Feuer langsam erloschen, die die Sammler in ihren Zelten entzündet hatten. Würde es so sein, wenn das Ende kam?

Ein Rascheln erregte ihre Aufmerksamkeit und Rhys hob den Kopf, als ein Schatten aus einem der Zelte schlich. Edens Zelt. Sie beobachtete, wie er einige Schritte ging, bis sie merkte, dass es nicht Eden, sondern Mandan war, der das Zelt verlassen hatte.

Sie hatte kaum mehr mit ihm gesprochen, doch sie ahnte, dass er bei Eden bleiben würde, wenn dieser vom Stamm verbannt würde. Es war seine letzte Nacht im Lager – wäre es auch gewesen, wenn die Sammler entschieden hätten, hierzubleiben.

Er bemerkte sie erst, als sie von hinten an ihn herantrat. Sein Blick zuckte von den Sternen zu ihr. Rhys erstarrte, als sie die Tränen in seinen Augen sah. Er blinzelte sie fort, ehe sie etwas sagen konnte, und sie hätte ohnehin nicht gewusst, welche Worte er als tröstend empfinden würde. Sie wusste ja nicht einmal, warum sie überhaupt zu ihm gegangen war. Vielleicht war es die Erinnerung daran, dass er sie nie so behandelt hatte wie die Sammler es gewöhnlich taten. Vielleicht erinnerte es sie daran, dass es Menschen gab, die sie vielleicht sogar hätten lieben können, wenn sie andere Entscheidungen getroffen hätte.

»Was machst du hier?«, flüsterte sie. Die Situation erschien ihr wie jene, als Mandan sie hinter dem Zelt des Ahnen entdeckt hatte, nur dieses Mal waren ihre Rollen vertauscht und Mandan hatte nichts Verbotenes getan.

Ein flüchtiges Lächeln huschte über sein Gesicht. »Wir werden nicht mit euch gehen«, antwortete er ebenso leise. Als könnten laute Worte die Ruhe stören, diese letzte Ruhe, die dem Lager vergönnt war. »Eden und ich, wir suchen unseren eigenen Weg.«

Rhys nickte langsam, als wüsste sie nicht, dass all ihre Wege in Blut enden würden. Als würde sie am Morgen mit den Sammlern gehen und auf eine Zukunft hoffen. Auf die Hilfe der Jäger, nachdem sie einen von ihnen getötet hatte. Mandan wusste es nicht.

Sie sahen sich an und das Schweigen zwischen ihnen verband sie mehr als Worte es gekonnt hätten. Ob er ahnte, dass sie sich ähnlicher waren, als es den Anschein hatte? Dass nicht nur er als Ausgestoßener leben würde? Nur, dass er es tat, um seine Liebe nicht zu verlassen, während Rhys es tat, weil sie ihre Liebe verlassen hatte.

»Ich wünsche dir Enwas Atem auf der Reise«, murmelte Rhys schließlich.

Das Lächeln auf Mandans Gesicht vertiefte sich. »Auf all deinen Reisen«, gab er zurück.

Rhys verharrte still, als er einen letzten Spaziergang durchs Lager machte, um sich von der Vertrautheit zu verabschieden. Alle Zelte lagen mittlerweile in vollkommener Stille. Sie waren die einzigen Sammler, die noch wachten. Rhys erwischte sich dabei, wie sie ihm hinterher sah, und drehte sich erneut zum Wald. Sie wollte diese letzte Nacht nicht unter hellgelbem Stoff schlafen, als wäre alles in Ordnung und die Welt nicht dem Untergang geweiht.

Eine Bewegung aus dem Augenwinkel ließ Rhys herumfahren. Ein Schatten bewegte sich auf der anderen Seite des Lagers, kaum zu erkennen. Erst hielt sie ihn für Mandan, doch dann flammte ein Ast auf und Rhys riss die Augen auf. Ein Mann stand dort und entzündete eines der Zelte. Sie wollte schreien, doch die Angst stahl ihre Stimme.

Und einen Herzschlag später brach das Grauen über das Lager hinein. Brennende Pfeile zischten durch die Luft und bewaffnete Menschen stürmten die Zelte. Die Schreie, die erklangen, waren erst erschrocken und schließlich gellend, ehe sie verstummten.

Rhys rannte, duckte sich an den Flammen vorbei. Es waren Jäger. Woher waren sie so plötzlich gekommen?

Eine Frau brach aus dem Wald und Rhys konnte sich gerade so unter ihrer Axt hindurch ducken, ehe die Klinge auf sie niederfuhr. Erschrocken versuchte sie, ihren Atem zu fangen, während die Panik in ihr wuchs. Rauch füllte ihre Sicht. Wo war es sicher?

»Eden!« Mandans erstickte Stimme drang durch den Rauch und die Flammen. Rhys sah gerade noch, wie er auf einen Mann zusprang, ehe er den Zelteingang erreichte, der ihn von Eden trennte. Ein Speer fuhr durch die brennende Luft und Mandan stolperte nach hinten, eine Hand an die Seite gepresst. Rhys rannte los, wich einem Zelt aus, das in sich zusammenfiel. Der Jäger hatte die Waffe längst ein weiteres Mal erhoben, doch Rhys rammte ihm die Schulter gegen den Körper, brachte den Mann aus dem Gleichgewicht. Ein hektischer Blick zurück zu Mandan, der kaum auf die Beine kam. Eine Jägerin verschwand in Edens Zelt. Rhys wollte auf sie zustürmen, doch der Mann blockierte den Weg, traf sie mit der bloßen Faust an der Schläfe und entrückte ihre Welt.

»Dreckige Schlammkriecher«, zischte er. »Der Wald wird euer Blut trinken!« Seine Worte tropften vor Hass und seine Augen sprühten vor Zorn.

Rhys spürte Mandans Hand an ihrem Knöchel, als er sie grob zurückzog, um sie vor der Speerspitze zu retten, die der Mann ihr in die Brust bohren wollte. Keuchend fiel Rhys in den aschebedeckten Schnee. Sie konnten diesen Kampf nicht gewinnen. Der Jäger trat dichter, hob die Waffe – und kippte zur Seite, als ihn ein Ast am Kopf traf. Rhys' Blick zuckte hoch und sie erkannte den Ahnen, der das Holz mit beiden Händen umklammert hielt. Die Reste eines Regenblattes hingen an der Rinde und sein Gesicht war blutverschmiert.

»Lauft!«, schrie er heiser. Er wandte den Kopf, als würde er zwischen den Flammen jemanden suchen, doch als ein weiterer Jäger auf sie aufmerksam wurde, fuhr er wieder zu Rhys herum. »Na los! Lauft!«

Rhys kam stolpernd auf die Beine. Sie durchwühlte angeekelt die Kleider des Angreifers und nahm sein Messer und eine kleine Axt an sich. Wer wusste schon, was diesen Augenblicken nachfolgte? Fest umschloss sie schließlich Mandans Arm, um ihn mit sich in den Wald zu ziehen.

Er wehrte sich gegen den Griff. »Eden!«, zischte er schmerzerfüllt, aber Rhys ließ ihn nicht los, zerrte ihn mit sich.

»Er ist tot!«, brüllte sie über den Lärm des Kampfes. »Eine Jägerin ist in sein Zelt eingedrungen. Du kannst ihn nicht retten!«

Die Worte trafen Mandan härter als der Speer. Sein Körper schien in sich zusammenzufallen und Rhys musste den Griff weiter verstärken, damit er ihr nicht entglitt. Ihre Gedanken rasten. Das Blut in ihren Adern kochte. »Komm!« Sie zerrte so hart an ihm, dass ihre Finger Abdrücke in seiner Haut hinterließen, aber schließlich bewegte er sich. Der Ahne warf einen letzten Blick zu ihnen zurück, ehe er auf die Angreifer losging, selbst nur einen Ast als Waffe und dazu die Einstellung, ein Leben nicht zu beenden.

Rhys sah nicht zum Lager zurück, behielt nur die Schatten des Waldes im Blick, über denen Enwas Atem hing. Der Wolkenschatten konnte in dieser Nacht nur dabei zusehen, wie die Sammler abgeschlachtet wurden.

Mandan keuchte, erstickte an hilflosen Tränen, doch er rannte neben ihr weiter, klammerte sich nur an den nächsten Schritt. Sie rannten, bis ihre Füße taub vor Kälte waren und ihre Lungen zu bersten drohten. Sie rannten, bis sie die Schreie nicht mehr hörten. Fürchteten sich davor, was diese Stille zu bedeuten hatte.

Es gab keine Rettung.

Keine Zukunft.

Nur Blut.

Mandan fiel stolpernd auf die Knie, fiel vornüber und blieb einfach im Schnee liegen. Rhys kauerte sich neben seinen bebenden Körper auf den Boden und lauschte darauf, dass seine Schreie zu leisem Weinen und schließlich zu kaum wahrnehmbarem Wimmern wurden. Sie ließ ihn seinen Schmerz an den Winter abgeben.

Sie waren so weit gerannt, wie sie konnten, ehe ihre Beine sie nicht mehr trugen. So weit weg vom Lager, dass sie das Grauen nicht mehr spüren konnten, das den Wald durchdrungen hatte. In ihren Herzen aber hatte es sich festgebissen. Wie war es so weit gekommen? Rhys hatte für einen Moment wirklich daran geglaubt, dass sich die Menschen zusammentun könnten, um gemeinsam um ihr Überleben zu kämpfen oder auch nur zu beten.

Aber in dieser Nacht, so kurz vor ihrer aller Untergang, hatten die Jäger ihr wahres Gesicht gezeigt. Warum hatten sie den Angriff nicht kommen gesehen? Warum hatte Rhys keine Vorzeichen gesehen? Warum hatte Enwa weder sie noch den Ahnen in ihren Träumen gewarnt? Vielleicht hatte sich der Wolkenschatten tatsächlich von ihnen abgewandt, seit Rhys sie verraten hatte. Vielleicht war auch die Wissende zu abgelenkt gewesen von all dem Grauen, das sie selbst über die Welt gebracht hatte, dass sie nicht gemerkt hatte, welche Gefahr ihnen gedroht hatte. Vielleicht war es ihre Schuld.

»Es tut mir so leid«, flüsterte Rhys. Sie wusste nicht, ob Mandan sie hörte. Langsam umschloss sie ihre Knie mit den Armen und vergrub ihr Gesicht darin. Sie wollte die Welt nicht mehr sehen, die diese Nacht zurückgelassen hatte. Sie wollte nicht daran denken, dass es keine Sammler mehr geben würde, wenn sie zum Lager zurückkehrten. Sie waren die einzigen Verbliebenen in dieser Welt, die dem Untergang geweiht war. Vielleicht wäre es leichter gewesen, mit ihnen gemeinsam zu sterben.

Mandan rollte sich keuchend auf den Rücken. Sein Mantel trug einen dunklen, blutigen Fleck.

»Du bist verletzt«, sagte Rhys und näherte sich ihm. Mandan ließ zu, dass sie behutsam den Stoff zur Seite schob, um die Verletzung anzusehen. »Es blutet nicht mehr«, erklärte sie ihm erleichtert. Sie hätte es nicht ertragen können, ihn auch an den Kampf zu verlieren.

Er reagierte nicht.

»Der Speer scheint dich nur gestreift zu haben«, versuchte Rhys es erneut, obwohl ihr klar war, dass Edens Gesicht das Einzige war, das Mandan in Gedanken trug.

»Ich hätte zurückgehen müssen«, flüsterte er erstickt. Tränen entkamen seinen Augenwinkeln. »Ich hätte —«

»Neben ihm sterben sollen?«, fuhr Rhys ihm dazwischen, senkte aber sofort wieder die Stimme. »Er hätte es nicht gewollt«, sagte sie sanfter. »Er hätte gewollt, dass du lebst.«

Sein Körper bebte unter den Tränen. »Es tut so weh«, hauchte er. Seine Worte wurden mit weißen Atemwolken gen Himmel getragen.

»Jeder ihrer Tode schmerzt«, murmelte Rhys. Sie musste gegen den Schmerz ankämpfen, damit er sie nicht überwältigen konnte. Es war so schwer zu ertragen, dass sie fast daran zerbrach. Ein jeder von ihnen wäre in wenigen Nächten mit der Welt untergegangen, doch dass sie zuvor so gewaltvoll aus dem Leben gerissen worden waren, fühlte sich an wie ein Verrat.

»Damals hast du uns gewarnt«, sagte Mandan bitter. Seine Stimme schwamm noch immer in Trauer, aber die Tränen schienen langsam zu versiegen. »Du sagtest, dass wir den anderen Menschen nicht trauen dürfen. Wir hätten auf dich hören sollen.« Er richtete sich stöhnend auf, eine Hand an seine Seite gepresst. »Und jetzt gehen wir zurück, werfen unseren Glauben fort und töten sie alle!«

Rhys hielt ihn an der Schulter zurück. »Mandan«, sagte sie nachdrücklich. »Das wird uns nicht helfen.«

Er entriss sich ihrer Berührung. »Es wird meiner Seele helfen«, zischte er. »Da ist so viel Zorn und so viel Trauer. Sie werden mich zerstören, wenn diese Menschen ungestraft bleiben!«

»Werden sie nicht«, gab Rhys zurück. »Vertrau mir, Mandan. Ich lasse dich nicht in ihre Klingen laufen. Sie werden bestraft werden.«

»Woher willst du das wissen?« Er musterte sie zweifelnd. Seine Augen waren so dunkel, als hätte die zornige Trauer alles Licht vertrieben. Rhys erkannte ihn kaum wieder.

Sie zögerte. »Du hast gefragt, wo ich so lange war«, sagte sie schließlich. »Ich habe ihre Strafe vorbereitet.«

# KAPITEL SECHSUND ZWANZIG

Sie durften den Schmerz nicht zulassen. Wenn sie es taten, würden sie daran vergehen. Rhys hatte ein Feuer entzündet, an dem Mandan schlief. Es war helllichter Tag, aber für sie beide war das Licht verschwunden. Sie hatte ihm gesagt, dass sie nicht zurückgehen konnten. In diesem Moment aber, in dem Mandans Atem endlich ruhig geworden war, erhob sich Rhys aus dem Schnee und ging den Weg zurück, den sie geflohen waren. Wenn sie die Zerstörung nicht mit eigenen Augen sah, würde sie sie nicht glauben.

Mandan war erschöpft genug, um lange zu schlafen. Rhys hatte ihm einige Samen des Schwarzmohns gegeben, damit seine Träume still blieben und nicht von Albträumen und Angst geprägt waren. Trotzdem musste sie sich beeilen. Er sollte nicht allein aufwachen.

Zielstrebig setzte Rhys die Füße voreinander, rannte ein Stück des Weges und ging dann wieder so behutsam, als wollte sie niemals ankommen. Ihr Herz zerriss mit jedem Schritt. Sie musste sehen, was mit ihrer Familie geschehen war. Was die Jäger ihr angetan hatten.

Rauch stieg über den Bäumen auf. Rhys sah ihn zwischen den Ästen hindurchscheinen, dunkel und bedrohlich. Der Gestank verbrannten Fleischs mischte sich darunter, je näher sie dem Lager der Sammler kam. Sie konnte kaum mehr atmen.

Trümmer tauchten hinter den Stämmen auf. Zelte, die verbrannt in sich zusammengefallen waren. Dann fiel ihr Blick auf die Körper. Mit starren Gesichtern lagen die Leichen beieinander. Niemand von ihnen hatte sich retten können.

Rhys zuckte vor den Stimmen zurück, die ihr von der Lichtung entgegenschlugen. Hastig und mit zitternden Fingern kletterte sie auf einen Baum, starrte hinab in die Verwüstung. *Mörder.* Das war es, was die Jäger waren. In einer einzigen Nacht waren so viele Leben ausgelöscht worden. So viele unschuldige Leben.

Plötzlich erstarrte sie. Die Zeit gefror und ein eisiger Schauer ließ Rhys erzittern. *Eden.* Sie blinzelte, hielt ihn für eine Illusion. Doch er war es. Mit blassen, blinden Augen sah er auf die Leichen und rührte sich nicht. Zwei Frauen standen bei ihm, eine alte und eine junge. Jägerinnen.

Eden war kein Gefangener. Er stand einfach bei ihnen, während die junge Frau einen Beutel von der Alten entgegennahm. Rhys sog den Atem ein, als schließlich auch Eden einen Beutel entgegennahm.

Verschwommene Satzfetzen schwammen zu ihr hinauf. Erschrockene Verzweiflung kroch ihr in den Körper, als Rhys sie verstand: »Ihr müsst ihn finden, den Dämmerschein.«

Dieses Wort ließ sie zusammenzucken. Woher wussten sie von ihm? Was wollten sie? Panik mischte sich mit Verwirrung.

»Geht nach Norden«, fuhr die alte Frau fort. Rhys musste sich anstrengen, sie zu verstehen. »Folgt dem Nordlicht. Es liegt ein Gebirge dort. Uralter Stein, der das Herz des Winters beschützt.«

*Nein!* Das konnte nicht –

»Ihr müsst den Dämmerschein finden. Ihr müsst ihn retten.«

Rhys blieb taub im Baum zurück, sah dabei zu, wie Eden mit der jungen Jägerin im Wald nach Norden verschwand. Was war passiert? Warum lebte er? Warum nahm er die Ermordung der Sammler so einfach hin?

Rhys klammerte sich an die erfrorene Borke des Baumes. Die Jäger wussten vom Dämmerschein, wussten, was Rhys getan hatte. Woher? Sie wollten die Welt retten vor ihrem unabwendbaren Untergang. Und Eden half ihnen dabei. Er hatte sie verraten. Wie lange schon?

Rhys schlug die Hände vors Gesicht und zuckte zurück, als etwas Klebriges an ihrer Haut zurückblieb. Erschrocken hob sie die Hände. Der Stoff ihrer Handschuhe war dunkel verfärbt. Als ihr Blick zur Rinde flog, sah sie es: Ihre Hand hatte einen blutigen Abdruck in der dünnen Eisschicht hinterlassen.

Das Ende war nah. Es blieb nicht viel Zeit, den Plan der Jäger zu vereiteln, dem Eden folgte.

Rhys trat zwischen den Bäumen hervor und Mandan sah auf. Er hatte das Feuer neu entzündet und trug glänzende Tränen auf den Wangen.

Sie war mit dem Vorsatz zu ihm zurückgekehrt, ihm nichts von Edens Verrat zu erzählen. Aber nun, da sie ihn gebrochen am Boden sitzen sah, konnte sie es nicht. Tief atmete sie die eisige Luft, roch stattdessen aber nur Rauch und Tod.

Langsam ließ sie sich neben ihm nieder. »Mandan«, sagte sie so vorsichtig, als könnten die Silben zerbrechen.

»Du bist zurückgegangen«, unterbrach er sie. »Du hast gesehen, was sie hinterlassen haben. Nicht wahr?« Seine Stimme klang heiser. Die Trauer hatte sie rau zurückgelassen.

Rhys konnte nur nicken. »Ich musste es sehen«, gestand sie. »Es tut mir leid.«

Er senkte den Kopf in die Hände. »Es ist in Ordnung«, flüsterte er dann. »Es ändert nichts.«

Sacht legte sie ihm eine Hand auf den Arm und er hob den Kopf ein kleines Stück bei der ungewohnten Berührung. »Doch«, murmelte sie, legte den Kopf schief, um ihm in die Augen zu sehen. Das helle Blau darin war dunkel vor Trauer. »Doch, Mandan, es ändert alles. Aber du musst mir zuhören. Du musst mir glauben. Sonst ist alles verloren.«

Er zog die Augenbrauen zusammen, doch schließlich nickte er. »Wir haben wenig zu verlieren«, knurrte er. Oh, wie er sich irrte.

»Eden lebt.« Die Worte entwichen ihrer Kehle, bevor Rhys sie aufhalten konnte. Sie verstärkte den Druck ihrer Finger an seinem Arm, doch er riss ihn dennoch zurück.

»Was?« Fassungslose Verzweiflung stand ihm im Gesicht, verzerrte es zu einer schmerzerfüllten Grimasse. »Er –«

»Mandan, er –«

»Wir müssen ihn retten! Die anderen Menschen werden ihn –«

»Er muss nicht gerettet werden!«, fuhr Rhys dazwischen. »Er ist auf ihrer Seite!« Sie wollte den Schmerz in seinen Augen nicht sehen. Die Ungläubigkeit, die sie der Lüge bezichtigen wollte.

»Das würde er niemals tun«, sagte er kraftlos und sein Körper fiel bei jedem Wort mehr und mehr in sich zusammen. »Bitte, Rhys. Es ist nicht wahr. Er würde nicht …« Die Worte verklangen.

»Ich zeige es dir, wenn du möchtest«, flüsterte sie vorsichtig.

Mandan nickte.

Diesen ersten Tag verbrachten sie mit dem Sammeln einiger Vorräte. Rhys hatte Mandan nichts von dem Blut erzählt, das sie in der Eisschicht hinterlassen hatte und das den Winter mit der Zeit einnehmen würde. Noch war etwas Zeit übrig und wenn sie sah, wie verzweifelt er in die Leere starrte, wollte sie ihn nicht zusätzlich mit dem Ende der Welt konfrontieren. Erst musste er erkennen, was Eden getan hatte. Dann würde sie ihm alles erzählen, was er wissen musste, um die Jägerin aufzuhalten.

Als sich die Nacht langsam hinabsenkte, führte Rhys sie durch den Wald. Wenn Eden und die Jägerin nach Norden gingen, konnten sie sich von der Seite an ihren Weg annähern. Bei jedem Schritt lauschte Rhys auf Stimmen, suchte den Widerschein eines Feuers – und wartete auf Pfützen aus Blut. Wahrscheinlich war es noch zu früh, aber die Furcht saß ihr schon jetzt in der Brust.

Mandan ging angespannt neben ihr her. »Bei Enwa!«, zischte er plötzlich und blieb wie angewurzelt stehen. Rhys fuhr zu ihm herum, doch er achtete gar nicht auf sie. Mit aufgerissenen Augen starrte er nach oben. Rhys folgte seinem Blick und musste ein erschrockenes Keuchen unterdrücken. Die Nacht war pechschwarz. Das Nordlicht war fort.

»Was ist nur passiert?«, murmelte Mandan schwach, ehe er die Frage selbst beantwortete. »Die Anderen haben nicht nur unseren Stamm zerstört.«

Rhys wusste nicht, ob es wahr war. Vielleicht war es auch ihr Messer im Herz des Winters, das den Wolkenschatten schwächte. Aber vielleicht reichte auch der verbliebene Glaube der Sammler nicht mehr aus, um Enwa zu retten. Drei Sammler, die übrig waren. Ein Verräter, der mit dem Feind wanderte. Eine Mörderin, die die Welt ins Verderben stürzte. Und Mandan. Tapferer, gebrochener Mandan. Sein Glauben reichte nicht für sie alle.

Schweigend gingen sie weiter. Der Feuerschein, der schließlich in der Ferne erschien, ließ Mandan den Kopf senken. »Ich habe es nicht wahrhaben wollen«, flüsterte er. »Ich wollte …« Die Worte verklangen in der Nacht.

Langsam schlichen sie näher an das kleine Lager heran, das Eden mit der Jägerin errichtet hatte. Nicht nah genug, um zu verstehen, was sie sagten, aber der Klang ihrer Stimmen schwamm bis zu ihnen. Mandan fixierte Edens Gesicht mit einer Mischung aus Schmerz und Bitterkeit.

Sie saßen dicht beieinander, sprachen miteinander. Die Jägerin und der Sammler. Wie hatte Eden so schnell die Seiten wechseln können? Wie hatte er ihr so schnell verzeihen können, dass ihr Stamm seine Familie abgeschlachtet hatte? Wie konnte er überhaupt noch am Leben sein?

Mandan gab Rhys ein Zeichen, dass er gehen wollte, und sie folgte ihm sofort. Die Stille und Dunkelheit des nächtlichen Waldes kühlten ihre aufgebrachten Seelen. Rhys spürte das Gewicht der Waffen in ihrer Kleidung, die sie dem Angreifer gestohlen hatte.

Mandan schwieg lange, auch nachdem der Feuerschein zwischen den Bäumen verschwunden war. Rhys lotste ihn fort vom Feuer. Wenn sie ihm alles erzählt hatte, würden sie die Verfolgung aufnehmen, um den Plan von Eden und der Jägerin zu verhindern. Aber bis dahin sollte Mandan so weit von Eden entfernt sein wie möglich. Sollte seinen Schmerz ablegen oder auch nur in Zorn ertränken. Rhys brauchte ihn. Aber damit er ihr half, musste er die Wahrheit kennen.

In dieser Nacht schliefen sie nicht. Stattdessen gingen sie weiter durch den erfrorenen Wald, als wollten sie dem Unausweichlichen davonrennen. Erst als der Morgen langsam durch die Zweige kroch und verbarg, dass Enwas Atem sie verlassen hatte, griff Rhys nach Mandans Arm.

»Warte«, sagte sie. »Wir müssen darüber reden.«

»Es gibt keine Worte dafür«, gab er zurück. »Er hat sich entschieden, mich zu verlassen, um mit einer Mörderin durch den Wald zu ziehen.«

Rhys schluckte. »Das ist nicht alles«, versuchte sie es erneut. »Es ist schlimmer.«

Mandan zog die Augenbrauen zusammen. »Schlimmer?«, wiederholte er. »Schlimmer als der Tod eines ganzen Stammes und der Verrat eines Gefährten?«, fragte er.

Sie nickte. Und er schwieg.

»Ich habe schlimme Dinge getan«, flüsterte Rhys. Sie lehnte sich mit dem Rücken gegen einen Baumstamm und glitt langsam an ihm hinab. Sie fühlte sich schwach. »Du wirst schlecht von mir denken, Mandan, aber ich werde dich trotzdem um deine Hilfe bitten. Noch nicht jetzt, aber später, wenn du verstanden hast, warum das Ende unausweichlich ist. Dann werde ich dich um deine Hilfe anflehen und du wirst sie mir gewähren, weil es nichts anderes mehr geben wird, an das du glauben kannst.«

Er setzte sich ihr gegenüber in den Schnee und musterte ihr blasses Gesicht.

Hoffnungslosigkeit durchströmte sie und sie spürte, wie ihre Haut zu splittern begann. Mandans Augen weiteten sich. Rhys atmete tief ein und vertrieb die Splitter mit vorgetäuschter Zuversicht. Er sagte nichts, aber in seinen Augen konnte sie lesen, dass er sich fürchtete. Und dass er wusste, dass er nichts mehr zu verlieren hatte.

»Kennst du die Geschichte vom Anbeginn des Winters?«, fragte Rhys. Sie musste vorne anfangen mit ihrer Geschichte, wenn sie überhaupt eine Chance haben wollte, dass Mandan ihr glaubte.

Er nickte. »*Die Welt begann in Dunkelheit*«, murmelte er. »*Es war der Dämmerschein, der in der Dunkelheit erwachte und mit ihm der Winter. Es ist nur eine Geschichte.*«

Rhys lächelte bitter. »Die Welt wäre ein hellerer Ort, wenn es so wäre.«

Mandan seufzte. »Wunderbar«, murmelte er sarkastisch und strich sich die Haare aus dem Gesicht. »Dann bitte, zerstöre meine Welt.«

*Das habe ich längst getan*, dachte Rhys.

»Die Geschichte vom Anbeginn des Winters ist eine schöne Lüge«, fuhr sie fort, »die die grausame Wahrheit verbirgt. Auf meiner letzten Reise habe ich eine Frau kennengelernt, die weder Jägerin noch Sammlerin war. Sie war ein Mensch einer anderen Zeit, die letzte Überlebende eines Volkes, das der Dämmerschein auslöschte, um diese Welt auf den Trümmern zu errichten.«

»Woher weißt du das?«, fragte Mandan. Er sah verwirrt aus, aber weniger skeptisch, als Rhys angenommen hatte.

»Jenseits des Waldes liegen viele Antworten«, gab Rhys zurück. »Wesen, von deren Existenz wir nichts ahnten. Es ist wahr, Mandan. Mein Wort muss dir reichen, denn für mehr haben wir keine Zeit.«

»Warum würde Enwa das zulassen?«, fragte Mandan.

Rhys presste die Lippen zusammen. Das war die größte Lüge von allen. »*Und der Dämmerschein blickte in Dunkelheit und Kälte und er war einsam. Also blies er seinen Atem in den Schnee und ließ die Kristalle sich formen und wandeln. Er schlug mit seinen Schwingen und gab dem Eis einen Atem, er brüllte in die Finsternis und gab dem Schnee einen Herzschlag.*« Sie wiederholte die Geschichte vom Anbeginn des Winters Wort für Wort. So oft hatte sie diese Silben in Gedanken gedreht und gewendet. Waren die Götter nicht jene, denen sie seit jeher ihr Leben anvertraut hatten?

»*Und der Drache, der aus dem Schnee erwuchs, vertrieb mit seinem Feuer die Dunkelheit. Meran, dessen Herz brannte und dessen Seele durstig war, erhielt den Tag zur Wache.*« Wenn sie an die Jäger dachte, die mit Zorn das Lager niedergebrannt hatten, dann erinnerte sie sich an all die Warnungen, die sie bereits ausgesprochen hatte. Die Sammler hatten damals nicht auf sie hören wollen. Es war ein grausamer Schmerz, der mit der Erkenntnis kam, dass Enwa nicht besser gewesen war.

»*Der Dämmerschein betrachtete ihn sich und er sah den Zorn in all dem Feuer. Und so blies er erneut in den Schnee, schlug erneut mit den Flügeln und brüllte. Dieses Mal entwuchs dem Schnee ein weiterer Drache und ihre Sanftheit verschmolz mit der Nacht. Enwa, deren Atem ein Flüstern aus Nordlicht war. Der Dämmerschein legte die Träume in ihren Schutz.*« Rhys seufzte. Es waren Lügen.

Mandan sah sie lange an. »*In dieser Nacht ward eine Gemeinschaft geschaffen*«, sagte er. »*Die Gemeinschaft der Drei.*«

»Sie haben diese Welt verraten«, flüsterte Rhys. »Indem sie sie auf den Leichen Unschuldiger errichteten, haben sie den größten Verrat begangen. Ich habe es gesehen, Mandan. Es ist wahr.«

Ein Zittern ging durch seinen Körper. »Sie haben eine Welt vernichtet, um eine schlechtere zu erschaffen«, murmelte er. »Was ist der Sinn? Warum eine Gemeinschaft gründen, nur um sie zu spalten?«

Rhys hob die Augenbrauen. »Was meinst du?«

»Die anderen Menschen«, antwortete Mandan. »Die *Jäger*, wie du sie nanntest. Sie sind anders als wir und diese Unterschiede haben die Sammler ihre Existenz gekostet. Warum schaffen die Götter eine Welt und bevölkern sie mit Menschen, die sich vernichten werden? Wir wollten sie um Hilfe bitten. Und als Antwort darauf haben sie uns ermordet.«

Rhys nickte langsam. Sie hatte den Blick auf das Gesamtbild gerichtet, hatte die alte und die neue Welt gesehen, die Ungerechtigkeit und das Leid. Aber Mandan hatte recht: Die Ungerechtigkeit lag nicht nur zwischen den Welten, sondern auch im erfrorenen Wald selbst begründet. Der Dämmerschein hatte eine Welt aus Schmerz geschaffen.

Mandan sah sie ernst an. Er glaubte ihr. Vielleicht war es der Schock des Angriffs, die Trauer oder auch der Schmerz des Verrats – sein Geist war offen für einen Blick auf die Wahrheit. Er wehrte sich nicht gegen die Worte, die sein Weltbild erschütterten, in den vergangenen Nächten war es ohnehin vollständig niedergerissen worden. Rhys konnte es mit allen Erkenntnissen füllen, die sie in letzter Zeit gewonnen hatte.

»Warum hat Eden das Lager mit *ihr* verlassen?«, fragte Mandan schließlich.

»Warum genau diese beiden gegangen sind, weiß ich nicht«, antwortete sie. »Aber sie sind auf dem Weg, zu verhindern, was ich begonnen habe.«

»Und was ist es, das du begonnen hast?«

»Ich habe den Dämmerschein getötet.«

»Ich habe dieser Welt ein Ende bereitet, weil es das ist, was sie verdient«, flüsterte Rhys. »Sie wird in Blut vergehen und etwas Neues wird aus diesem Blut auferstehen. Etwas Besseres.«

Mandan schwieg.

»Ich habe verraten, was ich glaubte, um zu beenden, was für all das Leid verantwortlich ist«, fuhr sie fort. »Eden und die Jägerin versuchen, den Dämmerschein zu retten, ohne zu ahnen, dass das nur den Fortbestand des Leids zur Folge hat.«

»Du möchtest sie aufhalten«, sagte Mandan. »Du möchtest verhindern, dass sie diese Welt retten.«

»Sie darf nicht gerettet werden. Es wäre keine Rettung, die Ungerechtigkeit gewinnen zu lassen.« Ihre Worte klangen brennend.

Mandan schloss die Augen. »Viele werden sterben«, murmelte er.

»Es sind bereits viele gestorben, als der Dämmerschein seine Wahl getroffen hat«, gab Rhys zurück. Mandan brachte sie dazu, fanatisch zu klingen. Tod mit Tod vergelten. Das waren nicht die Worte einer Sammlerin. Aber wollte sie das überhaupt noch sein? *Konnte* sie es überhaupt noch sein, nachdem sie so viele Leben beendet hatte?

Mandan zögerte.

»Wir stellen das Gleichgewicht wieder her«, sagte sie. »Der Dämmerschein hat Leid gesät, indem er eine alte Welt vernichtete und eine neue mit Jägern und Sammlern bevölkerte. Es wird niemals Frieden geben, wenn wir seinem Weg weiterhin folgen. Nur ohne ihn kann sich ein Gleichgewicht herstellen. Nur ohne ihn wird der Schmerz enden.«

Rhys verfiel in Schweigen, ließ ihm Zeit, die Worte aufzunehmen und hoffentlich anzunehmen. Sein Gesicht sah so ernst aus, dass sie wenig Hoffnung hatte.

»Vielleicht hasst du mich für meine Taten«, fuhr sie fort. »Aber dennoch bitte ich dich um Hilfe, Mandan. Es ist der einzige Weg.

Wir müssen sie aufhalten, müssen diese Welt beenden, und dazu brauche ich dich.«

»Er hat sich entschieden, mich zu verlassen, um mit einer Mörderin durch den Wald zu ziehen«, wiederholte Mandan, was er schon einmal über Eden gesagt hatte. »Wie ist es dazu gekommen, dass ich nun dasselbe tun werde?«

# KAPITEL SIEBENUND ZWANZIG

Der Weg hatte sich tief in Rhys' Seele gebrannt, obwohl sie nur ein einziges Mal den Pfad durch das Gebirge gegangen war. Die letzten Nächte hatten sie kaum geschlafen. Wann immer erste Flecken des Blutes auf dem Schnee sichtbar geworden waren, hatten sie ihr Lager abgebrochen und waren weitergezogen. Sie mussten schneller sein als Eden und die Jägerin. Rhys wusste nicht, ob die beiden den Weg kannten oder nur nach Norden zogen – auf gut Glück. Die Nordlichter, denen sie zum Gebirge hätten folgen können, waren verschwunden und ließen die Nacht schwarz und unheimlich zurück.

Rhys führte sie einen kleinen Umweg, von dem sie wusste, dass er sie nicht viel Zeit kosten würde. Ihre Seele schrie danach, ein letztes Mal ihrer Aufgabe nachzukommen, bevor sie sich endgültig davon abwandte, den Wald und den Stamm zu schützen. Die Trauer lag tief. Der Verlust der Sammler schmerzte bei jedem Herzschlag und Rhys musste diesen Schmerz aktiv verdrängen, um nicht daran zu zerbrechen.

Sie folgten der Linie zwischen Laubwald und Nadelwald. Mandans Augen weiteten sich, als sich eine kleine Lichtung vor ihnen öffnete. Nur die Wissende wusste, wo die Haine aus weißen Hoffnungsröschen verborgen lagen. Mandan hatte niemals so viele auf einmal gesehen. Mit weißen Blütenblättern sahen sie ihnen entgegen. Das Blut hatte die feinen Blätter noch nicht erreicht. Rhys würde den Anblick nicht ertragen, sie im Blut ertrinken zu sehen.

Langsam ging sie in die Knie und strich mit behutsamen Fingern über die hellen Köpfchen. Fünf Blütenblätter über einem kurzen Stängel. Das Zeichen ewiger Verbundenheit. Funktionierte das Ritual der Gefährten überhaupt, wenn Enwa sich von ihnen abgewandt hatte?

Sie bemerkte die Tränen auf Mandans Wangen.

»Ich habe immer daran geglaubt, Eden irgendwann ein Hoffnungsröschen zu schenken«, flüsterte er. »Wie nur habe ich mich so täuschen können?«

Rhys erwiderte nichts, schob nur den Gedanken an Claw beiseite. Sie umgriff vorsichtig eine der Blüten, fuhr mit den Fingerkuppen über die Blätter und pflückte sie. Eine letzte Erinnerung an das Leben, das sie hätte haben können.

Dann erhob sie sich und wandte den weißen Hoffnungsröschen den Rücken zu. Sie konnte nicht zurück.

Tiefe Schatten lagen mittlerweile unter Mandans Augen und Rhys wusste, dass sie nicht besser aussah. »Wir sollten uns ausruhen«, sagte sie deshalb, obwohl alles in ihr einer längeren Rast widerstrebte. Aber die letzten Nächte hatten sie viel gekostet und Rhys war sicher, dass sie einen Vorsprung gewonnen hatten.

Sie näherten sich ohnehin dem Waldrand. Dahinter kam die weite Ebene, die schließlich ans Gebirge stieß. Dort mussten sie nicht mehr nach Nebelstürmen Ausschau halten. Allerdings nahm auch das Blut zu, je weiter sie nach Norden gingen. Ihre Stiefel waren längst durchtränkt.

»Wir gehen, bis der Wald endet«, murmelte Rhys. »Dann schlafen wir.«

Mandan nickte abwesend. Er war darauf konzentriert, nicht in die Blutlachen zu treten, die um die Baumstämme im Schnee zerflossen. Dunkel und glänzend hoben sie sich von der Eisschicht ab.

»Wessen Blut ist das?«, flüsterte Mandan. »Der Dämmerschein kann doch niemals –«

»Es ist der Winter selbst, der blutet«, fuhr Rhys ihm dazwischen. »Wenn das Ende kommt, so kommt es in Blut.«

Die Schatten der Bäume ließen sie frei, gerade als sich die Sonne zum Horizont hinabneigte. Sie wollte es nicht zugeben, aber sie war doch erleichtert, dass sie nicht bei Nacht über die freie Ebene gehen mussten. Ohne Enwas Atem reflektierte der Schnee kaum ein Licht. Sie würden die Reste des Schnees kaum vom Blut unterscheiden können.

»Dieser Baum wird uns tragen«, sagte Mandan unvermittelt.

Rhys hatte sich gerade auf dem letzten verbliebenen Stück Schnee niedergelassen, aber nun hob sie den Kopf. Es war eine alte Frostlärche, die mit seltsam verdrehten, breiten Ästen kaum in die Höhe gewachsen war. Nach oben hin streckte sie feine Zweige in die Dämmerung, doch die unteren Äste hoben sich kaum in die Luft. Sie nickte, ließ den Blick über die blutigen Pfützen um den Stamm herumschweifen. »Wenn wir im Schlaf abstürzen, werden wir uns wenigstens nicht verletzen.«

Drei Armlängen. Höher mussten sie nicht klettern, um es sich in der ersten Astgabelung gemütlich zu machen. Rhys überließ diesen Platz Mandan und zog sich noch ein Stück am Baumstamm hinauf. Die Rinde war ungewohnt zerfurcht für eine Frostlärche, aber Rhys beschwerte sich nicht. Es kam immer wieder vor, dass Bäume um das Lager der Sammler herum von Tieren oder Krankheiten geschädigt wurden. Manchmal hatte der Ahne sie dann angewiesen, diese Bäume zu fällen, damit es nicht auf die umstehenden Pflanzen übergriff. Aber am Waldrand gab es keine Menschen, die sich um solche Bäume kümmerten. Selbst als Wissende hätte es Rhys eigentlich niemals bis hierherziehen sollen. Behutsam strich sie über die raue Borke. Dieser Baum schien in jungen Jahren in seinem Wuchs gestört worden zu sein. Sie fand keine Spuren von Krankheit an ihm.

Aufmerksam suchte sie sich eine Position zwischen zwei dicken Ästen, in der sie schlafen konnte, ohne ins Blut zu stürzen. Über ihnen ragten die langen Zweige der umstehenden Bäume gen Himmel. Rhys fühlte sich der Frostlärche verbunden. Sie war ein vollständiger Baum und doch stach sie hervor. Rhys dankte dem Baum in Gedanken für seine Besonderheit, die es ihnen nun ermöglichte, nicht auf dem Boden schlafen zu müssen.

Die Müdigkeit griff unbarmherzig nach ihr. Bevor sie sich noch einmal zu Mandan hinabbeugen konnte, um zu sehen, ob alles in Ordnung war, hatte der Schlaf sie bereits gepackt und in die Dunkelheit der Träume hinabgezerrt.

Als die Sonne am nächsten Morgen aufging und Rhys die Augen öffnete, wurde sie sich ihres Fehlers schmerzlich bewusst. Die weite Ebene lag vor ihnen, doch von weißem Schnee war kaum etwas zurückgeblieben. Rot glänzte das Blut, das in dunklen Lachen im Schnee ruhte. Rhys presste die Zähne zusammen und stieg die Frostlärche hinab. Ihre Stiefel machten schmatzende Geräusche. Der Stoff war vollgesogen von Blut und klebte ihr an der Haut.

Mandan verzog das Gesicht, als er auf den Weg sah, der vor ihnen lag. Blutiger Morast aus Schneeresten und roten Pfützen. »Wunderbar«, murmelte er, verschränkte die Arme vor der Brust und ging voran.

Sie wanderten schweigend, wichen den größten Ansammlungen aus und mussten immer wieder Umwege nehmen, um nicht hüfthoch durch das Blut waten zu müssen. Direkt vor dem Gebirge wurde es besser. Als sei der Stein ein letzter Schutz vor dem drohenden Unheil, das dahinter über sie hineinbrechen würde.

Ein leises Knacken ließ Rhys plötzlich innehalten. Brechendes Eis. Mandan fuhr zu ihr herum. Ein Knirschen zog sich durch den Boden. Sie hatten diesen Weg gewählt, weil er kaum vom Blut bedeckt gewesen war.

Langsam ging Rhys in die Hocke und strich mit behandschuhten Händen über die Schneeschicht. Darunter kam Eis zum Vorschein, unter dem es dunkel schimmerte.

»Nicht bewegen!«, zischte sie. Mandan sah sie alarmiert an. Vorsichtig verlagerte Rhys ihr Gewicht, doch ein erneutes Knacken bestätigte ihre Befürchtung. »Wir stehen auf einem zugefrorenen See«, flüsterte sie. »Wenn wir uns bewegen, brechen wir durch das Eis.«

Ihre Gedanken rasten. Wie hatten sie so unvorsichtig sein können? Das Blut hatte sie abgelenkt. »Leg dich hin!«, wies sie Mandan an und folgte ihm sofort nach. So langsam wie möglich schob sie die Hände nach vorne über die Eisschicht und kam erst auf die Knie und dann ins Liegen. Die Kälte kroch durch ihren Mantel. Dort, wo das Eis schmolz, blieben blutige Schlieren zurück. Wie lange waren sie unbemerkt auf dem See gegangen?

Die Eisdecke knackte bei jeder Bewegung. Rhys konnte nicht sehen, wie dick die Schicht war, doch sie wollte nicht herausfinden, was darunter auf sie warten würde. Die Sammler hatten keine Erfahrung mit großen, ungefrorenen Wassermengen.

»Weiter«, sagte Rhys. »Langsam!«

Sie kroch behutsam vorwärts. Am Gebirge schien der Schnee deutlich intakter als in Richtung des Waldes. Die Wahrscheinlichkeit, dass auch das Eis dort dicker wurde, war hoch. Sie ignorierte das Knirschen der Platten, die irgendwo neben ihr einen Riss bekommen hatten. Kaltes Wasser bedeckte das Eis als feiner Film. Sie atmete zittrig ein und kroch weiter. Mandan war nur knapp hinter ihr.

Plötzlich keuchte er auf. »Da ist etwas!«, zischte er, als könnten laute Geräusche die Stabilität des Eises beeinträchtigen.

»Was?«, fragte Rhys alarmiert.

»Unter dem Eis! Da war ein Schatten!«

Rhys' Herz begann zu rasen. »Weiter!«, schrie sie und beschleunigte ihre Bewegungen. Schatten waren nie gut. Schon gar nicht in zugefrorenen Seen unter einbrechendem Eis.

Das Klacken ließ nach, je weiter sie kamen, und schließlich wagte sie es, wieder auf die Füße zu kommen. Sie hielt Mandan eine Hand entgegen und half ihm hoch, ehe sie zu rennen begannen. Waren sie vom Eis runter? Das Gebirge erwuchs unmittelbar vor ihnen. Der Boden wurde unebener. Als die ersten Steine aus dem Schnee ragten, konnten sie sicher sein, den See verlassen zu haben.

Rhys' Atem ging stoßweise und sie stützte sich an der aufragenden Felswand ab, um ihn zu beruhigen. »Wir haben es geschafft«, murmelte sie. »Wir sind fast da.«

»Und jetzt?«, fragte Mandan. »Warten wir auf …« Er brachte den Namen nicht über die Lippen.

Rhys schüttelte den Kopf. »Wenn sie aus dem Wald kommen, werden sie uns sehen. Wir warten auf der anderen Seite.« Sie wandte den Blick hinauf zur gezackten Gebirgsspitze über ihnen. »Es gibt einen Pfad, der hindurchführt. Dahinter liegt ein Wald, in dem wir uns verstecken können, bis sie kommen.«

Er nickte und folgte ihr. Diesmal setzten sie die Schritte noch vorsichtiger. Das letzte Mal, als Rhys diesen Weg gegangen war, war die Schneeschicht dick und sicher gewesen. Mittlerweile konnten sie nicht einmal ahnen, was darunter zum Vorschein kommen würde.

Der Pfad teilte den Felsen wie ein dunkler Riss. Rhys warf einen letzten Blick zum Wald zurück, der auf der anderen Seite der weiten Ebene lag. Dann schob sie sich in den Schatten des Gebirges und Mandan folgte ihr. Wer wusste schon, ob sie je zurückkehren würden?

Mandan hielt die Arme vor der Brust verschränkt. Immer wieder hob er den Blick zu den letzten Resten des Himmels hinauf, die zwischen den Steinen hindurchschimmerten. Ihre Schritte hallten ihnen voraus und blieben als Echo hinter ihnen zurück. Rhys musste den Drang unterdrücken, sich umzudrehen, stehenzubleiben und auf weitere Menschen zu lauschen, die ihnen folgten.

»Wir wissen nicht, was uns auf der anderen Seite erwartet«, sagte Rhys. »Ich denke, wir sollten hier ein Lager aufschlagen, bevor wir uns dem stellen.«

Der Wald war zu Stein geworden, als sie den Dämmerschein getötet hatte, und wahrscheinlich lag er bereits in Blut. Die Felsen aber waren kaum benetzt. Auf einen schöneren Schlafplatz konnten sie nicht hoffen. Vielleicht niemals mehr.

Mandans Blick flog erneut nach oben, aber schließlich nickte er. Sie gingen weiter, bis sich der Gang etwas öffnete und die Wände sie nicht mehr bei jedem Schritt zu zerquetschen drohten.

Rhys zog die wenigen Äste, die sie aus dem erfrorenen Wald mitgenommen hatten, aus ihrem Beutel und schichtete sie auf dem Boden auf. Jenseits des Waldes gab es wenige Möglichkeiten, Feuerholz zu sammeln. Auch Mandan schien zufrieden, dass sie zumindest genügend für eine halbe Nacht gesammelt hatten. Die Steine würden die Wärme aufnehmen.

Die Funken warfen Licht an die rauen Wände und der Rauch zog zum Himmel hinauf. Mandan lehnte sich mit dem Rücken gegen den Felsen und umfasste seine Knie mit den Armen. Rhys wartete, bis die Hitze sich sammelte. Windgeschützt und eingeschlossen vom Gebirge wurde es warm. Sie zog den Mantel und die Schuhe aus und breitete sie zum Trocknen auf dem Boden aus. Das helle Hemd, das sie darunter trug, war von roten Schlieren bedeckt, aber insgesamt hatte der Mantel das meiste Blut abgehalten. Ihre Hosenbeine allerdings waren durchtränkt und auch ihre Stiefel würden hart werden, wenn das Blut im Stoff trocknete. Aber alles war besser als in nassen, knirschenden Schuhen durch einen steinernen Wald zu gehen, wie sie es vorhatten.

Mandan beobachtete sie aus den Augenwinkeln, seufzte und tat es ihr gleich. »Das fühlt sich nach einem Ende an«, murmelte er.

»Das ist es auch«, gab Rhys trocken zurück. »Wir werden verhindern, dass diese Welt gerettet wird. *Wir* sind das Ende.«

Mandan seufzte erneut. »Eden und ich wollten gemeinsam durch den Wald ziehen, wenn er verstoßen worden wäre«, begann er. »Ich kann noch immer nicht glauben, dass er mit *ihr* ...« Seine Stimme wurde so leise, dass sie vom Knistern des Feuers verschluckt wurde. Tränen schimmerten in seinen Augen. Rhys musste den Blick abwenden, um nicht gegen die Trauer zu verlieren.

»Er hat sich entschieden«, sagte sie. »Du darfst nicht an einer Version von ihm festhalten, die es nicht mehr gibt.«

»Ich dachte nur, er würde nach mir suchen«, murmelte Mandan. »Wenn ich an seiner Stelle gewesen wäre, hätte ich nicht aufgehört, bis ich ihn gefunden hätte. Warum hat er es nicht getan? Warum ist er mit ihr gegangen, ohne einen Blick zurück?« Tränen rannen ihm über die Wangen und er vergrub das Gesicht in den Armen.

»Manchmal sehen wir nicht, was möglich war, bis es zu spät ist«, flüsterte sie. Sie wusste nicht, ob Mandan sie über das Feuer hinweg hörte, aber eigentlich sprach sie sowieso mit sich selbst. In Gedanken erstrahlten Claws Augen. Sie hatte sich ebenso entschieden wie Eden: gegen die Liebe.

Langsam kroch sie um das Feuer herum auf Mandan zu. Sie zögerte, aber dann strich sie behutsam mit der Hand über seinen Arm, um wenigstens etwas Trost zu spenden. »Wir werden es schaffen«, flüsterte sie. »Und dann ist alles andere egal.«

Er hob den Kopf. »Wann war der Moment, an dem die Welt so dunkel geworden ist?«, fragte er rau.

Die Tränen kamen so plötzlich, dass Rhys sie erst bemerkte, als sie bereits über ihre Wangen liefen. Rhys wischte sie fort, aber Mandan zog sie in die Arme. Einen Herzschlag lang verkrampfte sie. Es gab nicht viele Menschen, die sie jemals umarmt hatten. Aber dann ließ sie sich in die Wärme fallen, die von ihm ausging.

»Ich dachte, dass Enwa mir verzeihen würde«, sagte sie unvermittelt. »Ich dachte, sie würde verstehen, warum ich es tun musste.« Rhys schloss die Augen.

Mandan strich ihr über das helle Haar. »Wie soll eine Göttin der neuen Welt verstehen, warum sie fallen muss?«, gab er zurück. »Am Ende sind wir allein und ängstlich. Jeder von uns. Sogar die Götter.«

Rhys schob sich ein Stück von ihm, damit sie seine Augen sehen konnte. »Es tut mir leid, dass Eden sich nicht anders entschieden hat«, murmelte sie. »Aber allein bist du nicht, Mandan.«

Die Nacht nahm die Worte auf und Rhys hob die Hand. Auf ihrer Handfläche lag eine feine, weiße Blume, die fünf Blütenblätter an einem kurzen Stängel trug. Ein Hoffnungsröschen. Vielleicht das Letzte, das übrig war.

»Diese Welt wird nicht mehr viele Nächte überstehen«, sagte sie. »Und du wirst die Entscheidung, auf welcher Seite du am Ende stehen möchtest, immer wieder treffen müssen. Gemeinsam können wir es schaffen.«

Mandan lächelte. Das war kein traditionelles Ritual der Gefährten, wie die Sammler es feierten. Rhys liebte ihn nicht und er liebte sie nicht. Aber in diesem Moment wog die Gemeinschaft zwischen ihnen schwerer, als Liebe es gekonnt hätte. Sie würden für das gleiche Ziel sterben, irgendwo hinter diesen Felsen. Mandan nahm die Blüten sanft zwischen die Finger und hauchte einen Kuss auf die weißen Blätter. Sie würden gemeinsam vergehen, wenn die Welt endete. Vielleicht war das die letzte Hoffnung, die sie haben durften.

# KAPITEL ACHTUND ZWANZIG

Rhys verharrte bewegungslos, bis ihre Muskeln zu zittern begannen. Sie waren hier.

Wo war Mandan? Wenn er schwach wurde –

Sie riss den Kopf hoch und sah ihn bereits über sich stehen. Mit gehetztem Ausdruck in den Augen hielt er ihr die Hand hin und zog sie auf die Füße. Es war längst hell, doch die Erschöpfung hatte sie bis weit in den Tag schlafen lassen. Sie sammelten das verkohlte Holz des Feuers in Rhys' Beutel, damit ihre Anwesenheit im Gebirge verborgen blieb. So lautlos wie möglich schlichen sie von den Stimmen fort, die den Pfad betreten hatten. Laute Worte verhallten zwischen den Steinen. Rhys verstand die einzelnen Silben nicht, aber sie sah, wie Mandan erstarrte, als er Edens Stimme hörte. Stumm schüttelte sie den Kopf, griff nach seiner Hand und zog ihn weiter. Sie durften keine Zeit verlieren.

Das Gebirge ließ sie erneut in blutige Landschaft stolpern. Der Wald, der beim ersten Mal gläsern geleuchtet hatte, war vollkommen versteinert. Ein schmaler Pfad führte ins Tal hinab. Bäche aus Blut führten quer darüber. Mandan stolperte hinein, bevor Rhys ihn zurückziehen konnte, hinterließ einen Abdruck auf dem Felsen.

»Wir verstecken uns im Wald und warten auf sie«, sagte Rhys. Mandan nickte und ging weiter, bis sie von steinernen Nadeln verschluckt wurden.

Zwischen den Bäumen war es so still, dass das Ende der Welt plötzlich greifbar schien. Lautlos verharrten sie. Warteten auf die Nacht. Dann auf das Aufgehen einer blassen Sonne. Warteten darauf, dass Eden und die Jägerin oben am Ausgang des Pfades auftauchen würden, um alles zu beenden.

Mandan erstarrte, als er sie sah. Trauer, Zorn und Verwirrung mischten sich in seinen Augen. Eden hielt die Jägerin an der Hand.

»Ich muss mit ihm reden«, zischte er. Rhys wollte widersprechen, aber sie sah den Schmerz auf seinem Gesicht. Also nickte sie. Sie würde ihn ohnehin nicht aufhalten können.

»Sei nicht kopflos«, flüsterte sie nur. »Warte auf einen passenden Moment. Die Jägerin wird dich töten, sobald sie dich sieht.«

Mandan nickte, verharrte noch einen Moment und suchte ihren Blick. Zwei verlorene Seelen in einem toten Wald, wartend auf ein Ende aus Blut. Rhys umgriff seine Hand, als er sie ihr hinhielt. War das ein Abschied? Rechnete Mandan damit, sie nicht wiederzusehen? Sie wussten beide nicht, was passieren würde.

Sie neigte den Kopf und seine Finger entglitten ihr. Lautlos verschmolz Mandan mit den blutigen Schatten und Rhys blieb in Einsamkeit zurück.

Sie hörte die Schritte, die zwischen den steinernen Bäumen verhallten. Eine Jägerin und ein Sammler. Sie wurden tief in den toten Wald hineingetragen und Rhys hatte Schwierigkeiten, ihren Ursprung genau zu bestimmen. Und zugleich durfte sie kein Geräusch machen, das ihre Anwesenheit verraten würde. Hoffentlich hielt auch Mandan still.

Rhys wusste, was sie wollten. Eine Welt retten, die nicht gerettet werden durfte. Doch es war längst zu spät. Der Dämmerschein würde sterben und damit würde alles ein Ende finden. Warum nur hatte diese Jägerin Eden mit hineingezogen? Warum hatte sie ihn am Leben gelassen? Wenn Mandan –

Die Schritte waren der einzige Laut, der zwischen die Baumstämme wehte. Selbst die Zeit schien innezuhalten. Rhys schlich lautlos weiter, wann immer die Schritte sie zu überholen drohten, doch sie blieb weit genug von ihnen entfernt, um nicht entdeckt zu werden. Sie gingen genau auf das Herz des Waldes zu. Woher wussten sie davon? Das war die Frage, die sich Rhys stellte, seit sie bemerkt hatte, dass Eden und die Jägerin gen Norden liefen. Rhys hatte die Wahrheit gemeinsam mit Claw gefunden , hatte mit ihr das Geheimnis der Seelengänger zu erforschen versucht. Aber diese beiden wussten nichts von alledem. Sie verfolgten einen Plan, dessen Konsequenzen sie nicht kannten. Und das bedeutete, dass sie aufgehalten werden mussten.

Die Schritte wurden erst langsamer und dann unregelmäßiger, ehe sie verstummten. Rhys hielt den Atem an und lauschte. Verschwommene Wortfetzen wehten durch die Stille, mischten sich schließlich wieder mit dem Geräusch von Schritten. Nur ein Paar Stiefel diesmal, das vom Blut getränkt war. Rhys hörte, dass es die Jägerin war, die ihre Füße anders auf den Boden setzte, als ein

Sammler es getan hätte. Kam sie in ihre Richtung? Die toten Bäume verwischten die Laute. Angestrengt starrte Rhys in den Wald, um jede Bewegung in den Schatten zu bemerken.

Ein leises Klacken durchbrach die Stille. Rhys erkannte es sofort: ein Pfeil, der in einen Köcher gesteckt wurde. Die Jägerin war bewaffnet gewesen, aber nun war sie es nicht mehr. Rhys glitt um den steinernen Baumstamm herum und sah die Silhouette eines Körpers zwischen den Stämmen auftauchen und wieder verschwinden. Sie war tatsächlich allein, trug einen Bogen über dem Rücken und nicht mehr in der Hand. Eine heiße Welle aus Zorn flutete Rhys' Adern, die mit jedem lautlosen Schritt stärker in Hass umschlug. Wie konnte Eden mit dieser Frau zusammen herumziehen? Sie hatte ihre Familie abgeschlachtet. Wie konnte er ihr vertrauen, wo Mord in der Natur der Jäger lag?

Ihr Herz brannte. Sie wich den tiefen Blutlachen aus, damit ihre Stiefel trocken blieben und keine schmatzenden Geräusche erzeugten, die die Jägerin auf sie aufmerksam machen würden. Doch sie schien ohnehin abgelenkt zu sein, auf dem Rückweg zu Eden.

Rhys wog das gestohlene Hornmesser in der Hand und dann warf sie es mit solcher Kraft, dass es in der steinernen Borke steckenblieb, doch den Körper der Frau verfehlte sie. Bevor die Jägerin nach ihrem eigenen Messer greifen oder auch nur zucken konnte, schlug Rhys ihr mit dem Griff der kleinen Axt auf den Hinterkopf, die ebenso noch vor wenigen Tagen einem Jäger gehört hatte. Taumelnd versuchte die Jägerin, sich zu fangen, doch ein Tritt in den Rücken brachte sie endgültig zu Fall. Hart schlug sie auf dem Stein auf. Claws Übungseinheiten zahlten sich aus.

Rhys schnaubte, spürte die Wut ungehindert lodern. Die Jägerin keuchte auf, als sie ein weiterer Tritt in die Rippen traf. Grob zerrte Rhys sie an den dunklen Haaren ein Stück nach oben. Sofort waren die Hände der Jägerin an ihren, doch Rhys löste den Griff nicht. Hilflos versuchte die Frau, nach ihr zu treten, doch Rhys lachte nur. Jede Erinnerung an den Sanftmut der Sammler war wie weggewischt. Der Mord an ihrem ganzen Stamm hatte sie roh werden lassen. »Ich habe nie verstanden, was ihr Jäger auf euch haltet«, knurrte Rhys. Da war so viel brennender Zorn in ihrem Herzen. Bilder zuckten durch ihre Gedanken, von lodernden Zelten und schreienden Sammlern, die an ihrem eigenen Blut erstickten. Diese Jägerin war dabei gewesen, als es passierte. Sie hätte nicht gezögert, auch Mandan und Rhys zu töten.

Fest ballte sie die Hand zur Faust, zog die Jägerin noch ein kleines Stück dichter und rammte ihr die Faust in den Bauch. Sie sollte spüren, wie viel Hass Rhys empfand. Sie wollte sie leiden sehen. »Es war auch das letzte Mal schon so einfach«, raunte sie, während die Jägerin hustete, »als ich den Jäger im Wald getötet habe. Ich hoffe, sein Fleisch hat dem Nebelsturm geschmeckt, der für ihn hätte sterben sollen.« Es war das erste Mal, dass Rhys dieses Geständnis machte. Ihr erster Mord an einem Menschen. Damals hatte es ihr unendlich leidgetan. Damals hatte sie ihn nur als vollständiges Wesen zurückholen wollen, testen, ob sie seine Seele bewahren konnte. Doch jetzt, wo sie die Worte aussprach, war da kein Hauch von Reue mehr. Sie hoffte von ganzem Herzen, dass er nicht zurückgekehrt war. Dieser Mann hätte nur ebenso Sammler abgeschlachtet, wenn er die Chance dazu bekommen hätte. Und er hätte es genauso wenig bereut.

Ein leiser Ruf brach durch die Baumstämme und einen Herzschlag lang hielten sie beide inne. Es war Eden, der nach Ava rief, doch seine Schritte entfernten sich von ihnen. Rhys knurrte. Wenn Mandan –

Sie betete, dass er nicht schwach wurde, trotz der Liebe, die er noch immer für Eden empfand. Dieser konnte nicht gerettet werden. Rhys hatte so oft versucht, es Mandan zu erklären, doch sie fürchtete, sein Herz war noch immer lauter. Eden hatte sich entschieden, auf welcher Seite er stehen wollte und es war nicht ihre Seite. Es war jene der Jäger, die ihren Stamm ermordet hatten.

Die Jägerin rührte sich und Rhys verstärkte den Griff, bis sie wimmerte. Blut rann ihr über das Kinn, dort, wo sie auf dem Stein aufgeschlagen war. Aber ihre Augen blitzten entschlossen. Ein Faustschlag ins Gesicht ließ die Haut oberhalb ihrer Augenbraue aufplatzen, doch die Entschlossenheit blieb und stachelte Rhys' Zorn nur weiter an. Sie schleuderte die Jägerin auf den Boden, hörte sie aufkeuchen, während ihre Finger den Griff des Hornmessers in der Baumrinde umgriffen und es herauszogen. Ihre Hände waren voller Blut, doch sie konnte nicht sagen, wessen Blut es war – das der Jägerin oder das des Waldes.

Endlich weiteten sich die Augen der Frau verzweifelt, als sie die Klinge am Hals spürte. Rhys griff ihr grob ins Haar, hielt ihren Kopf am Boden und fixierte sie mit dem Knie auf der Brust. Der Schmerz im Gesicht der Jägerin war alles, was Rhys sehen wollte. Sie sollte leiden für all die Ungerechtigkeit und die Trauer, die sie ausgelöst hatte. Für all die Morde, die sie begangen hatte. Das Drachensymbol auf ihrer Stirn war im Blut kaum mehr zu erkennen.

Erschrocken fuhr Rhys herum, als sie ein Körper an der Seite traf und sie von der Jägerin fortstieß. Wie war das möglich? Wie konnte er sie sehen?

»Warum?«, knurrte Eden. »Warum, Rhys?«

Sie hatte ihn nicht kommen gehört. Zu laut hatte der Hass in ihren Gedanken geschrien. Die Jägerin war sofort wieder auf den Beinen, wischte sich das Blut aus dem Gesicht und zog die Augenbrauen zusammen. In einer fließenden Bewegung zog sie sich den Bogen vom Rücken und legte einen Pfeil ein. Die Sehne spannte sich und Rhys biss die Zähne zusammen. Das war das Bild einer Jägerin – Mord als einzige Antwort.

Rhys reagierte schneller als Eden und rammte ihm die Faust in den Bauch, konnte nicht rechtzeitig ausweichen und spürte seine Hände an ihren Schultern, als er sie gegen einen Baumstamm stieß. Sie stöhnte erstickt auf. Die Jägerin rührte sich nicht, schien zu warten, bis Eden mit ihr fertig war. *Verräter!*

Sie schlug Edens Hände zur Seite, verpasste ihm einen Tritt, doch er war stärker als sie und seine Schläge härter. Rhys konnte nichts tun, als Eden sie ein letztes Mal musterte und sich der Hass aus seinen Augen mit ihrem mischte. Dann trat er zurück und die Jägerin spannte die Sehne ein kleines Stück mehr. So also sollte es enden.

Plötzlich schoss ein Schatten zwischen den Bäumen hervor und der Pfeil, der für Rhys bestimmt gewesen war, schlug hinter ihr im Baum ein. *Mandan.* Er hatte sich auf die Frau geworfen und sie zu Boden gerissen. Sein Blick aber war dunkel vor Trauer, als er Eden streifte, schlug dann in Wut um.

Die Jägerin fing sich diesmal schneller, verpasste Mandan mit dem Bogen einen Schlag vor die Brust und duckte sich unter seinem Faustschlag hindurch. Sie zog ihr eigenes Messer, aber Mandan wich ihm aus, drehte sich zur Seite – und sackte auf dem Boden zusammen. Die Jägerin umschloss den Stein fester, mit dem sie ihn an der Schläfe getroffen hatte. Mandans Blut mischte sich mit dem des Winters.

Eden riss die Augen auf, starrte auf Mandans bewegungslosen Körper und ein lautloses Schluchzen ließ ihn erbeben. Rhys streifte Mandan nur flüchtig mit dem Blick, ehe sie die Zähne zusammenbiss und das Hornmesser nach vorne stieß. Die Jägerin warf sich gegen sie, riss ihren Arm hoch und das Messer verfehlte Edens Rippen, streifte dennoch sein Gesicht. Die Welt entrückte für einen Herzschlag, ehe der Stein Rhys hart fing. Sofort griffen die Hände der Jägerin nach ihr und hielten sie auf dem Boden.

»Was ist das hier?«, zischte die Frau. Eden zuckte zusammen, schüttelte dann den Kopf und kniete sich neben sie auf den Boden. Rhys' Augen verdunkelten sich vor Zorn und sie spürte, wie diese Dunkelheit sich tief in ihren Blick setzte.

»Was hast du mit ihm gemacht?«, flüsterte Eden.

Rhys lachte nur erstickt. »*Ich* habe gar nichts gemacht«, knurrte sie. »Das war deine Freundin«, spuckte sie. »Und ihr Stamm. Sie waren es, die Mandan die Wahrheit gezeigt haben. Du wirst sie auch noch erkennen.«

Eden schüttelte erneut den Kopf. »Mandan hätte mich nie zurückgelassen. Er hätte nie –«

»Hätte er nicht?« Rhys konnte seine Ausflüchte nicht ertragen. Er war es gewesen, der die Sammler verraten hatte, als er sich mit dieser Jägerin zusammentat. Er war es gewesen, der Mandan zurückgelassen hatte. »Weil er dich so *liebt*? So sehr, dass er Enwas Aufgabe ohne Probleme besteht, aber den Dorn der Opferlilie nicht erkennt, wenn er ihn sieht?« Sie wollte das nicht sagen. Wollte diese Schuld nicht gegen Mandan verwenden, aber sie tat es, weil sie auch Eden damit verletzen konnte. Es war eine Lüge, aber sie traf ihr Ziel.

Edens Körper fiel in sich zusammen, als sie das sagte, und sein Blick flog zu Mandan, der reglos im Blut lag. Ein kleiner Stich fuhr Rhys ins Herz, aber sie verdrängte ihn. Es war nicht die Wahrheit. Sie wusste, dass es ihre Schuld war, dass Eden erblindete, denn wegen ihr war der Schnee zurückgegangen. Aber sie durften nicht verlieren. Und Edens Reaktion zeigte ihr, dass sie das Vertrauen zwischen ihnen gebrochen hatte. Es war notwendig.

Die Jägerin hielt sie am Boden fixiert. Rhys konnte nichts tun, um sich zu wehren, als Eden sich auf sie stürzte. Wutentbrannt schlugen seine Fäuste in ihren Körper ein, hinterließen Male auf der blassen Haut. Dann stand die Jägerin auf, entließ sie aus ihrem Griff, um Eden freie Bahn zu lassen.

Sofort versuchte Rhys, auf die Füße zu kommen, während der Schmerz anhielt. Fassungslosigkeit schwappte von Eden zu ihr herüber und sie spürte seinen Zorn nicht nur durch seine Fäuste, sondern auch durch seinen Blick. Schützend hielt sie die Arme vor ihr Gesicht, erwischte ihn ein paar Mal mit eigenen Schlägen. Zu spät bemerkte sie den Pfeil, der im Bogen der Jägerin lag. Erst als Eden zurücktaumelte und das Zischen in einem Aufschrei barst, wusste sie, dass es vorbei war. Der steinerne, blutbedeckte Boden fing ihren Fall. Ungläubig starrte Rhys auf den Schaft des Pfeiles, der aus ihrem Unterleib ragte. Braune, blutige Federn schmückten sein Ende. Der Schmerz folgte verzögert, zu dicht lag das Adrenalin auf ihrem Bewusstsein. Ihre Hände zitterten, als sie sich vornüber abstütze und ihr Atem zu beben begann.

Ihr Gesicht zeigte keine Regung, als sie den Kopf hob und Eden ansah. Er war die letzte vertraute Seele, die ihr geblieben war. Fassungslos keuchte sie auf. Der Pfeil versengte langsam ihren Leib mit brennendem Schmerz. »Ich dachte —« Sie krümmte sich zusammen. »Ich dachte, wir stünden auf derselben Seite«, stieß sie zwischen zusammengebissenen Zähnen hindurch. Die Welt verlor ihre Substanz. »Aber als du mit *ihr* zusammen aus dem Zelt kamst, da wusste ich es. Du hast dich für die falsche Seite entschieden.« Vielleicht hätte sie es schaffen können, ihn zu überzeugen, wenn sie die Sache anders angegangen wäre. Mit Mandan zusammen hätte sie es vielleicht schaffen können. Wenn sie nur schnell genug gewesen wäre, ihn zu erreichen, bevor die Grausamkeit der Jäger auf ihn übergegangen war. Sie spuckte Blut auf den Boden. »Wir sind nicht wie sie, Eden!«

War das nicht der Grund für ihre Suche gewesen? Dass Jäger zu Seelengängern wurden und Sammler nicht? Dass der Dämmerschein sich ihres Zorns bediente, um sie zu seinen Untertanen zu machen? Die Sammler hatten derartigen Zorn nicht gekannt – nicht einmal im letzten Moment ihrer Existenz. Eden aber kannte ihn, die Jägerin hatte ihm gezeigt, wie man zornig war. Und ja, Rhys kannte ihn auch. Sie selbst hatte danach gesucht und gefunden, was die Seele spalten konnte.

Eden öffnete die Lippen, doch ehe er etwas erwidern konnte, fuhr die Jägerin dazwischen. »*Was* unterscheidet uns?«, zischte sie.

Rhys hörte den Hass, doch ihre Kraft reichte für ein spöttisches Lachen nicht aus. Es war genau dieser Zorn, der sie voneinander unterschied. Unterschieden hatte.

»Dass ihr nicht tötet?«, fuhr die Jägerin voller Bitterkeit fort. »Dann war das eben wohl ein missglückter Annäherungsversuch, ja?«

*Dass ihr hasst*, wollte Rhys schreien, doch die Worte erstarben in ihrer Kehle. *Und ihr habt es uns gelehrt.*

»Du hast von dem Angriff gewusst«, sagte Eden plötzlich. Rhys' Gedanken verstummten. »Du hast uns gesagt, dass wir gehen sollen, dass wir die Jäger um Hilfe bitten sollen. Aber du wusstest, was passieren würde. Du hast es *gewusst*.« Eden machte einen Schritt auf sie zu und Rhys glaubte, er würde sie erneut schlagen, obwohl sie bereits auf Knien war. »Du *wolltest*, dass wir untergehen.«

Es war nur ein Flüstern, aber es traf Rhys härter als all seine Fausthiebe zuvor. Glaubte er das wirklich? Dass sie ihre Familie in den Tod geschickt hatte? Einen Tod, der grausamer nicht hätte sein können? Sie hatte keine Kraft mehr, um ihm zu widersprechen. Die Welt wurde kalt. Nur ihr Blick hielt Eden fest, bat ihn um diese wenige Vergebung, die sie erbitten konnte. Sie hatte alles geopfert und sie brachte einer ganzen Welt den Tod. Aber niemals hätte sie zugelassen, dass ihr Stamm auf diese Weise abgeschlachtet wurde.

Kaum hörte sie das Geräusch, das von der Seite zu ihnen drang. Ein Schaben von Horn auf Stoff. Rhys' Augen weiteten sich, als sie Mandan hinter Eden stehen sah. Sie hatte nicht bemerkt, dass er noch nicht tot war – und sie hätte den Hass nicht für möglich gehalten, der nun in seinen Augen stand. Hatte sie ihn dort hineingelegt? Hatte sie dafür gesorgt, dass er seine Liebe gegen Zorn tauschte?

Er sah fassungslos aus, als die Jägerin sich in sein Messer warf, um Eden zu retten.

»Mandan –« Eden starrte erstickt zu Mandan hinauf. Die Wucht der Jägerin hatte ihn zu Boden gerissen, doch er sah die blutige Klinge sofort, die der Andere noch immer umklammert hielt. Mandan schüttelte langsam den Kopf und Rhys verstand, dass sie ihn damals im Lager nicht gerettet, sondern gebrochen hatte.

»Nicht!« Edens Stimme verhallte zwischen den steinernen Bäumen, doch es war zu spät. Mandan ließ das Messer auf die Jägerin niederfahren, die vor ihm am Boden lag. Rhys riss die Augen auf, als er plötzlich aufstöhnte und zusammenbrach. Das Messer der Jägerin ragte aus seiner Brust und Rhys wusste sofort, dass er tot war.

»Ich –« Eden starrte auf den leblosen Körper und Tränen brachen aus ihm hervor.

Rhys keuchte, spuckte Blut, doch sie konnte den Blick nicht von der Szene nehmen. Eden wandte sich von Mandans Leiche ab und sah nicht erneut zu ihm.

»Es tut mir leid«, sagte sie Jägerin sanft. Niemals zuvor hatte Rhys einen der anderen Menschen so behutsam sprechen gehört. »Aber es war richtig.«

Rhys krümmte sich um den Pfeil. Es war nicht richtig. *Sie* hatte das getan, sie war dafür verantwortlich, dass Mandan sich gegen Eden entschieden hatte. Dass er beinahe zum Mörder geworden wäre.

*Was unterschiedet uns?*, hörte Rhys die Stimme der Jägerin in Gedanken. Und sie musste erkennen, dass es am Ende nicht viel war. Nicht einmal der Hass. Am Ende entschieden sie sich alle gleich

und so hatten sie es alle gleichermaßen verdient, in Blut zu vergehen. Entfernt drang Edens Stimme durch den Nebel aus Schmerz
und Taubheit. »Er hatte sich entschieden. Und ich mich auch.«

Rhys presste die Finger auf den Einschuss, spürte das glatte Holz,
das aus ihrem Körper ragte. Sie konnte kaum mehr atmen, röchelte
und ertrank in Blut. Die grobe Berührung der Jägerin an ihrem
Kinn schien der einzige Anker, der sie noch in der Welt hielt.

»Ihr macht einen Fehler«, murmelte Rhys. Die Hand der Frau
wurde rot von ihrem Blut. »Jäger und Sammler werden niemals
gemeinsam leben können. Ihr seid keine Ausnahme.«

Wenn nicht einmal Eden und Mandan es geschafft hatten, ohne
Hass zu bestehen, dann würde eine Jägerin es erst recht nicht
schaffen. Es gab keinen Weg, diese Welt zu retten, und je mehr
Rhys von ihr sah, umso bewusster wurde ihr, dass es auch keinen
Weg geben durfte.

Ein Zittern ließ ihren Körper erbeben. Ihr Geist klammerte
sich mit letzter Hoffnung an dieses Leben, obwohl Rhys selbst
längst losgelassen hatte. »Als ich den jungen Jäger im Wald sah, da
war sein Tod … nur ein Versuch. Ich habe euch so lange … beobachtet… ihr habt es nie bemerkt. Ich habe mich gefragt …« Ihre
Gedanken wurden wirr. »Gefragt, ob es richtig war … aber … als
ihr uns abgeschlachtet habt, da wusste ich es.« Sie lächelte, entblöß-
te blutverschmierte Zähne. Der metallische Geschmack nahm ihre
ganze Existenz ein. »Es braucht eine … neue Ordnung… eine
bessere …« Sie musste daran glauben, während ihre Augenlider zu
flattern begannen und die Jägerin ihren Griff verstärkte, damit
Rhys' Kopf nicht nach vorne fiel. Sie musste daran glauben, dass
es richtig war.

»Josha war ein guter Mann«, flüsterte die Jägerin dicht an ihr Ohr und der ebengleiche Hass tränkte ihre Worte. »Er hatte es nicht verdient, durch die Hand einer Hure zu sterben, die sehen will, wie die Welt im Blut ertrinkt.«

Rhys wollte den Kopf schütteln, doch sie konnte ihre Muskeln nicht mehr kontrollieren. Er hatte zurückkehren sollen. Deshalb hatte sie ihn getötet. Vielleicht hatte dieser Jäger es nicht verdient. Aber er hatte seine Seite ebenso gewählt wie sie alle.

»Das hier ist es, was du wolltest«, knurrte die Jägerin. »Deine neue Ordnung.«

Und mit diesen Worten zog ihr die Jägerin die Klinge über die Kehle und ließ ihren Kopf los. Dumpf schlug er auf den Felsen auf und Rhys wand sich, während ihre Finger nach dem Schnitt griffen und sie langsam an ihrem eigenen Blut erstickte.

# EPILOG

**1** hr Gesicht lag zerfetzt in Scherben. Die dunklen Risse, die sich über ihre Haut zogen, hatten sich tief in die Blässe gegraben. Sie hielt die Augen in Totenstarre geöffnet und ihr Blick war im Blut verschwommen.

Claw fiel neben ihr auf die Knie. »Rhys«, raunte sie heiser, strich ihr behutsam eine helle Strähne aus dem Gesicht. Sie trug das zersplitterte Gesicht wie eine Maske. »Wenn ich nur …«

Sie hätte sie fast nicht erkannt, als sie sie am Boden liegen gesehen hatte. Jetzt aber weinte sie stumme Tränen und ließ zu, dass der Schmerz ihr Herz verschlang. Zärtlich fuhr Claw mit den Fingerkuppen über die schwarzen Risse in Rhys' Gesicht. Ein leiser Pfiff entwich ihren Lippen und sofort trat Manù aus den Schatten der Bäume. Sein Fell war blutverschmiert, ließ die blaue Färbung des Schnees kaum mehr erahnen, die sich darunter verbarg. Er hob den Kopf, als Claw noch dichter an den reglosen Körper herankroch und ihn auf ihren Schoß zog. Sie war so kalt. Manù trat dichter, legte die Schnauze auf Rhys' Bauch und stieß ein leises, grollendes Knurren aus. Er roch den Tod, doch mehr noch die Verzweiflung.

Claw hauchte ihr einen Kuss auf die blutigen Lippen. Bebend saß sie bei Rhys auf blutbeschmiertem Stein und versuchte, den tiefen Schnitt zu übersehen, der Rhys' Kehle geteilt hatte. Ein Pfeil ragte aus ihrem Leib.

Ihre Augen sahen ihr glanzlos dabei zu. Claw hob behutsam die Finger, um ihr die Lider zu schließen, damit sie in den ewigen Schlaf fand. Sie war tot. Rhys war tot. Ihre raue, blasse Rhys, die so viel Einsamkeit und so viel Zorn in der Seele getragen hatte. So viel Gerechtigkeit. So viel Liebe. Sie war tot.

*Tot. Tot, tot, tot.*

Claw konnte nicht atmen, spürte nur die Kälte, die von Rhys' Leichnam ausging. Niemals mehr würde sie ihre Stimme hören, die so leise und rau gesprochen hatte. Niemals mehr würde die Entschlossenheit ihren Blick entflammen. Claw hätte mit ihr gehen sollen. All den Zweifeln zum Trotz hätte sie an ihrer Seite bleiben müssen. Vielleicht läge sie dann nicht zerrissen im Blut. Vielleicht wäre sie nicht tot.

*Tot.*

Das Wort hallte ewig durch Claws Gedanken, bis sich ein anderes daruntermischte. *Ermordet.* Fast spielte es keine Rolle mehr, aber die Silben drängten sich zwischen die Tränen.

Die Erinnerung ihres Namens fuhr wie ein Windhauch durch ihren Geist. *Rhys.* Allein die Buchstaben klangen schon gebrochen.

*Knochenbleich.* Ein Abbild der Seele, die zwischen blasser Haut und heiserer Stimme gefangen war. Vielleicht konnte Claw sie befreien.

Hatten sie nicht daran geglaubt, dass eine Seele ins Leben zurückkehren konnte? Dass die Seelengänger nur den halben Weg gegangen waren? Claw hob den Blick zum Himmel, der bleich zwischen den steinernen Ästen hindurchsah. Manù folgte ihrem Blick mit Unruhe.

Es war eine stillschweigende Hoffnung, die zu entfachen sich Claw kaum traute. Aber sie war das Einzige, an das sie sich klammern konnte, während das Blut an Rhys' Kehle gerann und sie in Kälte zurückblieb. Der Dämmerschein war tot, Rhys hatte ihn getötet. Er war es gewesen, der die Seelen der Toten gespalten hatte, um sie der Nachwelt zu entziehen. Er hatte den Zorn und die Erinnerung genommen und zwei Körper für sie geschaffen. Das war es, was sie geglaubt hatten. Aber die Gesandten Merans waren überzeugt gewesen, dass nicht nur der Dämmerschein eine Seele spalten konnte, sondern dass es vor allem der Tod durch fremde Hand war, der zu Gleichem in der Lage war. Wohin war Rhys' Seele geflohen, als sie ihren Körper verließ? Hatte sie sich aufgeteilt als die Klinge ihr durch die Haut gefahren war?

Claws Blick zuckte zwischen die Bäume, hinein in die Schatten. Sie konnte nicht sicher sein, dass sie von selbst zurückkehrte. Claw musste sie holen.

Die Melodie klang in der Stille des steinernen Waldes wie ein klagender Schmerz, doch Claw hielt nicht inne. Nicht einmal, als die Tränen sie zu ersticken drohten, die mit den Tönen kamen.

*Fráh ur mi gál*
*Fir tega il murshan.*
*Yon turgirah*
*Un mirgo tir frádran.*

Ihre Stimme brach. Manù legte den Kopf zurück auf Rhys' stillen Körper. So still. Wie sollte sie jemals wiederkehren?

Claw ließ die Finger durch die langen Haarsträhnen gleiten, malte die Risse auf ihrer Haut nach. Spürte das Schweigen in Rhys' Brust und schließlich das Bersten ihres eigenen Herzschlags.

*Tin al urgáh*
*On sol monirgarfan*
*Fráh ur mi gál*
*Fir tega il murshan.*

Die Worte waren alles, was ihr blieb. Sie lauschte in den Wald, bis das letzte Echo verhallt war. Erst dann nahm sie die Axt von ihrem Gürtel. Manù hob die Ohren und fiepte leise.

Es war kein Gefühl mehr neben dem Schmerz des Verlusts übrig. Claw fuhr mit der Hand über die Klinge und ließ das Blut auf den Stein tropfen. Die Waffe war noch immer so scharf wie damals, als sie sie dem Seelengänger in den Schädel gerammt hatte. Sie würde Rhys davor bewahren, diesem Schicksal zu erliegen.

»Fráh ur mi gál«, flüsterte Claw. »Fir tega il murshan.« Mit diesen Worten presste sie Rhys die Hand auf die Brust. Dorthin, wo einst ihr Herz geschlagen hatte. Ein Pfiff verließ ihre Lippen, doch Manù zögerte. »Geh!«, zischte Claw, strich ein letztes Mal über sein blutiges Fell. Ein letzter Blick. Dann verschwand der kleine Rauhfuchs in den Schatten.

Claw aber verharrte, während ihr die Tränen über die Wangen rannen. Verharrte, bis ihre Finger taub wurden. Kein Herz schlug in Rhys' Brust. Noch immer nicht. Und so tat sie es.

Mit einem leisen Schluchzen in der Kehle hob sie die Axt an ihr Gesicht. »Ich lasse dich nicht dort zurück«, flüsterte sie. »Nicht bei Göttern, von denen du dich abgewandt hast.« Schmerz war alles, was zurückblieb, doch er mischte sich mit der Liebe, die Rhys zurückgelassen hatte, bis sie überwog. Bis sie das Leid überstrahlte.

Vollkommen und unwiderruflich.

Die kalte Klinge der Axt ruhte an Claws Wange als stilles Versprechen. Und so hielt sie Rhys' Körper in den Armen und verharrte in Stille. Einen Herzschlag lang.

Bis das Schweigen unerträglich wurde und Claw sich die Klinge über die Haut zog. Ein selbstgewählter Tod für einen auferlegten. Vielleicht reichte das, um sie beide zusammenzuführen.

In dieser oder einer anderen Welt.

ENDE

# DANKSAGUNG

Ich möchte es kurz halten:

Ohne euch, liebe Lesende, würde es dieses Buch nicht geben.

Ich habe immer gesagt, dass ich mit Dämmerschein einen Einzelband schreiben werde. Und dann, als dieser veröffentlicht war, standet ihr da und habt ihn geliebt.

Ich kann es noch immer nicht glauben, dass ihr meine Geschichten tatsächlich lest und dass sie euch bewegen.

Deshalb gibt es diesen zweiten Teil.

Und deshalb wird es auch einen dritten geben.

Ich danke jedem einzelnen Menschen, der mich bei diesem und jedem anderen Buch unterstützt hat. Der es liest. Der es liebt.

Ohne euch wäre all das nicht möglich.

Danke.

Ich würde mich sehr freuen, wenn du mir deine Meinung sagst und eine Rezension schreibst.
Und wenn du mehr über mich erfahren möchtest, dann schau doch gerne auf meiner Website oder meinen Social-Media-Kanälen vorbei!

*E-Mail:* rosalind.parker@gmx.de
*Website:* www.rosalindparker0.wixsite.com/autorin
*Instagram:* @rosalind.parker.autorin

Und wenn du mehr von mir lesen möchtest, findest du hier meine bisherigen Veröffentlichungen:

*Rosanne & Castiel*
Gnade der Schatten
Gnade seiner Seele
Der Gnade so fern (noch nicht erschienen)

*Dämmer-Chroniken*
Dämmerschein. Blut des Winters
Rhys. Jägerin des Zorns

*Novellen*
Bulwark. Nur bei Nacht